JN289258

# 恋の万葉集

高岡市万葉歴史館論集 11

高岡市万葉歴史館［編］

笠間書院

# 恋の万葉集

# 万葉集の「恋」

小野　寛

## 一　恋ひつつあらずは

万葉集は愛の歌集であると人も言い、私も書いたことがある（『書斎の窓』561号、有斐閣、平成十九年一〜二月）。万葉集は「愛」の歌集である。中でも「相聞」の歌は人を思う歌、愛の歌である。「挽歌」さえ、いやそれこそ愛の歌である。

万葉集中「相聞」の部立に属する歌は歌番号の付されているもの合わせて一七三三首。集中三八・四％である。「相聞」の類型である「譬喩歌」という部立も含めると一八八一首、四一・七％になる。そして巻十七以降の大伴家持歌日記と言われる四巻六二七首は部立されていないので、この中の相聞の歌はその数に入っていない。万葉集に「相聞」の歌は二〇〇〇首をはるかに越す。

万葉集「相聞」の部立の初出は巻二であるが、その巻頭に配されているのが万葉集最古の相聞歌として、仁徳天皇皇后磐姫の歌である。「仁徳天皇を思ひて作らす歌四首」という。その第一首に、

君が行き　日長《け》くなりぬ　山尋ね　迎へか行かむ　待ちにか待たむ　（巻二・八五）

とある。仁徳天皇は旅に出て日数が長くなった。磐姫は山を尋ねて迎えに行こうか、ただ待ちに待っていようかと迷い、第二首に、

かくばかり　恋ひつつあらずは　高山の　岩根し枕《ま》きて　死なましものを　（同・八六）

と歌う。「恋ふ」の万葉集最古の歌ということになる。旅に出られてもう何日にもなる天皇を磐姫はずっと「恋い」続けている。その「恋ふ」あまりに死んだ方がましだというのである。「かくばかり恋ひつつあらずは」と歌うのは他に二例ある。

かくばかり　恋ひつつあらずは　石木にも成らましものを　物思はずして　（巻四・七二二、大伴家持）
かくばかり　恋ひつつあらずは　朝に日《け》に　妹が踏むらむ　土にあらましを　（巻十一・二六九三）

である。いずれも「かくばかり恋ひつつある」ということが作者の現実である。それ故に、磐姫皇后は高山の岩根を枕にして「死なまし」（死にたい）といい、巻十一の歌は朝に昼にあの娘が踏んでいる「土にあらまし」（地でありたい）といい、家持は「石木にも成らまし」（石や木になりたい）という。皇后が高

山の岩根を枕に死ぬことは現実にはないはずのことであるし、女の踏む土になったり、石や木になったりすることは現実にできることではない。それを望むほどに、いま現実の「恋」は苦しくつらいというのである。それを「恋ひつつあらずは……ましものを」と歌う。この恋いつつあることを否定して他を願う歌の類例は他に次のようにある。

吾妹子《わぎこ》に　恋ひつつあらずは　秋萩の　咲きて散りぬる　花にあらましを　（巻二・一二〇、弓削皇子）
吾妹子に　恋ひつつあらずは　刈り薦《こも》の　思ひ乱れて　死なましものを　（巻十一・二七六五）

吾妹子に恋いつつあることを否定して、「花にあらましを」「死なましものを」と歌う。また次のようにある。

後《おく》れ居て　恋ひつつあらずは　紀伊《き》の国の　妹背《いもせ》の山に　あらましものを　（巻四・五四四、笠金村）
後れ居て　恋ひつつあらずは　田子の浦の　海人にあらましを　玉藻刈る刈る　（巻十二・三二〇五）

あとに残されて恋いつつあることを否定して、「山にあらましものを」「海人にあらましを」と歌う。また次のようにもある。

外《よそ》に居て　恋ひつつあらずは　君が家の　池に住むといふ　鴨にあらましを
（巻四・七二六、大伴坂上郎女）

離れていて恋いつつあることを否定して、「鴨にあらましを」と歌うのは先の「後れ居て」の例と同じである。また次のようにもある。

秋萩の　上に置きたる　白露の　消かも死なまし　恋ひつつあらずは
（巻十・二二五四。弓削皇子一六〇八に重出）

秋の穂を　しのに押しなべ　置く露の　消かも死なまし　恋ひつつあらずは
（巻十・二二五六）

秋萩の　枝もとををに　置く露の　消かも死なまし　恋ひつつあらずは
（巻十・二二五八）

巻十の「秋の相聞」に並んでいる三例で、ただ恋いつつあることを否定して、はかない露のように「消《け》かも死なまし」と歌う。また次のようにもある。

白波の　来寄する島の　荒磯《ありそ》にも　あらましものを　恋ひつつあらずは
（巻十一・二七三三）

これもただ恋いつつあることを否定して「荒磯にもあらましものを」と歌うのである。

以上十二例、恋いつつあることを「恋ひつつあらず」と否定して、それを「恋ひつつあらずは」と受けて、「…ましを」「…ましものを」と結ぶ。今恋しいことは山ほどあって、いくら否定しようとしても否定することができない。その否定は全くの非現実な仮定である。「かくばかり恋ひつつあらず」とは、このように恋い続けていないでいることで、それは現実にはないことであるから仮定して言う外はない。「恋い続けていないでいられるのならば」ということになる。恋い続けていないでいられるのならば、死んでもいい、妹の踏む土になってもいい、石や木や花や鳥になってもいい。いやもう死んでしまいたいというのである。

この「ずは」は上代語法として最も難解な詞句で、数々の解決案が出されているが、いまだ定説とすべき案がないと言われている。しかし私は右のように解している。この「ずは」は恋いつつあることを仮に否定し、それを条件として非現実の願望をいうもので、「ずは」の「は」はやはり仮定条件を表わす接続助詞「ば」であろう。周知の通り本居宣長が、これを特殊な「ずば」の用法として「んよりはといふ意也」とした（『詞《ことば》の玉の緒』七の巻）。解釈はこれに依りたいと思う。

「恋ひつつあらずは」を受けて非現実の願望を言うのに反実仮想の助動詞「まし」を使う右の十二例の他に、「まし」を使わず、意思・願望を表わす「む」で結ぶ例がある。

**後れ居て　恋ひつつあらずは　追ひ及かむ　道の隈廻《くまみ》に　標結《しめゆ》へ我が背**　（巻二・一一五、但馬皇女）

あとに残って恋い続けているよりは、追いかけて行きたいという。皇女の身でそれは叶わぬことだから反実仮想の「まし」で言うべきなのだが、皇女は強い気持を示したのである。また、

**剣大刀《つるぎたち》　両刃《もろは》の上に　行き触れて　死にかも死なむ　恋ひつつあらずは**　（巻十一・二六三六）

**住吉《すみのえ》の　津守網引《つもりあびき》の　浮けの緒の　浮かれか行かむ　恋ひつつあらずは**　（巻十一・二六四六）

とある。「恋いつつあらんよりは」死んでしまおうか、浮きただよって行こうかというのである。非現実の願望を疑問の形でやわらげている。反実仮想には違いない。また、

**家にして　恋ひつつあらずは　汝《な》が佩《は》ける　大刀《たち》になりても　斎《いは》ひてしかも**　（巻二十・四三四七、防人の父の歌）

とある。家にいて恋い続けているよりは、お前の腰に下げた大刀になってでも、側で守ってやりたいものだという。「てしかも」で叶わぬながら切なる願望を表わしている。

「恋ひつつあらずは」の最後に、宣長の「んよりは」の解に最もふさわしい歌がある。

**いつまでに　生かむ命ぞ　おほかたは　恋ひつつあらずは　死ぬるまされり**　（巻十二・二九一三）

これは「恋いつつあらんよりは」死んでしまう方がまさっているというのである。「死ぬるまされり」は原文「死上有」で、シヌルマサレリかシナムマサレリと訓むが、それは「恋ひつつあらずは」を受ける結びとして異例であるところから、『おうふう（桜楓）本』（鶴久・森山隆）は「死なましものを」と訓んでいる。そうあれば問題ないのだが、原文「死上有」に元暦校本以下広瀬本も諸本すべて異同なく、これを義訓としてもシナマシモノヲと訓むことはないだろう。これは珍しい結びである。

また「恋ひつつあらずは」の変形として、「恋ひずは」「恋せずは」「恋ひつつ生けらずは」がある。

後れ居て　長恋せずは　御園生《みそのふ》の　梅の花にもならましものを

（巻五・八六四、吉田宜の大伴旅人への和歌）

長き夜を　君に恋ひつつ生けらずは　咲きて散りにし　花にあらましを

（巻十・二二八二）

なかなかに　君に恋ひずは　比良《ひら》の浦の　海人ならましを　玉藻刈りつつ

（巻十一・二七四三）

とある。「梅の花にもならましものを」「花にあらましを」「海人ならましを」と、いずれも反実仮想の「まし」で受けている。

「恋ひつつあらずは」は重出歌一首を含めて十八例、「恋ひずは」「恋ひつつ生けらずは」など変形三例を加えて、全二十一例。それを受けて「死なまし」「石木にもならまし」「土にあらまし」「花にあらまし」「鴨にあらまし」「山にあらまし」「荒磯にあらまし」「海人にならまし」などという。それほどに

「恋」というものはつらい、苦しいものだった。それを越えるものは、窮極は「死なまし」だった。

## 二　恋ひて死なまし

いま「恋ひつつある」ことを否定して死をも願った万葉人たちは、恋する思いを歌うのに「死」をよく歌った。万葉集巻一に次の歌がある。「恋ひて死なまし」の初出である。

**旅にして　物恋し□　□鳴毛　聞こえずありせば　恋ひて死なまし**　（巻一・六七）

第二、三句にわたって欠字が推定されるので一首として読むことができないが、旅先にあってもの恋しいことを歌い、ここで何か鳥が鳴くのも聞こえなかったとしたら、妻恋しさのあまり死んでしまうだろうというのである。『全註釈』に、巻三の高市黒人の羇旅歌八首の冒頭に「旅にして物恋敷尓《ものこひしきに》」（巻三・二七〇）とあるのを参考に第二句を「物恋しきに」と読み、第三句に当る「鳴毛」の「鳴」は鳥の鳴く音《ね》のネと読まれるので、その上に「鶴」か「雁」の鳥名を補って、たとえば「鶴《たづ》が音《ね》も」と読むことを推定したのを採っておこう。

**旅にして　物恋しきに　鶴が音も　聞こえずありせば　恋ひて死なまし**

である。この歌は持統太上天皇の難波宮行幸の時に供をした高安大嶋の歌とある。持統天皇の譲位後、崩御以前の難波行幸は、『続日本紀』には文武天皇三年（六九九）正月二十七日から二月二十二日までの行幸の記録がある。そこに持統上皇同行の記事はないが、恐らくその時の歌だろう。

「恋ひて死ぬ」のそれより古い例は、巻十一の柿本人麻呂歌集の歌である。

恋ひ死なば恋ひも死ねとや　玉桙《たまほこ》の　道行く人の　言《こと》も告《の》らなく　（巻十一・二三七〇）

恋ひ死なば恋ひも死ねとや　吾妹子《わぎもこ》が　我家《わぎへ》の門を　過ぎて行くらむ　（同・二四〇一）

恋するに死にするものに　あらませば　我が身は千度《ちたび》　死に反《かへ》らまし　（同・二三九〇）

荒磯越し　外《ほか》行く波の　外《ほか》心　我は思はじ　恋ひて死ぬとも　（同・二四三四）

第一首は、恋い死にするなら恋い死にせよと言うのだな、道行く人が何も言ってくれないことよという。恋占いをするのだろう。その占いは通行人の言葉を期待しているのだが、何も言ってくれないという、稲岡耕二『全注巻十一』（有斐閣）の解をとりたい。占いの不成功が「恋ひ死なば恋ひも死ねとや」と言うような自棄的な気持にさせたのだろう。

第二首は、恋い死にするなら恋い死ねというつもりで、あの娘《こ》が我が家の門口を素通りして行くのだろうかという。これは男の歌で、恋人である女性が男の家の前を通り過ぎて行くのを嘆いたというのは、男の妻問いの形とは違っていて、おかしい。笑いをさそう歌である。

第三首は、恋をすることで死ぬというものでもしあったなら、わが身は千回も死ぬことをくり返したことだろうという。恋の死ぬほどに苦しいということから自分の恋の激しさを、千回も死をくり返すということで表わそうとしたもので、滑稽味を感じさせる。この歌はのちに笠女郎《かさのいらつめ》が模倣して家持に贈っている。

思ふにし　死にするものに　あらませば　千たびそ我は　死に反らまし　（巻四・六〇三）

笠女郎は「恋する」を「思ふ」に改め、より直接的に自分の思いが直ちに死に向かうように歌い、人麻呂歌集歌が「我が身は千たび」と己が身を客観視しているのに対して、笠女郎は「千たびそ我は」と自分を主体にして歌っている。

第四首は、荒磯を越してあらぬ所までゆく波のようなあだな心を私は持つことは決してない、たとえ恋い焦れて死ぬことがあろうともという。

巻十一の人麻呂歌集歌に続く後半部の出典不明、作者未詳歌は恐らく奈良時代初期、天平初年のころまでの作を集めたと推定されるが、その恋歌に、

うつつには　逢ふよしもなし　夢《いめ》にだに　間なく見え君　恋に死ぬべし　（巻十一・二五四四）

人も無き　古りにし郷《さと》に　ある人を　めぐくや君が　恋に死なする　（同・二五六〇）

恋ひ死なむ　後《のち》は何せむ　我が命の　生ける日にこそ　見まく欲りすれ　（同・二五九二）

高山の　岩本たぎち　行く水の　音には立てじ　恋ひて死ぬとも　（同・二七一八）

隠《こも》りには　恋ひて死ぬとも　み園生の　鶏冠草《からあゐ》の花の　色に出でめやも　（同・二七八四）

とある。第一、二、三首は「正述心緒」、第四、五首は「寄物陳思」の部である。

第一首は、目覚めている時には逢うすべがないのだから、せめて夢の中だけでも絶え間なくいつも見えて下さいと頼み、最後に恋い死にしてしまいそうだと訴えるのである。

第二首は、頼るべき人のいない古ぼけた里に住んでいるわたしを、気の毒にもあなたは恋い死にさせるのですかという。恋い焦れるあまり、人は死ぬことがあるのだというのが、天平人の常識になっていた。

第三首は、恋い死にした後では何としよう。私の命のある、私の生きているうちにこそ逢いたいと願っているのですという。

第四首は、高い山の岩の根元に激しくぶつかって、音立てて流れて行く水のように、噂に立つようなことはしますまい、たとえ恋い死ぬことがあってもという。川に寄せる歌である。第五首は、人知れずひっそりと恋い死にすることがあろうとも、お宅の庭の鶏頭の花のように、顔色に出すようなことはありませんという。花に寄せる歌である。

右の第三首の類歌が巻四にある。

**恋ひ死なむ　後《のち》は何せむ　生ける日の　ためこそ妹《いも》を　見まく欲りすれ**　（巻四・五六〇）

上二句と結びの句は全く同じで、中の第三、四句が少し言葉が違うだけで趣意は同じである。これは大宰大監大伴百代の恋歌で、百代は大伴氏の宗家の棟梁大伴旅人が大宰帥であった時に、大宰大監をつとめていたもので、神亀五年（七二八）から天平二年（七三〇）のころである。巻十一の歌との先後は分らない。

「恋ひ死ぬ」の歌は巻十四東歌にも見える。

**柳こそ　伐《き》れば生《は》えすれ　世の人の　恋に死なむを　いかにせよとそ**　（巻十四・三四九一、未勘国歌）

どこの国の歌か分らない。柳を反対の例に上げて、この世の生身《なまみ》の人間の恋に死のうとしているのに——それは自分のことである——この生身の人間である私にあなたはどうしろというのか。片恋の苦しみである。

続く巻十五の、天平八年（七三六）六月、遣新羅使人らの難波出港から海路の歌群の、その出港を前に交された悲別贈答の作の第一首に、

**武庫《むこ》の浦の　入江の渚鳥《すどり》　羽ぐくもる　君を離れて　恋に死ぬべし**　（巻十五・三五七八）

とある。後に残される妻の、夫と離れてその恋しさに死ぬべしとは烈しい歌である。『窪田評釈』は出発前の作に難波津を出た船の第一の碇泊地である武庫の浦の渚鳥を序詞に歌うのは不自然だと指摘し、また「羽ぐくむ」が夫が妻をいとしむことの表現には不似合いに思われ、『折口口訳』がこの作を使人が母に贈った歌として「此迄大事に、羽の中へ包むやうにして、育てられた、あなたの手を離れては…」と口訳する。吉井巌『全注巻十五』(有斐閣)は「この作だけを独立させて考えた場合、この折口説が正解であり、あるいは本来そのような内容の別離の作が、遣新羅使人の作として流用されたのではないか」とも考えられるという。

同じく巻十五の後半部の、天平十一、二年ごろと推定される中臣宅守と女嬬狭野弟上娘子との許されぬ結婚による悲劇の恋の贈答歌群六十三首の中に、娘子の歌に、

**わがやどの　松の葉見つつ　我《あれ》待たむ　早《はや》帰りませ　恋ひ死なぬとに**　(巻十五・三七四七)
**他国《ひとくに》は　住み悪《あ》しとそいふ　すみやけく　早帰りませ　恋ひ死なぬとに**　(同・三七四八)

と連作で「早帰りませ恋ひ死なぬとに」二首がある。早く帰って来てください、私が恋い死にしないうちにというのである。挽歌には滅多に使わない「死」という不吉な言葉を、「恋」の世界では、現実ではない故に頻繁に使う。中臣宅守の歌にも、

恋ひ死なば恋ひも死ねとや　ほととぎす　物思ふ時に　来鳴きとよむる　（同・三七八〇）

とある。この贈答歌群の巻尾に中臣宅守の、花や鳥に寄せて恋の思いを歌った一群（七首）の中にある。ほととぎすの来て鳴くのは天平の風流人には季節と共に待たれる景物であって、その鳴き声によって恋の心をつのらせるので、それを逆手にとって、人麻呂歌集歌を模倣して、「恋ひ死なば恋ひも死ねとや」と歌った。

その同じ天平十一、二年のころ、大伴家持と、正妻になる坂上大嬢との恋の贈答が巻四にある。その中に「恋ひ死ぬ」歌がある。

坂上大嬢が家持に贈る歌

世の中の　苦しきものに　ありけらし　恋にあえずて死ぬべき思へば　（巻四・七三八）

又家持が坂上大嬢に和《こた》ふる歌

後瀬山《のちせやま》　後《のち》も逢はむと　思へこそ　死ぬべきものを今日までも生けれ　（同・七三九）

更に大伴宿禰家持が坂上大嬢に贈る歌

恋ひ死なむ　そこも同じぞ　何せむに　人目人言　言痛《こちた》み我がせむ　（同・七四八）

夢《いめ》にだに　見えばこそあれ　かくばかり　見えずしあるは　恋ひて死ねとか　（同・七四九）

坂上大嬢は、恋というものは今まで知らなかったが、恋とはこの世の中で格別に苦しいものであったらしいといい、それは恋しさに耐えられないで今にも死にそうに思われるからだという。家持は坂上大嬢も歌って知っている若狭道にある後瀬山《のちせやま》を上げて、その名の通り、後《のち》に逢えると思うから、私も死にそうなのに今日まで生きているのだと唱和する。また家持は人目や噂を気にして逢えずにいたのだが、恋い死ぬならそれは同じことだという。逢えぬ苦しみは同じだというのだろう。また大嬢が夢に出て来てくれないことを、私に恋い死にさせるつもりかと、恋い焦れて死ねと言うのかとなじるのであった。天下御免の二人でも、逢うのには人目を憚るのである。思うままに逢えねば恋しい。恋はいつでもつらく苦しい。

## 三 恋すれば苦しきもの

万葉集巻十三の「相聞」の部の冒頭近くに次の歌がある。

古《いにしへ》ゆ　言ひ継ぎけらく　恋すれば　苦しきものと　玉の緒の　継ぎては言へど　娘子《をとめ》らが　心を知らに　そを知らむ　よしのなければ　夏麻《なつそ》引く　命かたまけ　刈り薦《こも》の　心もしのに　人知れず　もとなそ恋ふる　息の緒にして　（巻十三・三二五五）

昔からずっと長く言い継ぎ語り継いでいることは、恋をすると苦しいものだということである。思う相手の乙女の心が分らず、それを知る手だてもなく、その人に知られないまま、ただ命をかけて、心もうちしおれるほどに、ひたすら恋い焦れているという。それが万葉人の恋なのである。

「恋の歌人」大伴坂上郎女も恋は苦しと歌っている。

**夏の野の　繁みに咲ける　姫百合の　知らえぬ恋は　苦しきものそ**　（巻八・一五〇〇）

とある。相手は分らない。夏の野の草の生い茂る中に誰にも知られずにひっそりと咲く一本の姫百合のように、その人に知られないまま恋い焦れていることは何とも苦しいものだという。恋することは苦しいことだった。巻十二にもそれを歌う面白い歌がある。

**生ける世に　恋といふものを　相見ねば　恋の中《うち》にも　我そ苦しき**　（巻十二・二九三〇）

生れてこのかた、恋というものに出逢ったことがないので、その正体が分らず、いま私はその恋のただ中にいてとても苦しいという。初めて恋を知った人の述懐で、乙女の歌だろうか。幼稚ながら自分の心の変化に知的な目を向けた、心の成長を見せる歌である。

また、大伴家持の青春時代、家持に恋歌を贈った中臣朝臣家の娘中臣女郎の歌に、

をみなへし　佐紀《さき》沢に生ふる　花かつみ　かつても知らぬ　恋もするかも　（巻四・六七五）

とある。女郎花の咲く佐紀の沢辺に生えている「花かつみ」にかけて、「かつても」を引き出す。それは今までちっとも、かつて一度も経験したことのないような「恋」をする自分をあやしみ呆れている。それが「かつても知らぬ恋もするかも」である。「恋もするかも」は、こんな恋を自分はするのかという発見とその感動をいう。「恋もする」の「も」はそんな恋があったのかという驚きの気持を表わしている詠嘆の助詞である。それはどんな恋をするのだろうか。

君が着る　三笠の山に　居る雲の　立てば継がるる　恋もするかも　（巻十一・二六七五）

庭清み　沖へ漕ぎ出づる　海人《あま》舟の　梶取る間なき　恋もするかも　（巻十一・二七四六）

かほ鳥の　間なくしば鳴く　春の野の　草根の繁き　恋もするかも　（巻十・一八九八）

という。春日の三笠山にかかっている雲が立って行ってはまた湧き出て来るように、あとからあとから湧き起こって来て止む時のない恋をもすることよといい、海が静かで沖まで漕ぎ出る漁師舟の漕ぐ楫のように休む間もない恋をもすることよといい、かっこうだろうか、かおとりが絶え間なくしきりに鳴く春の野の草のようにびっしり詰まったすき間もない恋をもすることよというのである。そしてその恋は、

言《こと》に出でて　言はば忌々《ゆゆ》しみ　朝顔の　穂には咲き出ぬ　恋もするかも
（巻十・二二七五）

はだすすき　穂には咲き出ぬ　恋を我がする　玉かぎる　ただ一目のみ　見し人故に
（巻十・二三一一、旋頭歌）

と歌う。口に出して言うのは不吉で憚られるので、朝顔の花が鮮やかに咲き出すようには表に出せない切ない恋をもすることよといい、それはすすきの穂にもたとえて、ただ一目見ただけのあの人のせいで人目を忍ぶつらい恋を自分はするのだという。後の歌の「恋を我がする」には他ならぬ自分がそんな恋をするのだという強い詠嘆が込められている。「恋もするかも」より強いかも知れない。それはまた、次のようにある。

もののふの　八十氏川《やそうぢかは》の　速き瀬に　立ち得ぬ恋も我はするかも
（巻十一・二七一四）

という。「氏川」は宇治川で、「もののふの八十氏」から「もののふの八十」を宇治川の序詞とした。宇治川は大河でその急流は名高い。宇治川の瀬に入ってその激しい流れに流されずに立っていることはできないだろう。そのような激しい思いの恋をも私はすることかという。それほどの「恋も我はするかも」はまた次のようにある。

朝《あした》咲き　夕へは消《け》ぬる　月草の　消ぬべき恋も我はするかも
（巻十・二二九一）

夕へ置きて　朝《あした》は消ぬる　白露の　消ぬべき恋も我はするかも
（巻十二・三〇三九）

前の歌は、朝に咲いて夕方にはしぼんでしまう月草（露草）のように身も心も消え失せてしまいそうな苦しい恋をも私はすることよという。それは後の歌の、夕方に置いて翌朝は消えてしまう白露にたとえても同じである。また、

志賀《しか》の海人《あま》の　火気《けぶり》焼き立てて　焼く塩の　辛き恋をも我はするかも
（巻十一・二七四二）

志賀の海人の　一日も落ちず　焼く塩の　辛き恋をも我はするかも
（巻十五・三六五二、遣新羅使人）

須磨人《すまひと》の　海辺常去らず　焼く塩の　辛き恋をも我はするかも
（巻十七・三九三二、平群氏女郎《へぐりうじのいらつめ》の家持に贈る歌）

とある。志賀の海人や須磨の海人が一日も欠かさず毎日海浜で煙を立てて藻塩を焼いている。その塩のように辛い、そんなつらい恋をも私はすることよという。恋は辛くつらいものである。その恋をまた次のように歌う。

験《しるし》なき恋をもするか　夕されば　人の手枕《ま》きて　寝《ぬ》らむ児故に
（巻十一・二五九九）

という。「験なき恋」とはする甲斐のない恋である。相手は人妻なのだ。夜になればよその男の腕を枕に寝る人妻を恋い慕っていても、恐らくその甲斐はないだろう。そんな恋をも私はするというのである。また、

**石上《いそのかみ》　布留《ふる》の神杉　神さぶる恋をも我は更にするかも**　（巻十一・二四一七）

とある。石上神宮のある布留の神域の神木である年を経た神聖な杉の古木のように神々しくなった老人の年甲斐のない恋をまた再びする身になったのか。本歌は柿本人麻呂歌集略体歌（古体歌）で、第三句の原文は「神成」のみでカムサビテとも訓む。「神さびて」は己れの神さびた年になっての意で、年をとって再び恋をした感慨をいうことになるだろう。「神さぶる」は次句の「恋」にかかり、「神さぶる恋」とは恋が久しく以前からの恋で、それを再開するのだとも解する。

またこんな恋もあった。

**この山の　峰に近しと　我が見つる　月の空なる　恋もするかも**　（巻十一・二六七二）

という。この山の峰の近くに見た月がいま中空に浮かんでいるように、心はうわの空の、足の地につかない恋であるらしい。

## 四　我れ恋ひめやも

万葉集に「相聞」の歌は二〇〇〇首をはるかに越すと先に言った。万葉集に「恋」という言葉を詠んでいる歌、それを「恋」を歌う歌としよう。それはどのくらいあるか。

恋《こひ》（名詞）　一六四例

片恋、下恋、恋草、恋衣、恋力、恋妻、恋結び、恋忘れ貝など連語　四八例

恋ふらく、恋ひまく、恋ひ居らく　四〇例

合計　二五二例

恋ふ（動詞）　四〇一例

恋《こひ》あまる、恋おもふ、恋くらす、恋死ぬ、恋乱る、恋わぶ、恋わたるなど連語　一一五例

合計　五一六例

恋し（形容詞）　五八例

総計　八二六例

それは万葉第一期から家持の第四期までの全時代にわたり、万葉集巻一から巻二十まで全二十巻に満遍なくゆきわたっている。

「恋」を歌う巻のベスト3は巻十一、巻十二と巻十である。それに次ぐのが全巻「相聞」の巻四である。あとは巻四の半分以下になる。

| 巻 | 恋（名詞） | 連語 | 恋ふらくなど | 恋ふ（動） | 連語 | 恋し（形） | 合計 |
|---|---|---|---|---|---|---|---|
| 一 | | 1 | | 4 | 1 | 1 | 7 |
| 二 | 5 | 2 | | 19 | 2 | | 28 |
| 三 | 2 | 1 | 1 | 8 | 1 | 5 | 18 |
| 四 | 17 | 3 | 5 | 47 | 15 | 1 | 88 |
| 五 | 1 | 2 | | 2 | | 2 | 7 |
| 六 | 2 | 1 | | 7 | 1 | | 11 |
| 七 | 2 | 4 | 2 | 12 | 3 | 2 | 25 |
| 八 | 6 | 4 | 2 | 14 | 4 | 1 | 31 |
| 九 | 2 | 1 | | 15 | 1 | 3 | 22 |
| 十 | 27 | 5 | 3 | 47 | 15 | 9 | 106 |
| 十一 | 39 | 8 | 12 | 78 | 22 | 3 | 162 |
| 十二 | 27 | 6 | 7 | 67 | 21 | 5 | 133 |
| 十三 | 8 | | 3 | 27 | 2 | 1 | 41 |
| 十四 | 3 | | 3 | 10 | 1 | 3 | 20 |
| 十五 | 7 | 2 | 1 | 12 | 15 | 3 | 40 |
| 十六 | | 3 | 1 | 3 | | 1 | 8 |
| 十七 | 4 | 4 | | 11 | 6 | 9 | 34 |
| 十八 | 3 | 1 | | 5 | 2 | 2 | 13 |
| 十九 | 5 | | | 5 | 1 | 1 | 12 |
| 二十 | 4 | | | 8 | 2 | 6 | 20 |
| 計 | 164 | 48 | 40 | 401 | 115 | 58 | 826 |

注「恋」の万葉集表記は、「戀」の外に「孤悲・故悲・故非・古非・孤非・胡非・古比・古飛・故飛（以上コヒ）」と、「故布・古布・孤布・故敷・古敷（以上コフ）」がある。

万葉集に最も多くの歌を収める歌人大伴家持は、「恋（名詞）」は十七首、二十例、「恋ふ（動詞）」は三十二首、三十四例、「恋し（形容詞）」は十首、十例、合計五十九首、六十四例である。万葉集中の家持歌四七三首の一二・五％である。これは万葉集全体の「恋」の総数八二六例の万葉集のうたの総数に対する割合は一八・二％であるから、確実に少ない。家持はやはり「恋」の歌人ではない。

家持の叔母大伴坂上郎女は、「恋」の語を持つ歌が二十八首、用例数は三十三例ある。その歌数は坂上郎女の歌の総数八十四首の三三・三三％に当る。坂上郎女の歌は三首に一首、「恋」が歌われていることになる。家持の「恋」の歌の二・六七倍である。坂上郎女はまぎれもない「恋」の歌人であった。その家持はどのように「恋」を歌っているか。家持の歌の「恋」の初出は女性への歌でなく、実は同性の友人に誤解されて冷たくされた時の歌であった。

なかなかに　絶ゆとし言はば　かくばかり　息の緒にして　我れ恋ひめやも　（巻四・六八一）
思ふらむ　人にあらなくに　ねもころに　心尽くして　恋ふる我かも　（同・六八二）

これはいつの歌と明らかでないが、巻四の配列から推定すれば、天平十年より以前、天平七、八年であろうか。家持十八、九歳の頃である。題詞に「大伴宿禰家持が交遊《とも》と別るる歌三首」とあって、その第一首は、

けだしくも　人の中言《なかごと》　聞かせかも　ここだく待てど　君が来まさぬ　（同・六八〇）

とある。その友人は人の中傷を信じて、このところずっと訪ねて来てくれないらしい。それで、いっそのこと別れると言ってくれたら、これほどに一生懸命の「恋」を私はしないのにと歌い、私のことを思ってくれていない人なのに、ねんごろに心を砕いて「恋」をする私であることよと歌っている。「恋」とは、好きな人に逢えなくて、逢いたいと切に思う心である。それは男女を問わない。家持は友人に対

して精一杯心を寄せ、心を尽くして親しく思うのである。

「我れ恋ひめやも」は万葉集における「恋」の初出、大海人皇子の歌にある。巻一の額田王の「あかねさす紫野行き標野行き野守は見ずや君が袖振る」(巻一・二〇)に答えた皇太弟大海人皇子の歌、

**紫草《むらさき》の　にほへる妹《いも》を　憎くあらば　人妻故に　我れ恋ひめやも**　(巻一・二一)

である。あなたが好きでなかったら、あなたは人妻なのだから、私はどうしてあなたを恋したりするだろうか、いや絶対にしやしない、それほどあなたが好きなのだというのである。結句の「やも」が反語で強い感情を表わす。この「我れ恋ひめやも」は以来、家持の六八一歌まで見られない。

この後、家持の青春時代は女性への「恋」の歌に集中する。そして天平十八年(七四六)、家持は二十九歳で越中守として越中国に赴任した。都に妻坂上大嬢を残しての単身赴任である。その都の妻への恋情が抑えきれずに作った「恋の歌」もあるが、家持の越中の「恋」の歌は、国司の仲間、部下への思いであった。

天平十九年(七四七)春、家持は重病の床に臥し、死ぬかと思ったが、二月二十日に漸く快方に向かって、病中の思いを長歌に作るまでに回復した。そして部下で一族で旧知の間柄であった越中掾大伴池主にも病床から歌を贈った。その長歌前半には己れの病臥のことを歌い、後半にこの春の盛りに春の景に触れられず空しく過ごす悔しさを歌い、結びに、

…偲はせる　君が心を　うるはしみ　この夜すがらに　眠《い》も寝ずに　今日もしめらに　恋ひつつそ居る
（巻十七・三九六九）

とある。心をかけて下さるあなたのお気持がありがたくて、昨夜は夜通し寝もやらず、今日も一日中、恋いつづけているという。「君が心をうるはしみ」とあるから「恋ふ」の相手は池主である。反歌は次の三首がある。

あしひきの　山桜花　一目だに　君とし見てば　我れ恋ひめやも
（同・三九七〇）

山吹の　繁み飛びくく　うぐひすの　声を聞くらむ　君はともしも
（同・三九七一）

出で立たむ　力を無みと　隠《こも》り居て　君に恋ふるに　心どもなし
（同・三九七二）

第一首は、山桜花を一目だけでもあなたと一緒に見られたら、私はこんなに恋い焦れるだろうかという。「恋ふ」対象を山桜花とする解釈もできるが、ここは長歌の結びを受けて「君」を思うのだと解釈する。

第二首は、うぐいすの声を聞いているあながうらやましいという。思っているのは「君」のことである。

第三首は、外に出る元気がないので引きこもっていてあなたを恋い慕っていると心を支える力までなくなってしまうという。

この時、池主もまた家持に答えて、

**我が背子に　恋ひすべながり　葦垣の　外《ほか》に嘆かふ　我し悲しも**　（巻十七・三九七五）

と、あなたが恋しくてどうしようもなくて、葦の垣根の外にいるように、離れて嘆くばかりの私が哀れですと返している。

やがて家持は病も癒えて、その年の五月に国司の都への使い、正税帳使として家持が出ることになった。その餞別の宴が池主の館で開かれることになり、その席で先ず家持が歌った。

**玉桙《たまほこ》の　道に出で立ち　別れなば　見ぬ日さまねみ　恋しけむかも**　（巻十七・三九九五）

いよいよ旅路に出発して別れたならば、長い間逢えないので、恋しいことだろうなあという。「恋しからむ」という言い方は万葉時代にはまだなかった。それが「恋しけむ」である。しばらく越中の部下たちの顔が見られなくて、恋しく思うことだろうというのである。

この送別会の二次会は国守家持自らの館で行なわれ、そこで家持が歌った歌が一首記されている。

**都辺に　立つ日近付く　飽くまでに　相見て行かな　恋ふる日多けむ**

（同・三九九九）

都へ出発する日が近付いた。みんなの顔を存分に飽きるまで見て行こう。これから恋い慕う日が多いだろうという。家持の越中赴任後初めての旅立ちである。国府の仲間たちとの親交が深まっていることを思わせるが、「恋」はこうした旅の別れの常套文句でもあった。

越中での五年の暮らしの中で、自然の景物に触れて心を癒したが、中でも布勢水海遊覧は、家持の最高の気晴らしであった。

**多胡《たこ》の崎　木《こ》の暗茂《くれしげ》に　ほととぎす　来鳴きとよめば　はだ恋ひめやも**

（巻十七・四〇五一）

布勢水海に舟を浮かべて漕ぎめぐり、多胡の崎の木陰の茂みにほととぎすが来て鳴くのを「恋ひ」求め、待ちこがれ、また鳴けば鳴いたで、

**古《いにしへ》よ　しのひにければ　ほととぎす　鳴く声聞きて　恋しきものを**

（巻十八・四一一九）

と、昔から賞《め》でて来たほととぎすの鳴く声を聞いて恋しがり、海や山や磯廻のお気に入りの絶景にも「恋」をした。

都へ帰って後に、兵部省の次官として、防人《さきもり》の交替の業務に難波へ出向した家持は、ひと日難波堀江に出て、

**堀江より　水脈《みを》さかのぼる　梶の音の　間なくそ　奈良は恋しかりける**　（巻二十・四四六一）

と歌った。堀江を漕ぎ上る船の楫の音の絶え間ないのを聞きながら、難波から奈良の都を恋しく思うのであった。この「奈良恋ひ」は今までのそこに住む妻や恋人への恋ではなく、都という存在そのものを抽象しているように思われる。これは家持の独自の感覚ではなかっただろうか。万葉集の「恋」も進化変貌しつつあった。

# 石見相聞歌の恋

身崎　壽

夫婦妖艶の詠、男女恋慕の詞、たがひに輪廻の罪根をきざし、おのおの流転の業因を結ぶ。するの露、もとの雫、ながくきえなん夜、たちまちにくらきよりくらき道に入なんとす。をしむべしをしむべし。かなしむべしかなしむべし。

柿本講式

## 一　「人麻呂の恋」

柿本人麻呂とは、どのような人物だったのか、なにをおもい、なにをもとめていきたのか、そして、わたくしたちはそれを、『万葉集』のうたを通じてしることができるのだろうか――それはできない、と断念するところからはじめた方がよいのではなかろうか。

かつてのべたこと（身崎一九九八）のくりかえしになるが、以前、人麻呂作品の注釈作業をしていたとき、巻二、「石見相聞歌」のところで、窪田空穂の『万葉集評釈』の、つぎのような記述に接して、他の注釈書にはみられない率直きわまりない、しかしなにかしらあたたかさをやどす洞察に、それこそ新鮮なおどろきと共感とをおぼえた。

人麿は現実生活に対してきはめて強い執着をもつてゐたが、その執着の中心を夫婦生活に置いてゐた。これは人間の一般性であつて、ひとり人麿に限つたことではないが、彼の執着は特に強いものであつて、執着の半面として必ずそれに伴ふところの、それの遂げ難い悲哀を満喫した人で、そこに人麿の特色があるのである。

これは、たしかに人麻呂作品のもたらす印象の一面を、的確にいいあてているといえるだろう。と同時に稿者は、これは窪田が、意識的にかどうかはともかく、人麻呂のなをかりてみずからをかたっている面もあるのだろうな、とも感じたのだった。

研究という、客観性を最大限に要求されるいとなみにおいて、注釈、あるいはもうすこしひろくいって作品の「読み」という行為には、対象作品への徹底した帰依の態度が要求されている。作品をはなれて恣意的にふるまうことはゆるされない、というのが研究者のあいだでの共通理解だろう。むろん、稿者もそのこと自体を否定するつもりはない。しかし、いうまでもないことだが、「読み」という行為は半面ですぐれて主体的な行為でもある。「読むわたし」の、作品にはたらきかけようとする意志なしには、この行為はありえない。その意味で作品は、そしてその作品の表現主体たる「作者」は、読者がよむことを通じて――あるいは「読み」という局面に、というべきか――はじめてたちあらわれてくるものだともいえるだろう。だから、誤解をまねくことを承知であえていえば、「作者」は、すくなくとも一面においては、「わたし（という読者）」なのだ。

そしてむろん一方では、「作者」は、作者署名やさまざまな注記などを通じて、現実の作品制作者たる「作家」（それが和歌作品ならば「歌人」ともよばれるだろう）につながっている。そのつながりかたというのは、通常かんがえられているようにア・プリオリにみとめられるような性質のものではなく、ある種の概念操作を必要とする（身﨑二〇〇二、身﨑二〇〇五ａ）ものなのだが、ともかくも、つながっている。だから、極端にいえば、「作者」を媒介項とすることによって、歌人「人麻呂」は「わたし（という読者）」でもある、といえるのだ。窪田の人麻呂像がいくぶんか窪田自身を投影していたように、それは不可避だといわねばならないだろう。

こういえば、客観性と実証性をおもんじてきた同業者からは、研究者にあるまじきたわごとと、非難をあびることうけあいだろう。事実、旧著（身﨑二〇〇五ａ）を上梓した際、その書名を『人麻呂の方法』としたことについて、斯界の先輩学者から、それはおまえの方法であって人麻呂の方法ではあるまい、とのおしかりを頂戴した。しかし、稿者にいわせれば、すくなくとも「作者」は、一面で「わたし（という読者）」なのだから、そして「作者」を統合して「作家」（身﨑二〇〇二では、中間項に〈作家〉というものをおいてみたが、いまは煩瑣をさけて省略することにする）が定立するのであってみれば、作家＝歌人「人麻呂」の方法は、そのまま読者「わたし」の方法にかさなるともいえるのだ。

稿者はともかくとして、ひるがえって、既成の万葉研究者はどうかんがえているのだろうか。……あなたがたとて結局は同罪ではないのですか、などといったら、またぞろ非難をあびるだろうか。だが、もしもさきにしめしたような稿者のかんがえかたが、研究者の世界でまったくうけいれられないものなのだとしたら、この世界では、研究者がどんなに客観性を標榜し、またそれを真剣に志向したとしても、所詮はおのれのゆめをかたっているのだ、という自覚が、すこしばかりたりないのではないのか。ただし、おのれのゆめをかたるだけでもすむのは評論家だ。研究者は、おのれのゆめをかたるに際しても、他者、他の「読み」の主体との積極的な交通をこころがけ、不断の相互批判と自己批判とをつみかさねることを放棄してはならないのではないか。それも、あいてはおなじ研究者同士、すなわち同時代の他者にとどまらない。注釈書をふくめて、過去の「読み手」との交通が不可欠だ。注釈書をよむというのは、そういう行為なのだとおもう。同時代や過去の他者との交通によって、みずからの「読み」を相対化し、修正していく——客観性への回路が、そこにかろうじてひらかれているのではないか。

＊

ところで、「恋の万葉集」という本論集の内容に即して、稿者にあたえられた論題は、「人麻呂の恋」というものだ。この課題の意味するところを、実は正確には理解できていない。だが、すくなくとも、歌人柿本人麻呂の実人生における「恋」をかたることは、不器用な稿者にはできそうにない。『万葉集』の記載を根拠として、「柿本人麻呂」という歌人の存在を実体化し、その実人生における「恋」の経験のあれこれをえがくことは、稿者のよくするところではない。あまり適切ではない表現だということを承知でいえば、万葉歌にも、現実との乖離、すなわち「虚構」が存在することをわきまえねばならないからだ。もっとも、万葉歌における「虚構」は、現代作家におけるそれのように徹底した認識にもとづくものではないし、後代とことなり、「虚構」がしくまれうる条件も、この時代にあっては限定されていたとおもわれる。しかし、どこに虚構がしくまれているか、あるいは、個々の作品において、どこまでが現実にもとづき、どこからが虚構だというようなさかいめをもうけることは不可能にちかい。したがって、『万葉集』の記述、とりわけ作品自体から「事実」をひきだすことは、おおくのばあい断念しなければならないだろう。

だから、稿者はこの課題を、「柿本人麻呂」という作者署名を有する作品において、「恋」という主題がいかにえがかれているとかんがえるか、というふうに解することにする。ひどくまわりくどい規定のしかただとはおもうが、これだけはまずはじめにはっきりさせておかなければならない。

さてしからば、「恋」とはなにか、「恋うた」とはどういううたなのか。いまさらめいたといかけだが、まずそこのところからはじめるとしよう。たとえば伊藤益一九九六は、万葉集研究に依拠しつつ、倫理学のたちばからこの問題にとりくんでいる（同書第二章「万葉人の恋意識」）。

万葉人にとって恋とは、孤りの悲しみ、すなわち、いとしいひとから離れて（あるいは遠ざけられて）悲哀に満ちた孤独感を甘受する状態にほかならなかった、と考えられる。しかも、恋とは、最初に万葉人のあいだで明瞭な形で自覚化された精神的事態である。（同書p一〇九）

これを稿者なりにおぎなっていいなおせば、それは人間が本質的に社会的存在で、人間同士つながってあること＝共生を希求してやまない動物だということにねざし、この「共にあることへの願い」のもっとも核心的な部分に位置をしめるのが、男女の性愛によってのむすびつきなのだということに発したものだ、ということなのではないか。

このように、「恋うた」が、「共にあることへの願い」と、にもかかわらず、そのせつない希求がかなえられぬ状態、すなわち「離れてあることの嘆き」、とりわけ、「をとこ」から「をみな」へ、「をみな」から「をとこ」へのそうしたおもいを、うたのことばにのせて表出したものだとすれば、石見国（の「角の里」）に、いかなるえにしによってかむつびしたしんだ「妹」をのこして、たびだつ「われ」のおもいをえがいた「石見相聞歌」は、まさに「人麻呂の恋」のありようをうかがうにふさわしい作品といってよいだろう。わたくしは前掲旧著においてこの作品を、主として時空の構造という観点から分析・定位したが、ここではまたことなる視座から、主としていわゆるII群長歌作品に検討をくわえ、「人麻呂の恋」の様相の一端をとらえることをめざしたい。

＊

いうまでもなく、この作品は二群の長歌作品（その異伝をふくむ）からなる。このおおがかりな構造がどのようにして形成されたか、その過程の究明に、あまたの先行研究がとりくんできたが、いまはそのことにはふれない。また、この作品の全体と対峙する余裕もない。いまとりあげるのは、その配列においてあとにおかれているII群のなかの長歌（巻二・一三五）、そのなかでも、つぎの引用において『　』でしめした、いわゆる主題部の表現の問題だ。その検討を通じて、この作品が「恋歌＝相聞歌」としていかなる独自な達成をしめしているのかをかんがえたい。

つのさはふ　石見の海の　言さへく　辛《から》の崎なる　いくりにぞ　深海松《みる》生ふる　荒磯にぞ　玉藻は生ふる『玉藻なす　なびき寝し児を　深海松の　深めて思へど　さ寝し夜は　いくだもあらず　延ふつたの　別れし来れば　肝向かふ　心を痛み　思ひつつ　かへり見すれど　大船の　渡《わたり》の山の黄葉《もみちば》の　散りの乱《まが》ひに　妹が袖　さやにも見えず　妻隠《ごも》る　屋上《やかみ》の〈一に云ふ「室上山」〉山の雲間より　渡らふ月の　惜しけども　隠《かく》らひ来れば　天伝ふ　入り日さしぬれ　ますらをと　思へる我も　しきたへの　衣の袖は　通りて濡れぬ』

反歌二首

青駒が　足《あ》掻《が》きを速み　雲居にぞ　妹があたりを　過ぎて来にける〈一に云ふ「あたりは　隠り来にける」〉

秋山に　落つる黄葉　しましくは　な散り乱ひそ　妹があたり見む〈一に云ふ「散りな乱ひそ」〉

（巻二・一三五〜一三七）

＊西本願寺本を校訂し、わたくしによみくだした。

## ◆二　「入り日」の情景

順序は逆になるが、まず長歌の最終場面からみていこう。つまとわかれて、山中をゆく「語り手＝われ」に、もはやそのつまのすがたがみえがたくなる、その瞬間、「入り日」がさしてくる、その光景に、

「われ」はこらえきれずなみだをあふれさせる。長歌のむすびとして不足のない、印象的な場面だ。しかし、なにゆえに、「入り日」のさすことがかくも「われ」を、「ますらを」たる「われ」をはげしくゆすぶるのか、そのことについて、従来たちいった指摘をするものはかならずしもおおくない。一部の中古文学研究者がしたりがおに指摘するような、「死」のイメージとのつながりなど、『万葉集』の「入り日」の用例に徴しても、いささかもかんがえられないことはいうまでもない（身﨑二〇〇五b）。こうしたなかで、わずかに注目されるのは、伊藤『釋注』が、川島一九八八の着実な分析によりつつしている、「入日のさす時は妻問いに近い時間帯」という端的な指摘だろう。

なおいえば、これにつづくむすびの

**しきたへの　衣の袖は　通りて濡れぬ**

も、川島、さらにははやく稲岡一九七二が指摘するように、「しきたへの衣」が「共寝」のしとねにしく衣服を連想させるものなることは、ほぼまちがいないだろう。要するに、ここはわかれてきた「妹」との交情のとき――それは、「さ寝し夜はいくだもあらず」すなわち、いくたびもないあきだらぬ「逢う瀬」だったと、うたわれていたのだった――をおもいださせる光景だということだ。このII群作品が、わかれてきたそのこと、そのかなしみ自体をうたったI群作品に対して、すぎさりし「妹」とのむつびあいのとき、過去の回顧によりおおきく傾斜するという、これらの指摘は十分に傾聴にあたいするといえるだろうが、ただ、「入り日」のもたらすものはそれだけではないのではないか、まだほかに、理由があるのではないだろうか、というおもいがぬぐえない。そこで、旧著では、そのうえにつぎのような表現機能があることを指摘した。

それは、落日が一瞬のかがやきをみせて、あたり一面をてらしだしたことをいっているのだろう。とすれば、この時点でここは西方が比較的ひらけた地形として了解されるはずだ。そこでもし、「語り手」の一日の行程を、おおまかに石見の地からの上京、すなわち東上ととるならば——実際のところ、石見のこまかい地理などに不案内な享受者には、その程度の地理感覚がせいぜいのところだろう。実地踏査は、作者によりそって制作事情をさぐるうえでは貴重だが、表現されたものの理解につねに有効だとはかぎらない——、そしてこれを神野志のように旅宿でみる幻想の光景などととらず、まさに山中のみちをたどっている時点での景ととるならば、それは山頂をこえてしまったところではなく、やまの西斜面をのぼりつつある時点にふさわしい光景ということになる。つまり、この光景から、このつぎにくる長歌の最終場面も、そのすこしまえで

大船の　渡の山の　黄葉の　散りの乱ひに　妹が袖　さやにも見えず

とえがかれていたところからはさほどとおくない地点、しかも「渡の山」の山頂以前だということが、自然にみちびかれる。この事実が重要なのだ。ついでにいえば、この表現は、それが晩秋のとあるひの、日没直前の時刻だということをもあきらかにする。(中略) この位置からは、「入り日」はまさに「語り手」がうしろがみひかれるようにあとにしてきた「妹があたり」の方角から、あた

かも「妹」のおもいをつたえるかのようにさしてきているからことになるからだ。川島の指摘に、このことをつけくわえてここのところをよんでみたい。（中略）そして第二に、たぶん、より重要な理由として、「入り日」がさすということは、当然日没が目前にせまっているということをしめす。太陽が没してしまえば、視界はくらくなって、「妹があたり」は「さやにも」どころかまったくみえなくなってしまうだろう。「妹があたり」をふりかえりふりかえりあゆんできた「語り手」のめに、一瞬、くものきれめから落日がかおをのぞかせ、あたり一面を暮色にそめる。それとともに、「妹」と「語り手」とを決定的にへだてる「闇の世界」の確実な到来の予感が、ひたひたとせまってきて、「語り手」はついに感きわまってしまうのだ。（第一二章「石見相聞歌」）

いささかながい引用となったが、いまもこの解釈の方向は、基本的にはあやまりでなかったとおもう（なお、文中の神野志の主張は神野志一九七七にみられるもの）。それは、この長歌の時空の叙述の自然ながれにそのままゆだねてみたとき、みたようにきわめて自然なはこびとなるからだ。しかし、だからといって、川島―伊藤ラインの指摘していた視点を否定しさることはできないし、またその必要もなかろう。山中のみちをたどる「われ」のからだは、一歩一歩（といっても、反歌一首めに「青駒が足掻きを早み」とあるところをみれば、徒歩ではなく、騎乗しての行旅のようだが）「妹」からとおざかりつつ、こころはそれとうらはらに「妹」の方へ、ふたりくらした過去へとひきもどされていくのであってみれば。

旧著にはことわらなかったが、ひとことつけくわえるなら、「入り日」が、視界をとざしてしまう日没にむすびつく、そしてそれが「語り手」「われ」のはげしいなげきをもたらす、という解釈は、かな

らずしも稿者の新見ではない。たとえば、つとに近藤芳樹『万葉集註疏』も、

入日刺奴礼は入日さしぬればの意にて長歌の一格なり。入日さして暮ゆけば顧みすれど見えもせずいと別のかなしさのそふよしなり。

と指摘している。ただし、みればあきらかなように、『註疏』はここを、現実に日没をむかえてのなげきとみているが、両群をあわせた「石見相聞歌」という作品の時間構造からいっても、ここはあくまでも日没の予感という風にとらえておくべきこと、旧著にのべたごとくだ。

だが、このように「入り日」の情景のもたらすものをかんがえたとしても、まだなにかものたりなさがぬぐえないのも事実だ。「入り日さしぬれ」という表現のもつ情感あるいはねらいを、わたくしたちはまだとらえそこねていたのではないだろうか。ここではそれを、ありふれた視点ではあるけれど、人麻呂がしばしば漢籍からの知識によって発想している、という点からかんがえられないかとおもう。

たとえば、基本的にさきほどひいた旧著のような把握がただしいとして、ここに、『詩経』大雅、「公劉」の一節

度其隰原　徹田爲糧　　低い土地高い原を度り　田を治めて糧をつくった
度其夕陽　豳居允荒　　山の西かげまで測量《はか》って　豳《ヒン》の居《すまい》はまことに荒《おお》きかった

＊訳文は『中国古典文学全集1　詩経・楚辞』による。

と、その毛伝の

**山西曰夕陽**

鄭箋の

**允信也夕陽者豳之所處也度其廣輪豳之所處信寛大也**

や、おそらくはこれに関連する、『爾雅』第十一「釋山」の

**山西曰夕陽山東曰朝陽**

という記述をひきよせてみるのもいいだろう。ちなみに、後者について、郭璞は「山西曰夕陽」に注して

**暮乃見日**

とし、さらにこれは後代のことになるが宋の邢昺の疏は、

**日即陽也、夕始得陽故名夕陽**

とおぎなって、かの「公劉」をひいている。

この作品の「入り日」＝「夕陽」と「やまの西斜面をのぼりつつある時点」とのむすびつきは、そのような漢土の知識を背景にしてはかられているのではないだろうか。

もっとも、この作品への漢籍の影響ということについては、すでにおおくの指摘がなされていて、渡瀬一九八六や上野・高松一九九三に、おもな先行研究が紹介されている。なかでも、吉田一九七九は、人麻呂作品全般をみわたして、そこに漢籍受容の実態をさぐった意欲的な論だが、「石見相聞歌」についても、『文選』巻一六「哀傷」部所収の江淹（文通）「別賦」をあげて、

この中兵士の夫、官吏の夫と離別する妻の叙述は、イメージの上で人麻呂の「石見の妻に別れる歌」と似たところがある。「別賦」を構成上の範とした形跡はないが、少なくともテーマ、イメージの上で人麻呂がこの作品からヒントを得たとは考え得る。

とし、さらに、おなじく江淹作の巻三一「雑体詩三十首」のうちの「古離別」の影響を、これはより具体的に指摘している。

遠与君別者　乃至鴈門関
黄雲蔽千里　遊子何時還
送君如昨日　簷前露已団
不惜蕙草晩　所悲道里寒
君行在天涯　妾身長別離
願一見顔色　不異瓊樹枝
兎絲及水萍　所寄終不移

遠く君と別るる者有り　乃ち鴈《がん》門の関に至らん
黄雲　千里を蔽ひ　遊子　何の時にか還らん
君を送ること昨日の如くなれど　簷《えん》前　露　已に団《まど》かなり
蕙《けい》草の晩《く》るるを惜しむにあらず　悲しむ所は道里の寒きこと
君は行きて天涯に在り　妾が身は長く別離せり
一たび顔色を見んことを願へども　瓊《けい》樹の枝に異ならず
兎絲と水萍《ひやう》と　寄する所は終《つひ》に移らず

＊訓読文は『全釈漢文大系』による。

吉田はこの詩について

「古離別」の妻は庭に置く露を見て秋の至るを知り、香草の枯れ行くのを見て道中の夫の寒さを案じて心を傷める。人麻呂長歌の妹は「露霜」の置くように置き去られ、「夏草」の萎えるように思い悲しむ。このイメージ上の類似は驚くばかりである。

と指摘し、さらに、

類似は露と草のイメージだけではない。それよりも更に強く、そして意味深いのは「古離別」における「兎絲・水萍」と人麻呂長歌の「玉藻・沖つ藻」間の類似である。「古離別」の妻は根無しかずらや浮き草が松や水にその身を寄せていつまでも他へ移らないように身と心を夫に寄せて来た。心を彼に捧げることは今後とも変るまい。人麻呂の妹も、朝な夕なに風と浪に寄せられる荒磯の上の玉藻のように、夫に身を寄せ、心を寄せて来た。浮き草というイメージと、それの持つ意味が、かくて二作品に於て全く同一なのである。

とものべており、指摘はさらに時間・空間意識の類似等にもおよんでいる。

吉田の指摘は、傾聴にあたいするだろう。ただ、漢詩と和歌、すなわち漢語とやまとことばのようにことなる言語のあいだでの、表現の受容実態の究明には困難がともない、いわゆる典拠・出典論的方法がそのままには機能しないばあいがおおい。いきおい、逐語的な類似よりも、こうした発想とか主題のレベルでの比較や関連性の究明が中心になりがちだが、そこには多分に主観的・印象批評的な要素がつきまとうことがさけられない。吉田論文の指摘するところにしても、また渡瀬前掲論文にしても、そうした主観的判断におもむくことを完全にまぬかれることはできないだろう。渡瀬論文は、いま問題にしている「入り日さしぬれ」についても、吉田の指摘をうけて「別賦」との関連をのべたなかで

**日下壁而沈彩　月上軒而飛光　　日　壁に下りて彩を沈め、月　軒に上りて光を飛ばす。**

というくだりについて

対句一聯の、壁に下る「日」と軒に上る「月」とは、石見相聞歌第二群の「雲間より渡らふ月」と「天伝ふ入日さしぬれ」とに響いて行くとも言えようか。

と指摘している。ここのところは、まさに稿者がいま注目する「入り日さしぬれ」という表現にかかわるだけに、みすごせない指摘だが、このくだりにしても、日月が対句につがえられている、というだけで、当該歌の表現に直接の影響関係をみとめるには、措辞のうえでやや径庭がありそうだ。

しかし、そうした漢籍からの摂取の可能性を、直接の典拠になりえないというので一切拒否するのはもったいない。漢籍表現の受容があたらしい発想や表現のふくらみをもたらしたとみる余地を、のこしておきたいとおもう。

そうしたレベルでの漢籍の影響ということでいえば、伊藤の、さかのぼって川島の指摘していた、「入り日」によって「夜の訪れへの予感」、ひいてはわかれてきた「妹」へのおもいを形象しているということも、漢籍の受容がもたらしたなんらかの知識によってささえられている可能性をかんがえてみるべきではないだろうか。以下は、そのひとつの試案だ。

「黄昏」が一種特別の情感をもって漢詩の世界に登場してくるのが、唐代もなかごろ以降だということを指摘したのは、入矢一九七四だったが、その入矢が『文選』で唯一の「黄昏」の例としてあげているのが、つぎにひく『文選』巻一六「哀傷」部、司馬相如(長卿)「長門賦」の一節だ。

日黄昏而望絶兮　悵獨託於空堂　日は黄昏にして望みは絶え、悵《ちやう》として獨り空堂に託く。
懸明月以自照兮　徂清夜於洞房　明月懸りて以って自ら照らし、清夜に洞房に徂《ゆ》く。

しられるように、ここは、寵をうしなったきさきの悶々たるおもいをのべているところだから、つまをのこしてたびだつおとこのおもいをのべる「石見相聞歌」とは、状況がまったくことなる。したがって、直接の典拠などというにはほどとおいものだが、「夜の訪れへの予感」が、おもうひとにあえぬ現在の状況とあいまって、万感せまるものとなるところ、両者のあいだにはあい通ずるものがないだろうか。それに、ここでも「別賦」と同様に日と月が対句につがえられていることも、注目されるところだ。

むろん、「入り日」との関連ということでいえば、「黄昏」だけをみても不十分きわまりないことはあきらかで、「夕陽」「斜陽」「落日」「落暉」、はたまた「残霞」「晩（暮）霞」など、「入り日」にかようあまたの漢語表現をひろくみわたす必要があるだろう（参照、山之内一九七四）が、ここではそのひとつの例として「長門賦」の「黄昏」のイメージをあげておくにとどめたい。

## 三　屋上山の「月」

漢籍表現の例に「日」とともに「月」がでてきていたことにかんがみ、ここですこしさかのぼって、妻隠る　屋上の〈一に云ふ「室上山」〉山の　雲間より　渡らふ月の　惜しけども　隠らひ来ればという一節に注目しよう。この部分の修辞技法について、土屋『私注』は、その冗長さをとがめ、殊に此の歌で冗漫に感ぜられるのは、「妻ごもる屋上の山の」以下の六句である。「妹が袖　さやにも見えず」から直ちに「天づたふ　入日さしぬれ」に続いて何の不可なることがあらう。こんな散漫な句を弄んで居るのでは人麿も駄目かとさへ思はれる程である。

とまでいって、その非をならす。だが、それはみずからの、すなわち近代短歌（というよりアララギ派短歌）の窮屈な尺度で万葉歌を裁断する、一方的な解釈にほかならないのではないか。それも、実作者の直感としてはゆるされるかもしれないが、むしろ、そのようにえがかれなければならなかった必然性、そのように表現した「作者」のねらいをあきらかにするのが、まさに研究の態度なのではないだろうか。

ただ、そのまえに、ひとつふたつ解釈上の問題をかたづけておかねばならない。第一に、文脈理解、具体的には、なにが「隠らひ来れば」なのか、という問題だ。まず、宣長の主張にみみをかたむけてみよう。

屋上乃山乃と切て、隠《カクロ》ひ来《ク》ればといふへつゞく也、惜《ヲシ》けども屋上の山の隠れて見えぬよし也、さて、雲間より渡らふ月のといふ二句は、たゞ雖《ヲシケドモ》惜の序のみ也、わづかなる雲間をゆくあひだの月は惜きよしの序也、もし此月を此時の実の景物としては、入日さしぬれといふにかなはず

（『玉の小琴』）

屋上山がかくれてしまうのが残念だ、というのだ。だが、それはいかにも唐突にすぎるのではないか。やはりここは、諸注がおおく採用するように、「妻隠る屋上の山の雲間より渡らふ月の」全体が序詞で、「隠らひ来れば」をひきだしており、その「隠らひ来れば」は、このすこしまえの、「妹が袖さやにも見

えず」をうけて、「妹」のすがたが、距離の増加にくわえ、おりからしきりにまいおちる「黄葉」にさえぎられて、ますますみえにくくなっていくことをいっていると解するべきだろう。では、宣長のとっていたもうひとつの点の解釈はどうなのか。この景は「序のみ」なのか、それとも実景なのか。

これについて、「真実を歌つてゐるのが、人麻呂の歌である」との信念にもとづいて、入念な実地踏査によって実景説を展開しているのが都筑一九八一だ。都筑は

言ふまでもなく、「つまごもる　屋上の山の　雲間より　渡らふ月の」この序、実景を捉へて序としてゐるのであつて、観念の上のものではない。これを、観念のものであるとせむか、この作品、盛り上がりを欠き、迫力を失つて終ふ。（同書「虹」p一一七〜一一八）

と断じ、季節・日時から時刻におよぶまで考証し、つぎのような結論にいたる。

屋上山、渡津付近からは、東方に望まれる。浅利付近からは、南西に望まれる。都治付近からは、西方に望まれる。随つて、渡津付近から望む屋上山の上の昼の月は、夕刻、東の空に出る満月である。渡津と浅利との中間あたりから望むそれは、午後、東南の空に出る上弦の月である。都治付近から望むは、午前、西南の空にある下弦の月である。かう見て来ると、人麻呂が、渡の山を越え、嘉戸を過ぎ、国府の地、迩摩へ馬を走らせながら、屋上山の上の昼の月を眺めたのは、渡津と浅利との中間あたりからであつて、その月は、十月十日頃から十三日頃に亙《わた》り、正午頃から夕刻近い頃までの間、東の空から南の空にかけて見えてゐる上弦の月であつたといふことになる。（同）

同書所収の「昼の月」では、さらに具体的に日時と「屋上の山の月」のみえる位置を特定してみせる。

そこに茂吉の「鴨山」さがしにもにた情熱は感じられるものの、究明の根拠となるべき定点にとぼしい。あり体にいって、これはうつくしい想像というほかないだろう。

しかし、現代注でも、稲岡『全注』など有力な注釈書が、これは実景の序だと解釈している。稲岡は窪田『評釈』の説をうけて、

日の入り前の実景とも解されるだろう。夜ではないが、淡い月の仰がれるのを序としたものとして味わいうるのである。

とのべる。

「屋上の山」自体、実在するとしたらいずこに比定されるものなのか、またそもそも、そうしたことをとうことに、はたして意味はあるのか、それ自体も論議のあるところだろう。従来の論議でいえば、澤瀉『注釈』など諸注が採用している江津市浅利の「室神山」(高仙山、浅利富士)などが有力候補なのだが、それはともかくとして、稿者はこれら実景説にはうたがいをもつ。感覚的なもののいいになることはいなめないが、山田『講義』ならずとも、「雲間より渡らふ月」という景が夜間以外の景であるとは到底おもわれない。たとえそれが夕刻にちかいものであっても、だ。「昼の月」は、「雲間」にかくれたりせず、すみきった中空にふとうかんでいてこその景だろう。だから、「雲間より渡らふ月」はあきらかに夜景だ。したがって、宣長の言をまつまでもなく、この作品全体の時空の構成(旧著参照)からいってこれは実景ではありえない。

ただし、「月」はともかくとして、「屋上の山」がいま「渡の山」の山中のみちをたどる「われ」にみ

えているのかいないのか、は容易にはきめられない。さらにいえば、いま「語り手」がたどりつつあるのが、まさにかれがつまどいにかよったそのみちだった（ただし方向は逆ということになろうか）、というようなよみも、にわかには否定しきれないだろう。それにしても、これは実景（の序）ではない。

だが、実景ではない、としただけでことはおわらない。それならばなにゆえに、実景ではない「屋上の山」の「月」が、しかもあきらかに「われ」の現在――「入り日」にちかいころ――とはことなる時間帯の景＝夜景が、ここで序の景として提示されなければならないのか、その積極的な意義があきらかにされなければならないだろう。伊藤『釋注』がここに「虚構」を想定するのは当然というべきだ。

「屋上の山」に冠した枕詞「妻隠る」の選択に、その志向は如実にあらわれている。そこに想起されるのが「われ」がかよった「角の里」の「妻」のふしど、ひいては「妻」のすがただということは論をまたないだろう。では、「月」はどうか。

「月を通して思う人を偲ぶ歌は多い」という（伊藤『釋注』巻十一・二四六〇以下注）。それならば、その「月」が「雲間」や「山の端」にかくれることをうたうとき、どのような心情のありようが喚起されるのだろうか。そのような例はかならずしもおおくはないようだが、そのかずすくない例とても、喚起するイメージは一様ではない。

**あかねさす　日は照らせれど　ぬばたまの　夜渡る月の　隠らく惜しも**　（巻二・一六九）

これは人麻呂作品だが、周知のように、皇太子であった死者を「日」につぐものとしての「月」になぞらえて、その死を、「月」がかくれてしまったことに託していたんでいるもの、むろんこれは相聞性とは無縁だ。また、

まそ鏡　照るべき月を　白たへの　雲か隠せる　天つ霧かも　（巻七・一〇七九）
照る月を　雲な隠しそ　島陰に　我が舟泊《は》てむ　泊《とま》り知らずも　（巻九・一七一九）

などは、具体的な制作状況等はつまびらかではないが、実際の景をよんでいるものとみてまちがいない。ただ、前者などは雑歌部に分類されてはいるが、容易に譬喩歌に転用できそうだ。また、一見景を叙したのみのようにみえるものも、たとえば、

旅にあれば　夜中をさして　照る月の　高島山に　隠らく惜しも　（巻九・一六九一）

は、覊旅のうただが、ともにおさめられているもう一首

高島の　吾跡川《あど》波は　騒けども　我は家思ふ　宿り悲しみ　（巻九・一六九〇）

からもあきらかなように望郷歌だから、「月を通して思う人を偲ぶ」例となるかもしれない。

一方、

**待ちかてに　我がする月は　妹が着る　三笠の山に　隠《こも》りてありけり**　（巻六・九八七）

は、「妹が着る」という枕詞はもちいていても、それはおそらく宴席などでの座興をもよおしたもので、そこになんらかの寓意が託されていることは予想されるが、それが伊藤『釋注』のいうように恋情をふくんだものとまではいえまい。

係恋のうたの典型とみとめられるのは、たとえば、

**ひさかたの　天照る月の　隠《かく》りなば　何になそへて　妹を偲はむ**　（巻十一・二四六三）

で、ここではっきりと、おもう女人を「隠れる月」になぞらえている。これが「人麻呂歌集」所出のうただということは記憶しておいてよいだろう。また、

**二上に　隠らふ月の　惜しけども　妹が手本を　離《か》るるこのころ**　（巻十一・二六六八）

も、単純明快に「月」のこうしたイメージをうたっている。これとならんで配列された

**我が背子が　振り放《さ》け見つつ　嘆くらむ　清き月夜に　雲なたなびき**　(巻十一・二六六九)

と、好一対の作といえよう。

むろん、いま検討している「雲間より　渡らふ月の　惜しけども　隠らひ来れば」は、序詞表現のなかでの視覚イメージにすぎない。しかし、いうまでもないことながら、万葉歌にあっては、序詞内のイメージもまた作品世界の情感やモチーフの形成にすくなからず関与しているはずだ。そしてその「月」のたゆたうのが「(妻隠る)屋上の山」であってみれば、ここで「月」にこめられたイメージがいかなるものだったかは、もはやあきらかだろう。

ここで、川島や伊藤の指摘していたところをもういちどおもいおこしてみよう。「夜」は男女の逢会の時間だった。ならばこの景はまさしく、「われ」が「つま」のもとをおとなうときに、しばしばめにした光景だったのではないか。「屋上の山」は、「語り手」「われ」の、「つま」のすむさと(当該歌群自体には、第二反歌に「妹があたり」とだけあって、その所在は明示されていないが、「或本歌」にうたわれる「角の里」にあたるとみてもよいだろう)への往来のみちすがら、その山容を「われ」の視野になげつづける存在だったのではないか。ここで実景説をとるばあい、「屋上の山」をどこに比定するかというような問題とあいまって、この想定があやうさをかかえこんでしまいかねないことは否定すべくもない。しかし、実景

云々が問題にならない以上、それが現実のどこであれ、問題ではないだろう。それよりも、この部分に「屋上の山」の夜景を拉しくることとの必然性を説明する必要があろう。そしてそれは、以上のべたごとき理由をおいてほかにはないのではなかろうか。

つまとの別離を主題とするこの作品において、「共にある」よろこびをつまとわかつことのできた——それとて、このばあい「さ寝し夜は　いくだもあらず」とうたわれていたように、いかにもおぼつかないなからいではあったようだが——過去という時間を作品世界によびこむ、それがこの作品の「恋」の描出の方法だったのではないか。はじめにのべたことをもう一度くりかえすなら、「恋」とは「共にあることへの願い」がかなえられぬ、いま「離れてあることの嘆き」をさすことばだったのだから。

この作品にえがかれた「月」と「入り日」とは、自然な時間の経過とはあえて順序をことにしつつ、両者あいまって、つまとの別離という現実にあって、ともにすごした至福のとき、「夜の逢瀬」へとうしろむきにむかう「われ」の心情を、遺憾なくえがきだしているというべきだろう。

では、このように「恋」の心情をえがいたII群作品は、「石見相聞歌」全体のなかでいかなる位置をしめ、いかなる機能をになっているのか。本稿のまとめとして、旧著にしめした結論にしたがってのべるならば、おおよそつぎのようにとらえることができるだろう。

「石見相聞歌」という作品は、別離という主題を、実現しえなかった「見納め」、というモチーフを中心にして十全にえがいた作品だった。I群では、決定的な別離というおもい現実に直面し、幻想のなかでなりと「見納め」を実現したいとあがく絶望的な激情をへて、別離の事実をうけいれるにいたる「語り手」の心情をえがき、II群では、そこから時空をさかのぼって、「見納め」をはたせぬままにきてしまった別離の行程を、そのおりおりの心情とともに反芻したものだ。そこでは「語り手」は、別離という現実をうけいれがたいものとしてひたすら過去へ（時間的にいえば「過去」だが、それは容易に空間的な方向、すなわち「妹があたり」へと変換しうるものだ）とおもいをはせる。ゆえに、その随所に、「妹」との交情の記憶がかおをのぞかせることになるのだ。それが、「石見相聞歌」の「恋」の表現の方法だったといってよいだろう。

＊

もうひとつ、おぎなっておこう。おなじく「柿本人麻呂」の作者署名をもつ「泣血哀慟歌」は、歌人（作家）人麻呂に即していえば、「石見相聞歌」よりはのちに制作されたとおもわれる、「亡妻悲傷」を主題とする挽歌だが、そこに、わたくしたちは往年の「石見相聞歌」のばあいと同様の方法をみいだすことができるだろう。死による配偶者との永訣は、究極の別離、すなわち究極の「恋」だといえよう。その「泣血哀慟歌」のII群長歌（巻二・二一〇）冒頭では、つまとのであいをもたらした春の祝祭（歌垣）の追憶が、うつくしくえがかれていた（身﨑一九八五、身﨑二〇〇五a第六章）。その「祝祭の日」のはれやかさ、みどりもゆる「春」の生命の充実。

**うつせみと　思ひし時に　取り持ちて　我が二人見し　走り出の　堤に立てる　槻《つき》の木の　こちご**

**ちの枝の　春の葉の　繁きがごとく　思へりし　妹にはあれど　頼めりし　児らにはあれど**

その追憶がはれやかにうつくしければうつくしいだけ、喪失のかなしみもまた、みもだえするほどふかい。そのかなしみをいだいてふたりくらした「妻屋」にもどった「われ」は、そこでつまのわすれがたみの「みどり児」をかきいだき、ふたたび追憶にひたる。

**我妹子が　形見に置ける　みどり児の　乞ひ泣くごとに　取り与ふる　物しなければ　男じもの　脇ばさみ持ち　我妹子と　二人我が寝し　枕づく　妻屋の内に　昼はも　うらさび暮らし　夜はも　息づき明かし**

この長歌では暗示的にしかしめされないが、そのとき「われ」の脳裏にうかんでくるのは、ともねのとこによこたわるつまの肢体のなまなましい感触ではなかったのか。初案とも目されている「或本」の第三反歌――それは形成過程論にあっては推敲・演練の過程で削除されたものとみられている――には

**家に来て　妻屋を見れば　玉床の　外に向きけり　妹が木枕**　（巻二・二一六）

とあった。あるじをうしなった「枕」だけがむなしくふしどに放置されている凄惨な情景。

つまとめぐりあえるかもしれない、一縷ののぞみをいだいて、「われ」は山中につまのすがたをさがしもとめることになる。これもまた「恋」の実相といえるのではないだろうか。「石見相聞歌」で、つまとの「逢瀬」のよろこびを追憶しつつ別離のみちをたどる「われ」の「恋」をえがいた歌人は、後年、つまとの究極の別離を、おなじ手法によってえがいた、というべきか。

「それ(夫婦生活)の遂げ難い悲哀を満喫した人」という窪田の把握を、ここで稿者なりにいいなおせば、人麻呂はまことに「恋」の歌人だった、ということになろうか。

【参照文献】

伊藤益一九九六　伊藤益『日本人の愛』一九九六年一〇月
稲岡一九七二　稲岡耕二「人麻呂の枕詞について」『万葉集研究』一、一九七二年四月
入矢一九七四　入矢義高「黄昏と夕陽」『全釈漢文大系』月報一二、一九七四年一〇月
上野高松一九九三　上野理・高松寿夫「万葉集と漢文学」『和漢比較文学叢書』九、一九九三年一月
川島一九八八　川島二郎「敷栲の衣の袖は通りて濡れぬ」『山辺道』三二、一九八八年三月
神野志一九七七　神野志隆光「石見相聞歌論」『柿本人麻呂研究』、初出一九七七年一月
都筑一九八一　都筑省吾『石見の人麻呂』一九八一年二月
身﨑一九八五　身﨑　壽「柿本人麻呂泣血哀慟歌試論(二)」『国語国文研究』七四、一九八五年九月
身﨑一九九八　身﨑　壽「性愛という主題」『国文学』四三―九、一九九八年八月
身﨑二〇〇二　身﨑　壽「作者／作家／〈作家〉」『別冊国文学』五五、二〇〇二年一一月

身﨑二〇〇五a　身﨑　壽『人麻呂の方法』、二〇〇五年一月
身﨑二〇〇五b　身﨑　壽「『入り日』をめぐる断章」『古代文学論集』、二〇〇五年三月
山之内一九七四　山之内正彦「落日と夕陽」『東洋文化研究所紀要』六三、一九七四年三月
吉田一九七九　吉田とよ子「柿本人麿の空間・時間意識」『上代文学』四二、一九七九年四月
渡瀬一九八六　渡瀬昌忠「人麻呂と漢文学」『柿本人麻呂作歌論（著作集七）』、初出一九八六年九月

# 万葉恋歌の誕生
## ――人麻呂歌集の文学史的意義――

大浦誠士

### 一　はじめに

『万葉集』に「柿本朝臣人麻呂（之）歌集」（以下、人麻呂歌集）を出典とすることが明記される歌は、三七〇首ほどに上り、出典が明記される『万葉集』編纂の原資料としては最大の歌集である。人麻呂歌集所出歌については、表記の特異性から人麻呂歌集の書式が残されているものと見られ、後述するように、天武朝に始まり、持統朝にかけて製作された歌が載せられていたものと考えられている。(1)

近年、いわゆる初期万葉の歌をどのように把握すべきかについての議論が展開されており、(2)天智朝以前の歌として『万葉集』に載る歌は、記されている時代の歌そのものではないことが主張されるようになった。いわゆる初期万葉の歌は、『万葉集』の編纂が開始された時代ないし、文字の歌が誕生してくる人麻呂の時代から、振り返る形で把握し直された「記憶」(3)と見なければならない。そうした初期万葉理解を踏まえた場合、天武朝から持統朝にわたる所産と見られている人麻呂歌集の歌は、万葉歌の始発期に位置付けられることとなる。

本書のテーマは『万葉集』における「恋」であるが、それがどのように歌い始められたのかを確認する意味で、まずは人麻呂歌集の文学史的位置付け・意義付けに触れておく必要があろう。

## 二　略体・非略体の論

人麻呂歌集の書式は略体と非略体とに区分されて考察が進められてきた。近代における書式の区分は、阿蘇瑞枝「人麻呂集の書式をめぐって」[4]が、人麻呂歌集所出の歌の文字数の平均値を、収載されている歌群ごとに測定し、人麻呂歌集の書式を「略体」と「非略体」とに分類したことに始まる。この分類を発端として、人麻呂歌集をめぐる議論は、一気に進展を見せた。中でも稲岡耕二は、略体と非略体との別を、国語の表記史が純粋な漢文から意味を表す文字を日本語の語順で並べる（助辞の表記を伴わない）段階を経て、いわゆる宣命大書体へと進んでゆく過程とパラレルに捉え、天武九年（巻十の七夕歌二〇三三番歌の左注「庚辰年」より）と持統三年（人麻呂「日並皇子挽歌」の作歌年代より）を境界とする「略体歌→非略体歌→人麻呂作歌」という書き継ぎの論を提示し[5]、略体歌を歌の文字化の始まりと捉えて、助辞の表記の緊密化が歌の質的な進展をもたらしている様相を捉えた。[6]

非略体歌が、七夕歌、羈旅歌、宴席歌、季節歌など、様々なジャンルの歌を含み持つのに対して、略体歌は、巻七の譬喩歌、巻十の季節の相聞歌、巻十一、十二の正述心緒・寄物陳思・問答の歌など、

「恋」の歌が主となっている。七夕歌や羈旅歌、宴席歌などが、その根底に相聞的な発想・表現を含み持って成り立っていることを勘案すると[7]、非略体歌の営みは略体歌の営みを基底に据えて成り立っていると言えるだろう。

略体歌と非略体歌の表現の水準の違いについても様々に論じられている。例えば巻七「羈旅作」や巻十二「羈旅発思」に配される略体歌が、旅の歌の契機を持ちながらも、未だ旅の歌としての自立性を確立していない「プレ羈旅歌」としての水準にあるのに対して、巻七、九などに見られる非略体歌の旅の歌においては、歌の言葉が自立的に旅を表現している様相は、拙論「人麻呂歌集歌[8]」で触れた。

人麻呂歌集内部の問題として、略体表記と非略体表記の相違を追究することは、歌表現の展開を考える上で重要であるが、本稿では、その相違には深入りしない。人麻呂歌集が、総訓字表記を指向する略体書式と、訓字表記に助辞の表記を伴う非略体書式とを合わせ持ちつつ、総体として訓字による歌の表記を指向している様相を捉えておくことが、後述する人麻呂歌集の文学史的位置付けとも絡んで重要と考えるからである。

## 三 人麻呂歌集と木簡資料

先述のような人麻呂歌集の表記と表現をめぐる議論は、近年の出土木簡に見られるウタの一字一音表記によって見直しを迫られている。その発端は、阿波国庁跡とされる徳島県観音寺遺跡から出土した

「なにはづ」木簡と、飛鳥池遺跡から出土した仮名書き木簡であった。

**奈尓波ツ尓作久矢己乃波奈**（観音寺遺跡木簡）

**（表）止求止佐田目手□□**

**（裏）□久於母閉皮**（飛鳥池遺跡木簡）

観音寺遺跡木簡には、従前の出土木簡に多数例が見られる難波津の歌が記されており、飛鳥池遺跡木簡も、「クオモヘバ」と判読できる箇所が、ク語法を「思ふ」が受ける形になっていて、韻文の一部であることが予想される。観音寺遺跡の木簡は天武朝頃のものと見られ、飛鳥池遺跡の木簡も人麻呂歌集の時代に重なる例である。歌の文字化が人麻呂歌集略体歌の総訓字により始まったとする稲岡説に疑義を呈する工藤力男「人麻呂の表記の陽と陰」[9]が「歌でも散文でもいい、確かに仮名書きされた七世紀の木簡が一枚出土したら決着する問題なのだが、……」と述べていた木簡が出土したのである。この木簡の出土によって、人麻呂歌集略体歌の表記は、歌の文字化当初の必然としてではなく、「選択」として捉えられるべきことが主張されるようになった。[10]

これらの木簡の出土を受けて、ディビッド・ルーリー「人麻呂歌集『略体』表記について」[11]が「略体歌における書記は本質的なレベルで木簡などに見える日常書記とは共通しない」と述べたことは、人麻呂歌集の表記を日本語書記史一般から切り離し、文学史の問題として考える発端となったと言えよう。

犬飼隆「『歌の文字化』論争について」[12]が「出土資料上に書かれた「歌」のなかに『万葉集』所載の和歌とみなされるものは見つかっていない」ことを強調して、「古代の日本語の韻文」の表記の問題と「万葉歌」の表記の問題とを峻別すべきことを主張し、

膨大な出土資料の出現という研究環境の変化によって、文学史上の営為が古代日本の文字世界の特殊な片隅に正しく位置付けられたのである。文学研究の立場にとっては、その片隅こそが巨大宇宙であることを本稿の筆者は否定しない。

と言うのは、国語学の立場から「歌の文字化」論争を整理するものである。また、『萬葉語文研究　第2集』に掲載された、『セミナー　万葉の歌人と作品』(和泉書院) のシリーズ完結を受けての座談会「座談会　萬葉学の現況と課題 ——『セミナー　万葉の歌人と作品』完結を記念して——」[13]における毛利正守の発言、

それは、現在出てきている木簡などはある意味で大変日常的なものであり、そういう中においてそれらは仮名書きであり、(中略) 歌集としての人麻呂の書式は、そういう日常的なものとは別のところにあるという意味で、それはあまり念頭になかったかと思われます。

にも、ルーリー論が木簡の書記を「日常書式」と捉え、人麻呂歌集の表記をそれとは異なるものと捉えたのと同じ把握が見られる。概して、日常の書記としての木簡の書記と、非日常的な、また歌集としての「万葉歌」の書記とを峻別すべきことが説かれ、人麻呂歌集の表記を「万葉歌」という特異な分野の表記史として捉えるべき方向に進んでいると言えよう。

その方向性自体はおそらく正しい。しかし、『万葉集』の歌とその表記を、国語（表記）の「特殊な片隅」として特別扱いすることで問題は終わらない。人麻呂歌集歌の表記がどのような意味で特殊であるのか、それが文学史上どのような意義を持つものであるのかが、国文学研究の側で問い直される段階に来ているのである。

そうした人麻呂歌集の表記と木簡のウタの表記とをめぐる議論が展開されている中、二〇〇六年七～九月に大阪市中央区内久宝寺町二丁目で行われた発掘調査において、難波宮跡の推定宮域内の南西隅付近から出土した木簡に、韻文が一字一音で記されたとおぼしき例が発見された。「前期難波宮造営時の整地層」（六層）の下の「湿地の埋め立て土の層」（七層）から検出したもので、「前期難波宮の完成期からそれほど遡らない時期のもの」[14]という。その木簡には、

## 皮留久佐乃皮斯米之刀斯□

という十二文字（後の「斯」字の下には文字の存在が認められるが、判読不能）が確認されている。発表当初は「ハルクサノハジメノトシ□」と読まれ、西暦六五〇年（白雉元年）の改元と関わるものかとも考えられたが、「之」のみが訓仮名として扱われることへの疑義や、「年」を意味するトシのトがト乙類であるのに対し、表記の「刀」字がト甲類の仮名であることなどから、「ハルクサノハジメシトシ□」、「ハルクサノハジメノトジ□」（トジを「刀自」と見る）など、様々な読みが想定されている。最後の「斯」字の下

の文字は判別不能ながら、「ハジメノ（シ）トシ（ジ）」は、いずれの訓みを採るにしても、六音のまとまりのある名詞句と見られ、次の一字が一音の助詞である可能性は非常に高い。木簡に記される語句が、五・七の韻律を持つものであることが想像される。

『万葉集』の歌における「ハルクサノ」の用例は、

**……天皇《すめろき》の　神の命《みこと》の　大宮は　ここと聞けども　大殿は　ここと言へども　春草の　茂く生ひたる　霞立つ　春日の霧れる……**　（巻一・二九）

**……ひさかたの　天見るごとく　まそ鏡　仰ぎて見れど　春草の　いやめづらしき　我が大君かも**　（巻二・二三九）

**春草の繁き我が恋大海の辺に行く波の千重に積もりぬ**　（巻十・一九二〇）

の三例のみである。二九番歌は人麻呂の「近江荒都歌」において、大津宮の大殿があったと人の言う場所に何も見えないことを言う文脈で用いられており、枕詞ではない用例である。後の二首は「めづらしき」、「繁き」に冠される枕詞として用いられている。当該木簡の「ハルクサノ」は「ハジメノ（シ）トシ（ジ）」に続いており、『万葉集』の歌との重なりが見られないことから、『万葉集』の歌とは質を異にするウタであるとの指摘も可能であるが、『万葉集』の「ハルクサノ」の用例自体が一定の定型的な用法を示しておらず、『万葉集』の歌との非一致をもって、これがウタの一部であることを否定することはできない。逆に、「ハルクサノ」と「ハジメノ（シ）トシ（ジ）」との文脈上の飛躍は、「ハルクサノ」が枕詞として用いられていることを示唆している。人麻呂歌集に先立つ、日本語韻文を一字一音で記したと見られる木簡が出土したのである。

この木簡の出土を受けての国文学側の反応は、やはりこれを習書として考察の外に置くものであった。直近のものとしては、品田悦一「漢字と『万葉集』古代列島社会の言語状況[15]」が、多数出土している難波津木簡や前掲の飛鳥池遺跡出土木簡などを含めて、広い意味での「習書」――「筆ならし」も含めて――と見るべきとして、人麻呂歌集の歌の表記との本質的な違いを主張している。難波津木簡の中には、

**（表）□請請解謹解謹解申事解□奈尓波津尓**

**（裏）佐久夜己乃波奈□□□**

**（平城宮跡出土木簡）**

のように、習書とともに記されている例も目立ち、難波津の歌が、多くの場合、習書・筆ならし的な様相を見せていることも確かである。ただ、問題はそのすべてを習書として扱いうるかどうかである。

栄原永遠男「木簡として見た歌木簡[16]」は、韻文が一字一音式に書かれている木簡を、ウタを書くことを目的とした「歌木簡」と、習書のための「習書木簡」とに分類する必要性を説いている。これまでの議論では、韻文が書かれた木簡のすべてを習書木簡と見るか、逆にすべてを歌を文字で記した資料と見

るかという両極端で議論がなされてきたが、その議論の多くは、木簡に最終的に記されている文字を、すべて同一平面上に（活字化して）並べての議論であった。韻文の記された木簡を、文字列だけ見るのではなく「木簡」として見、整形の度合い、文字の緊張度の差、二次利用のあり方などを丁寧に考慮した場合、すべてを同列に習書として扱うことはできないのである。

栄原論文によると、当該木簡は文字が記されている面が丁寧に整形されているのに比して、裏面は整形の度合いが低く、また、下端が折れているのに対して、上端はきれいに削られており、左右両端もきれいに整形されていることが二度の目視で確認されたという。文字は木簡の中心に一行で書かれており、四文字目（佐）と五文字目（乃）の全体と他の文字の一部に、文字に沿った刻線が見られ、刻線は文字以外の場所にも見られるという。そうした状況から、まず、この木簡は表面にこれらの文字を書くために用意されたものであり、「ハルクサノ」が書き出しであることは明白であるという。その後に二次利用ないし落書として刻線が施されたのである。刻線の状況から見て、習書のためとは見られないという。また、他の例として、

**（表）奈尔波ツ尓佐児矢己乃波奈□□□**
**（裏）□　□倭部物部矢田部丈部□**
（石神遺跡出土木簡）

と、表面に難波津のウタが書かれ、裏面に部名の習書が認められる石神遺跡出土木簡（七世紀後半）にお

いても、表面の文字が細く緊張感のある文字であるのに比して、裏面の文字の緊張感は表面よりも低いことが指摘され、表面の難波津のウタが一次利用であり、裏面の習書は二次利用と見るべきことが示されている。こうした例を丹念に調査した結果、栄原論文はこれまで習書木簡に分類されていた韻文の仮名書き木簡の中に、ウタを記すことを目的とした「歌木簡」という新しい分類項目を立てるべきことを主張するのである。習書、筆ならしとしてウタが記されることがあった一方で、ウタを書くことを目的として書かれることもあったと見るべきであろう。

前掲ルーリー論文が言うように、それは集として書く人麻呂歌集の歌の表記とは全く水準を異にするものではあるが、歌と文字との関わりを考察するに当たっては、木簡の例も含めてウタを書くという現象全体を一旦捉えた上で、人麻呂歌集の歌の表記の意義を捉え直すことが重要である。

私見では、この木簡の出土によって、むしろ人麻呂歌集の営みがどのようなものであったのかが、より明確に把握しうる状況になったのではないかと考える。人麻呂歌集歌の営みとほぼ同時期のものとみなされる徳島県観音寺遺跡出土難波津木簡が出土した段階では、ウタの一字一音表記と人麻呂歌集の訓字による表記とは、同時に存在した表記として捉えられ、人麻呂歌集の表記は様々にあり得るウタの表記の中から「選択」された表記とみなされたのであるが、この木簡の出土により、ウタは元来、文字で書かれる場合には、一字一音で表記されるものであったとみなすべきことが明らかとなったのである。そのような状況の中から、人麻呂歌集が新しく何を立ち上げていったのかを問うことが求められるだろう。

ウタの一字一音表記は、ウタが元来歌われるものであったことと密接に関係しているものと考える。後世の例ではあるが、『琴歌譜』に記されるウタは、歌われるウタのあり方を示唆的ながら示してくれる。

茲都歌美望呂尓都久也多麻可吉都安万須多尓可毛与良牟可美乃美也碑等
美望呂細止引々留於於迩丁都短久伊夜阿阿阿多細上阿麻可上阿下阿上央吉伊火都吉阿和廻上安阿築安麻須如返曳
出宇宇上宇伊与和廻上　又同於應丁都宇吉伊伊伊丁阿阿麻阿丁須宇伊伊丁余於々丁都吉伊々丁阿阿麻阿丁須宇伊丁余
於々丁都吉伊々丁阿阿麻阿丁須宇伊伊余上於於應丁都宇々吉伊伊伊伊丁阿阿麻阿丁須宇伊伊丁余於於丁都吉伊伊丁阿阿
麻阿丁須宇伊伊余於於丁

右は『琴歌譜』冒頭の「しづ歌」であるが、『古事記』雄略天皇条の赤猪子の物語に挿入された、

御諸《みもろ》に築《つ》くや玉垣斎《つ》き余し誰《た》にかも依らむ神の宮人（記歌謡93）
美母呂爾　都久夜多麻加岐　都岐阿麻斯　多爾加母余良牟　加微能美夜比登

とほぼ同形の歌である。[17]『古事記』にも右の歌謡93を含む四首の歌謡（91〜94）に、「此の四つの歌は、志都歌ぞ。」という歌曲名の注記が見られ、『古事記』成立時から、平安初頃まで、このウタが「しづ

歌」という歌曲名によって保存され、伝承されていたことを示す貴重な例である。右に傍線を付した文字が歌詞に示されている声を表記した文字である。波線を付した文字は、歌詞には見られない声であり、間の手を記したものであろう。その他の「阿」「伊」「宇」「於」などの文字は、母音の繰り返しを記したものと見られる。歌詞の声、間の手の声、いずれも母音を繰り返し、声を長く引く形で歌われたことがわかる。そのために歌詞を形成する一つ一つの声は分断され、意味の原型をとどめていない。こうした歌われるウタが、たとえば「御諸　築玉垣　斎余　誰依　神宮人」のように記されても、その表記はほとんど意味をなさず、ウタを記したことにはなるまい。歌われるものであるウタが一字一音で書かれることは必然だったのである。

『古事記』の序文において太安万侶は、稗田阿礼の誦習する帝紀と本辞とを撰録する際の苦労を次のように記している。

**然《しか》れども、上古《かみつよ》の時《とき》は、言《こと》と意《こころ》と並《とも》に朴《すなほ》にして、文《ふみ》を敷《し》き句《ことば》を構《かま》ふること、字《もじ》に於《おき》ては即《すなは》ち難《かた》し。已《すで》に訓《よみ》に因《よ》りて述べたるは、詞《ことば》心に逮《およ》ばず。全《また》く音《こゑ》を以《もち》て連《つら》ねたるは、事の趣《おもぶき》更《さら》に長し。**

亀井孝「古事記はよめるか　——散文の部分における字訓およびいはゆる訓読の問題——(18)」は「已に訓に因りて述べたるは」以下の「訓」と「音」による表記をめぐる叙述について、

**已因訓述者　詞不逮心**（ナントナレバ「上古之時……於字即難」ダカラ）
（サリトテ）
**全以音連者　事趣更長**

という理解を示している。この構文理解によって、訓と音による表記をめぐる安万侶の主張を読み取るなら、次のようになるのではないか。安万侶は、「訓」による表記を「詞心に逮ばず」と判断する。「逮」は『説文』に「及也」とあり、「及」には「追也」「至也」という注が見られる。「逮」は、「追いかけて至る、及ぶ」という意味合いで用いられているのだろう。つまり、訓による叙述においては、「詞」が「心」に追い着かないというのである。漢字本来の用法による表記である訓字表記では、意味は記述できても、ことばを十全に表せないということである。一方、音による記述については、「事の趣更に長し」と記述が長くなる欠点のみが述べられ、表記の不全性への言及が見られない。したがってこの行間には、「全く音によれば、朴なる上古の言と意とを一応書き取ることが可能であるが」というニュアンスを読み取ることができるのである。

　時代を遡る五世紀の例ではあるが、「埼玉県稲荷山古墳出土鉄剣銘」

**（表）辛亥年七月中記。乎獲居臣。上祖名意富比垝。其児多加利足尼。其児名弖已加利獲居。其児名多加披次獲居。其児名多沙鬼獲居。其児名半弖比。**

（裏）其児名加差披余。其児名乎獲居臣。世々為杖刀人首。奉事来至今。獲加多支鹵大王寺。在斯鬼宮時。吾左治天下。令作此百練利刀。記吾奉事根原也。

などを見ると、基本的に漢文で表記しながらも、漢字の本来の用法（表意的用法）では表記不能な固有名詞が一字一音で記されていることが確認できる。例えば雄略の名を『日本書紀』は「大泊瀬幼武天皇」と記すが「幼武」はワカタケルという名をワカとタケルに分節して翻訳した表記であって、ワカタケルという語形を十全には示し得ない。

漢文による表記の中にあっても、「字」の本来の用法である表意的用法によって表記することの困難な要素、しかも意を伝えるだけでは事足りぬ要素が一字一音で記されるのである。こうした例を参照すると、木簡に見られるウタの一字一音式の表記は、安万侶の言に従えば、ウタというものが「言と意と並に朴にして、文を敷き句を構ふること、字に於ては即ち難」きがゆえに採られた表記と言えるだろう。もちろん歌われるウタであっても、「意」は存するのであるが、その口頭で歌われるという存在様態ゆえに、もしそれを文字において掬い取ろうとすれば、一字一音式の表記によらざるを得ないような質のものだったのである。その問題は、平安朝において、和歌が基本的に仮名によって一字一音表記される問題にまでつながっているものと考える。そうしたウタと文字との関係の中で、人麻呂歌集が何を創始したのかが問われねばならない。

## 四　訓字表記と「正述心緒」「寄物陳思」

木簡に見られるウタの記載と人麻呂歌集の歌の表記との相違は、まず第一に、既存のウタを書き取る、あるいは誦詠のための歌詞カードのような用途のために記しておくことと、文字を並べ、記してゆくことによって歌を作ることとの相違に求められよう。

**何時《いつ》はしも恋ひぬ時とはあらねども夕かたまけて恋はすべなし**
**何時　不恋時　雖不有　夕方任　恋無乏**　（巻十一・二三七三）

の「恋はすべなし」が「恋無乏」と記されることについては、『文選』の「日出東南隅行」の「綺態随顔変　沈姿無乏源」を出典として、恋情がとめどなく湧き起こる状態を表す表記であるとされている(19)。「…コヒハスベナシ」という歌句と、「恋無乏」という表記とが一体となって歌の表現性を生み出してくるのであり、歌を詠み、そしてそれに表記を与えるという性質のものではない。文字を並べることが即ち歌を作ることであるという状況を想定すべきであろう。

相違の第二は、一字一音式を取る木簡に対して、人麻呂歌集が前記のような文字による詠作を「訓字」によってなしていることである。それは、前掲亀井論文が「訓」について、

訓とは、視覚的形象としての字が参照するところの意味のことである。

と言うように、漢字本来の用法に照らして歌を表意的に記すこと、歌の「意味」を前面に押し立てることであったと捉えられるべきである。
その際に注意されるのは、人麻呂歌集歌の巻十一、十二の相聞歌群が、「正述心緒」、「寄物陳思」という表現形式による分類を持つことである。

「正述心緒」
健男《ますらを》の現《うつ》し心も我れは無し夜昼といはず恋ひしわたれば
健男　現心　吾無　夜昼不云　恋度　（巻十一・二三七六）
中々に見ずあらましを相見てゆ恋しき心まして思ほゆ
中々　不見有　従相見　恋心　益念　（巻十一・二三九二）
「寄物陳思」
荒磯《ありそ》越し外行く波の外心《ほかごころ》我れは思はじ恋ひて死ぬとも
荒礒越　外往波乃　外心　吾者不思　恋而死鞆　（巻十一・二四三四　非略体）
山菅《やますげ》の乱れ恋のみせしめつつ逢はぬ妹《いも》かも年は経につつ
山菅　乱恋耳　令為乍　不相妹鴨　年経乍　（巻十一・二四七四）

二三七六番歌では屈強な男であるマスラヲですら、恋の思いには勝てず、夜も昼も心萎れて恋し続けている様子が歌われ、三二九二番歌では恋しい人と結ばれたために、かえってつのる恋心が歌われるが、後の「寄物陳思」歌のように物を詠み込むことなく、恋の「心緒」が表現されている。対して二四三四番歌では、荒磯を越す波の叙述がいわゆる序詞として働き、たとえ恋死にをしても異心を抱くことはないと歌い、二四七四番歌では、「乱れ」に冠される枕詞「山菅の」が、年経ても逢ってくれない妹への乱れんばかりの恋心の喩として効果的に働いている。「物」が恋の「思」いを描く上で重要な働きを担わされる形式である。

こうした「正述心緒」と「寄物陳思」という分類が、人麻呂歌集に元来備わっていた分類であることは、伊藤博「寄物陳思と正述心緒の論」[20]に指摘がある。巻十一の人麻呂歌集「寄物陳思」部が神祇に寄せる歌から始まり、「枕」「鏡」「衣」などの日用品に寄せる歌で終わる配列を持つのに対し、その他の「寄物陳思」部は日用品に寄せる歌から始まっており、巻十一の人麻呂歌集「寄物陳思」部のみが特異な配列を有しており、また、「正述心緒」部においても、「衣」「紐」「袖」など、物を詠み込む歌が最後にまとめられているあり方は、他の「正述心緒」部には見られない配列である。そうした配列のあり方から、巻十一の「正述心緒」「寄物陳思」部は、元来人麻呂歌集に存在した「正述心緒」「寄物陳思」部の歌を、その配列を尊重して載録したものと見られるのである。

ただし、伊藤論が「正述心緒」の中に「寄物陳思」に分類すべき歌も存在するとして、「正述心緒」部を第一部と第二部に分ける点は慎重に考える必要がある。拙論「人麻呂歌集と『正述心緒』」[21]において指摘したように、伊藤論文が第二部とする群に詠まれる物は、「寄物陳思」部では物として扱われない物であり、人麻呂歌集の「正述心緒」は、物に寄せるのではないという意識が出典不明の「正述心緒」よりもはるかに高い。稲岡耕二「人麻呂歌集の分類と中国詩学――伊藤博博士追悼――」[22]も、詠み込まれる物が「心緒」の表現に直接関わってこない歌い方になっていることから、それらを寄物陳思的であると捉えることは誤りであることを主張している。人麻呂歌集が「正述心緒」としている歌を、本来は「寄物陳思」に入れるべきとする判断は、現代の研究者が持つ「正述心緒」観を人麻呂歌集に押しつけることであり、人麻呂歌集が物を詠み込んでいるように見える歌も含めて、何を以て「正述心緒」としているのかを問うことが求められるのだろう。

こうした歌の分類が、詠歌時点での表現形式への意識と重なることについては、拙論「万葉序歌の表現と様式[23]」や前掲「人麻呂歌集と『正述心緒』」において述べた。人麻呂歌集の恋の歌は、歌の〈心〉にどのような表現形式を与えるかということに意識的だったのである。この表現形式の意識化は、歌の歌詞構造の意識化と言い換えることができ、つまり歌詞の「意味」を意識化した詠歌であったと言える。そうした詠歌にいおいて、漢字の表意的用法としての訓字による表記が採用されているのは必然と言えよう。先述したようなウタを一字一音式で書き取る木簡とは、全く質の異なることが起きていると捉えなければならない。それは、創作抒情歌として〈心〉に形を与える万葉歌の誕生を意味しているのである。

## 五 人麻呂歌集と中国詩学

人麻呂歌集に見られる「正述心緒」「寄物陳思」という表現形式は、先にも触れたように、前掲伊藤論文以来、『詩品』の一節

**故に詩に三義あり。一に曰く興、二に曰く賦、三に曰く比。文已に尽きて意余り有るは、興なり。物に因りて志を喩ふるは、比なり。直ちに其の事を書し、言を寓せ物を写すは、賦なり。斯の三義を弘め、酌みて之を用ゐ、之を幹するに風力を以てし、之を潤すに丹采を以てし、之を味ふ者をして極り無く、之を聞く者をして心を動かしむ。是れ詩の至れるなり。若し専ら比興を用ゐれば、即ち患意の深きに在り。意深ければ即ち辞躓く。若し但賦体を用うれば、即ち患意の浮くに在り。意浮けば即ち文散ず。**

との関連で論じられている。

六朝時代には、後述する『毛詩』の六義（後掲）の中から、表現形式による詩の分類である「興」「比」「賦」の三形式が特に取り上げられ、議論されるようになる。右の『詩品』の記述によれば、「興」とは「文已に尽きて意余り有る」形式、「比」は「物に因りて志を喩ふる」形式、「賦」は「直ちに其の事を書し、言を寓せて物を写す」形式とされる。前掲伊藤論文は、この「因物喩志」「直書其事」とい

う用語を、人麻呂歌集の「寄物陳思」「正述心緒」の典拠とする。確かに両者は似通うところがあり、両者が関連する可能性は高いようにも見えるが、単なる用語の類似ではなく、より表現性に踏み込んだ把握が求められるだろう。

『文心雕龍』「比興篇」は「比」と「興」の表現性について次のように述べている。

夫の興の託諭するを見るに、婉なれども章を成す。名を称するや小なれども、類を取るや大なり。關雎別有り。故に后妃徳を方べ、尸鳩は貞一なり。故に夫人義を象る。義は其の貞を取れば、夷禽を疑ふこと無く、徳は其の別を貴べば、鷙鳥嫌はず。明にして未だ融らかならず、故に注を発して而る後に見はるるなり。

（中略）

且つ何を謂ひてか比と為す。蓋し物を写して以て意を附し、言を颺げて事に切にする者なり。故に金錫以て明徳に喩へ、珪璋以て秀民に譬へ、…（中略）…巻席以て志固に方ぶ。凡そ斯の象に切なるは、皆義を比するなり。

「興」の「託喩」のあり方は、婉曲ではあるが文脈を形成するものであり、大きく「類」を取る表現であるとする。その例として挙げられる「關雎」と「尸鳩」（右引用波線部）は、『詩経』の、

關雎《くわんしょ》

關關《くわんくわん》たる雎鳩《しょきう》は　河の洲に在り
窈窕《えうてう》たる淑女は　君子の好逑《かうきう》
参差《しんし》たる荇菜《かうさい》は　左右に流《もと》む
窈窕たる淑女は　寤寐《ごび》に求む
（後略）

鵲巣《じゃくさう》

維《こ》れ鵲《かささぎ》に巣有り　維れ鳩《ふふどり》の居《す》まふ
之《こ》の子于《ここ》に帰《とつ》ぐ　百両もて御《むか》へん
維れ鵲に巣有り　維れ鳩の方《なら》ぶ
之の子于に帰ぐ　百両もて将《おく》らん
維れ鵲に巣有り　維れ鳩の盈つ
之の子于に帰ぐ　百両もて成さん

を指してのものと見られる。「關雎」においては、河の州で關關と鳴くミサゴの叙述や、長さの不揃いなジュンサイの叙述が、「君子」の配偶者である「淑女」の叙述と並列され、その両者の喩的関係については、一切説明がなされない。また、「鵲巣」においても、鵲の巣に居る鳩の叙述が嫁ぎ行く子の叙述と並列されるが、やはり両者の関係については触れられない。景物の叙述と人事の叙述とが関係を明示されないままに並列されることによって、両者は感覚的に重ね合わされる。その結果、いわく言い難い情調が生み出され、『詩品』の言葉を借りれば、「文已に尽きて意余り有る」文脈が形成されるのである。『文心雕龍』はその関係を、「關雎」の「別（夫婦のけじめ）」、「尸鳩」の「貞一」という徳による喩と説明し、その喩性は「注を発して而る後に見はるる」ものとしている。

こうした「興」の表現性は、人麻呂歌集の、

宇治川の瀬々のしき波しくしくに妹は心に乗りにけるかも　（巻十一・二四二七）
是川　瀬々敷波　布々　妹心　乗在鴨

近江の海沈く白玉知らずして恋せしよりは今こそ益され　（巻十一・二四四五）
淡海々　沈白玉　不知　従恋者　今益

春楊葛城山に発《た》つ雲の立ちても居ても妹をしそ思ふ　（巻十一・二四五三）
春楊　葛山　発雲　立座　妹念

などの、いわゆる序歌形式を持つ歌の表現性と非常に似通っている。二四二七番歌では、宇治川の瀬々に頻りに寄せる波が序となって「しくしくに」が導かれ、妹が歌の主体の心を占めてしまったことが歌われるが、宇治川の波と心象部の叙述とがどのような関係にあるのかは明言されない。二四四五番歌も同様で、琵琶湖に沈む真珠の叙述が、結ばれる以前よりも結ばれた今の方が恋しさが益しているという心象部とつながれているだけである。二四五三番歌では、葛城山に立ち上る雲の情景と妹への恋情とが結ばれている。いずれも景物の叙述から心象の叙述への転換が、「しき波」→「しくしく」、「しら玉」→「しらず」、「たつ雲」→「たちても」という同音・類音によっており、意味の文脈が一旦「音」に変換されてつながれるゆえに、序と心象部との意味的な連関はうち眩まされているのである。しかしそうでありながら、二四二七番歌では宇治川の瀬々に寄せる波が絶えることなく繰り返し押し寄せてくる妹恋しさと喩的な関係を形成し、二四五三番歌では、枕詞「春楊」も効果的に働いて、春景の葛城山に立ち上る雲が、心象部の恋情に浮き立つような明るさを添えているのである。物の叙述が、心象部に歌われる恋情と並列されることによって、意味的な文脈を超えたところで喩的な関係が形成されると捉えるべきであろう。その関係を言葉で説明するなら、物と心の「対応構造」(24)と呼ぶのが相応しい。

そうした喩のあり方は、「寄物陳思」の枕詞形式の歌、

隠《こも》り沼《ぬ》の下ゆ恋ふれば術《すべ》を無み妹が名告《の》りつ忌々《ゆゆ》しきものを　（巻十一・二四四一）

隠沼　従裏恋者　無乏　妹名告　忌物矣

朝霜の消《け》なば消ぬべく思ひつついかにこの夜を明かしてむかも
朝霜　消々　念乍　何此夜　明鴨
(巻十一・二四五八)

などにおいても見られる。二四四一番歌の「隠り沼の」は、人目に触れない内側を意味する「下」に冠されると同時に、秘かに抱く恋心の具象的な喩として働き、二四五八番歌の「朝霜の」も「消」を導くとともに、恋の思いに消え入りそうな歌の主体のはかなさの形象となっている。

人麻呂歌集歌に見られるこうした喩性を持つ枕詞や序詞は、初期万葉の歌や記紀の歌謡にはほとんど見られない性質のものであり、人麻呂歌集に始まると見てよい。そして人麻呂作歌の明日香皇女挽歌(巻二・一九六～八)や献呈挽歌(巻二・一九四、五)などに見られる、藻の叙述と女性の姿態とを重ねる長大な序詞や、「露霜の　置きてし来れば……夏草の　思ひ萎えて」(巻二・一三一　石見相聞歌)、「大船の　思ひ頼みて……沖つ藻の　靡きし妹は　黄葉の　過ぎて去にきと」(巻二・二〇七　泣血哀慟歌)などの、比喩的な表現性を豊かに持つ枕詞へとつながってゆくのである。

一方、「比」について先の『詩品』は「物に因りて志を喩ふる」と言い、『文心雕龍』は「物を写して以て意を附し、言を颺げて事に切にする」形式としている。これだけでは「興」との違いがわかりにくいかもしれないが、『文心雕龍』が「比」の例として挙げている例を見ると、「比」と「興」との相違は明確となる。例えば「金錫以て明徳に喩へ」、「巻席以て志固に方ぶ」(右波線部)は、『詩経』の次の詩の表現を指している。

淇奥《きいく》

彼の淇奥を瞻《み》るに　緑《りょく》・竹《ちく》は簀《さく》の如し
匪《ひ》たる君子は　金の如く錫《しゃく》の如く　圭《けい》の如く璧《へき》の如し

柏舟

我が心石に匪《あら》ざれば　転がす可《べ》からず
我が心席《むしろ》に匪ざれば　巻く可からず
威儀棣棣《ていてい》として　選《せん》たる可からず

いずれも詩の相当部分だけを引用した。「淇奥」の例では、「〜如く、〜如く、〜如し」とたたみかけるような形式で、君子の徳を「金」「錫」「圭」「璧」という貴金属・宝玉に喩える。比喩表現であることを明示して、物に因って特質を明らかにする形式である。「柏舟」の例では、「私の心は石ではないから、転がすことはできない。私の心は蓆ではないから、巻き取ることはできない」と、志の堅さを表現する例である。物と人事との類比の関係による前者に対して、後者は物と人事との対比による比喩と言える。

こうした「比」の形式に類似する人麻呂歌集の歌としては、

水の上に数書く如き我が命妹に逢はむとうけひつるかも（巻十一・二四三三）
水上　如数書　吾命　妹相　受日鶴鴨

巻向《まきむく》の山辺響《とよ》みて行く水の水沫《みなあわ》の如し世の人我れは（巻七・一二六九）
巻向之　山邊響而　往水之　三名沫如　世人吾等者

のように、「～如」と歌う歌を見出すこともできるが、むしろ注目したいのは、「比」の持つ比喩の質である。物と志との喩の関係が婉曲で余韻を含む「興」の喩に比して、「比」の持つ比喩性は、何を何に喩えるかという関係が明確であることを特徴としている。そうした比喩の質において注目されるのが、「譬喩歌」と称される歌である。

今造る斑《まだら》の衣面影に我れに思ほゆいまだ着ねども（巻七・一二九六）
今造　斑衣服　面影　吾尓所念　未服友

海神《わたつみ》の持てる白玉見まく欲り千遍《ちたび》そ告《の》りし潜《かづ》きする海人《あま》は（巻七・一三〇二）
海神　持在白玉　見欲　千遍告　潜為海子

一二九六番歌は、恋しい女性を「斑の衣」に譬え、それを「着」ることに関係を結ぶ意を込めて歌われる。「今造る」は、「今現在造っている」という意にも解されているが、「信濃路は今の墾《は》り道」（巻十四・三九九）等の例に照らして、今造りたての衣と解すべきである。成人したばかりのうら若き女性の譬喩となっているのだろう。一三〇二番歌は、一三〇一〜一三〇三番歌、三首一組の歌の一首である。女性を「白玉（真珠）」に、それを求める主体を「海人」に、女性を大切に守っている親を「海神」に譬える、非常に手の込んだ歌である。漠として深遠な序詞や枕詞の喩に比して、これらの歌の譬喩が持つ明確さには、「比」が持つ比喩の明確さに通じるものが感じ取れる。

先述したように、「比」には類比のみならず、人事と対比の関係にあるものも見られるのだが、「寄物陳思」に配される歌ではあるが、

**白玉の間開けつつ貫《ぬ》ける緒《を》も括《くく》り寄すればまたも合ふものを**　（巻十一・二四四八）

**白玉　間開乍　貫緒　縛依　復相物**

という歌は、巻三「譬喩歌」部冒頭の紀皇女の歌、

**軽の池の浦廻《うらみ》行き廻《み》る鴨すらに玉藻の上にひとり寝なくに**　（巻三・三九〇）

が軽の池の鴨と自らとを対比するのと同様に、緒に貫いた真珠との対比において、恋しい人と離れ離れでいなければならない自らの境遇を嘆くのであり、やはり譬喩歌的な歌い方を持つ歌と言える。そこで

の物と人の対比のあり方は、前掲『詩経』「柏舟」に見た「比」の持つ対比的な比喩のあり方に通じる。

巻七の「譬喩歌」に配される人麻呂歌集の歌十五首が、人麻呂歌集において既に「譬喩歌」という部類に配されていたかどうかは検討の余地がある。右の二四四八番歌のような譬喩歌的な歌が巻十一の人麻呂歌集「寄物陳思」部に数例見られ、また、巻三の「譬喩歌」部の歌が、概ね第三期以降の大伴氏関連の歌ばかりであることなどを勘案すると、「譬喩歌」という相聞歌の分類は新しいものであり、新しい分類の目によって、人麻呂歌集「寄物陳思」歌から、譬喩歌的な歌い方を有する歌が抜粋されたのが、巻七の「譬喩歌」部に載せられる人麻呂歌集歌であろうとの推測が成り立つ。[25]ただし、巻七「譬喩歌」部に配されているような歌が人麻呂歌集において既に存在していたことは確かであり、人麻呂歌集の「寄物陳思」は、後世の「譬喩歌」的な歌をも含んで成り立っていたことは確認できる。

以上のように、喩のあり方や表現性にまで踏み込んで「寄物陳思」と「比」「興」を比較してみると、「寄物陳思」という概念は、単に「因物喩志」という用語をヒントに作られたのではなく、中国詩学における「比」「興」の喩をめぐる様々な議論を踏まえて、「物」の持つ喩性を認識して作り出された概念であったと、まずは捉えることができる。

ただし、人麻呂歌集における「正述心緒」「寄物陳思」という表現形式を、中国詩学の導入と捉えることで問題は終わらない。むしろ問題はその先にある。

芳賀紀雄「万葉集の『寄物陳思歌』と『譬喩歌』」[26]によれば、「心緒」の用例は漢籍に拾えるが、「正述」「陳思」という熟語は見られず、「寄物」も物を寄せる、贈り物の意味では見られるものの、「物に寄せる」という意味での用法は現在のところ見られないという。これは「正述心緒」「寄物陳思」という人麻呂歌集の用語の意義を考えるにあたって、非常に重要な指摘である。前掲伊藤論文は、「正述心緒」「寄物陳思」という用語を、前出『詩品』の「因物喩志」「直書其事」と関係づけて説明する。確かに両用語には類似性があり、その意味するところも似通ってはいる。人麻呂が表現形式を意識化した詠歌を始めるにあたって、『詩品』の当該箇所を参照した可能性は高いだろう。ただ重要なのは、その分類用語——つまり分類概念——が、漢籍の用語（概念）そのままではない点である。人麻呂歌集の「正述心緒」「寄物陳思」という用語・概念は、中国詩学の「興」「比」「賦」と大きな類似性を見せつつも、それらとは異なる「歌」の形式として生み出されていると見るべきだろう。

その点で注意すべきなのは、人麻呂歌集の「寄物陳思」が、先に見たような枕詞形式や序詞形式の歌のみで成り立つのではなく、

月見れば国は同じそ山隔《へな》りうつくし妹は隔りたるかも　（巻十一・二四二〇）
月見　国同　山隔　愛妹　隔有鴨
妹に恋ひ寝《い》ぬ朝《あした》に吹く風は妹にし触れば我にも触れこそ　（巻十二・二八五八）
妹恋　不寐朝　吹風　妹経　吾与経

などのように、単に物を詠み込んだだけのように見える歌を多く含んで成り立っていることである。何

も技巧を凝らすところのない歌で、「正述心緒」的とも言われるが[27]、注意して読むと、そこに詠み込まれている物は、単に詠み込まれているのではなく、恋の「思」いの表現にとって欠かすことのできない要素となっていることがわかる。二四二〇番歌は「月見れば」と歌い始められるため「寄月」の歌のようにも見えるが、配列を見ると、前歌（巻十一・二四一九）は「天地」に寄せた歌であり、後には「山」に寄せた歌が六首続いている。また、「月」に寄せる歌は二四六〇〜六四番歌の五首が後方に見られ、二四二〇番歌は「寄山」の歌であることがわかる。「山」は妹と我とを隔てるものとして歌われるのであり、「月見れば国は同じそ」という慰めでは到底おさまりきらない隔絶の「思」いが、「山」に寄せて表現されているのだと見なければならない。同じく「月」と「山」とを詠み込みながらも、その物の持つ表現上の重みは異なるのであり、それゆえ人麻呂歌集は二四二〇番歌を「寄山」の歌として扱っているのである。二八五八番歌には「風」が詠み込まれるが、「妹にし触れば我にも触れこそ」と歌われる「風」は、もはや主体にとっては妹の消息を伝える媒介物ではなく、まさに妹そのものとして捉えられているのだろう。

こうした「興」「比」の表現には収まりきらないけれども、「物」が恋の「思」いの表現において重要な働きを有する歌を含めて、人麻呂歌集は「寄物陳思」とするのである。それが「因物喩志」ではなく「寄物陳思」たる所以なのだろう。

また、先述したような枕詞や序詞が、中国詩学の影響において新たに創出されたものではないことにも注意すべきである。序詞が記紀の歌謡に見られるような〈景物の提示部〉から転換部を経て〈人事部〉に転換する二段構成を源流として持つことは、土橋寛「序詞の源流[28]」の指摘するところである。土橋はそれを「発想の様式」と捉える。枕詞が万葉歌以前に存在したであろう口誦の歌に由来することも、しばしば言われるところである。そうした歌の世界の様式をもととして、中国詩学の喩をめぐる議論に刺激されつつ、「物」の持つ喩性や表現性に着眼して作られたのが、「寄物陳思」に見られる比喩性豊かな序詞や枕詞なのである。そしてそれは、一方に「正述心緒」を置くことによって、「発想の様式」(土橋)を抜け出て、選択可能な「表現の形式」となっているのである。

このように見てくると、詩の世界における「興」「比」「賦」と人麻呂歌集における「正述心緒」「寄物陳思」の関係は、

詩(興・比・賦)→歌(正述心緒・寄物陳思)

というタテの影響関係ではなく、

詩(興・比・賦)

⟷

歌(正述心緒・寄物陳思)

という対峙的な関係を目指しているということになる。人麻呂歌集は、中国詩学の「興」「比」「賦」をめぐる議論を横目で見ながら、それに匹敵しうる秩序ある「歌」の世界を作り出そうとしているのである。

以上のような営みがどこから生まれてきたのか。もちろん人麻呂の文芸的な関心・熱意を抜きには語

れまいが、天武・持統朝という時代を顧みる必要があろう。先に『詩品』『文心雕龍』を引いて参照した「興」「比」「賦」という三義の源流である『毛詩』大序は、六義について次のように述べる。

治世の音は安くして以て楽しむ。其の政和す。乱世の音は、怨んで以て怒る。其の政乖く。亡国の音は、哀しんで以て思ふ。其の民困む。故に得失を正し、天地を動かし、鬼神を感ずる、詩より近きは莫し。先王是を以て夫婦を経し、孝敬を成し、人倫を厚うし、教化を美し、風俗を移す。故に詩に六義有り。一に曰く風、二に曰く賦、三に曰く比、四に曰く興、五に曰く雅、六に曰く頌。上以て下を風化し、下以て上を風刺し、文を主として譎諫し、之を言ふ者罪無く、之を聞く者以て戒むる足る。故に風と曰ふ。

「音」は世の治・乱を反映するものであり、ゆえに「得失を正し、天地を動かし、鬼神を感ずる」力を持つ詩によって孝敬・人倫等を正そうとするのである。それを実現するためにあるのが六義であるという。前掲の『詩品』引用の後半部にも、「興」「比」「賦」の三義をよく斟酌してバランスよく用いることで、味わう者、聞く者の心を動かす詩が生まれるとあった。六義という秩序を持った詩の世界が治世を実現させるという思想である。

こうした思想を見ると、前述のような人麻呂歌集が天武朝において編纂された事情の一端が見えてくるだろう。壬申の乱という内乱を経て成立した天武王朝においては、政治・軍事・文化等、様々な方面で新しい国作りが進められた。そのような時代の熱気の中で、新しい国が備えるに相応しい新しい文化としての「歌」を作り出していったのが人麻呂歌集の営みだったのではなかろうか。

## 六 おわりに――「恋」の抒情歌――

人麻呂歌集の特に略体歌が主題とするのが「恋」であることは、「正述心緒」「寄物陳思」の「心緒」「思」が恋情であることによって明らかである。中島光風『上世歌学の研究』[29]は、『万葉集』の「正述心緒」「寄物陳思」「譬喩」という三つの表現形式を中国詩学の「比」「興」「賦」との関連で捉えるに際して、「比」「興」「賦」が詩全般の表現形式であるのに対し、「正述心緒」「寄物陳思」「譬喩」が相聞歌の表現形式であるという相違に注意すべきことを指摘している。人麻呂歌集の営みが何故「恋」において始められたのか。その点に触れて結びとしたい。

前掲稲岡論文は、本居宣長「紫文要領」巻下の冒頭「人の情のふかく感ずる事、恋にまさるはなし、……」を引き、この思いは時代を超えて多くの人の認める事であるとして、「恋歌の類聚を構想した人麻呂にも同じ思いがあっただろう」と述べている。恋愛が人の心を動かす最大の契機であることは確かだろう。なぜ「恋歌」かという問題は、人麻呂歌集に限らず和歌一般にまで広がる問題ゆえ、それは一つの答えとして有効性を持つ。しかし、古代文学における歌の誕生を考える際には、さらに踏み込んだ考察が必要だろう。現在、この問題に対する解答が筆者の中に明確に用意されているわけではないが、人麻呂歌集の営みが短歌形式によってなされていることと、古代における「恋」ないし「男女関係」の持つ意味を踏まえる必要があるだろうと考えている。

『日本書紀』天武四年二月条には、畿内国及び周辺の諸国に勅して、「所部の百姓の能く歌ふ男女、及び侏儒・伎人」を選び貢上させた記事が載っている。「能く歌ふ」とは歌が上手という意味ではなく、歌垣などの場で即興で歌を作る才能に長けていることを意味するのだろう。滑稽なわざなどを業とする「侏儒・伎人」とともに貢上させているところを見ると、民衆の歌や技芸を取り込んで、宮廷周辺の文化をさらに充実させようという意図があったものと推察できる。短歌形式の源流は、歌垣における男女の歌の掛け合いにあると想定されている。人麻呂歌集が短歌形式において「恋」を歌うことは、そうした天武朝における民衆の歌の収集と編成の動きの中で捉えられる必要があろう。

もう一点考えるべきは、「恋」と王権との関わりである。『万葉集』巻一冒頭の雄略御製歌は、天皇が春菜摘みをする女に求婚する内容となっている。また、『古事記』や『日本書紀』では、仁徳、雄略といった大王の治世に女性関係の記事が集中するという現象が見られる。こうした現象を王権との関わりで説明するのが「いろごのみ」の論である。紙幅の都合もあり詳述は避けるが、古代の王権にとって男女の関係が、現代の情緒的な関係以上の意味を持っていたことは確かである。そうした古代の「恋」に対する感覚も、人麻呂歌集に「恋」を選ばせた一つの要因なのではなかろうか。

注1　稲岡耕二『萬葉表記論』（塙書房、一九七六年）など。
2　梶川信行「八世紀の《初期万葉》」（『上代文学』八〇号、一九九八年四月）が初期万葉を八世紀の目によって捉え直されたものとして捉えるべきことを提唱して以来議論となり、近年、梶川信行編『上代文学会研究叢書　初期万葉論』（笠間書院、二〇〇七年）が刊行された。
3　拙論「〈講演〉有間皇子自傷歌を考える」（『悲劇の皇子・皇女』高岡市万葉歴史館、二〇〇五年）においては、有間皇子自傷歌の把握に絡んで、初期万葉を「時代の記憶」として捉えるべきことに触れ、前掲（注2）書中の拙論「初期万葉の『反歌』――「反歌」成立に関する一試論――」において、初期万葉の「反歌」をめぐって、それらがすべて人麻呂の時代によって「反歌」として見出されたものであることを述べた。
4　阿蘇瑞枝「人麿集の書式をめぐって」（『万葉』二〇号、一九五六年七月）。
5　稲岡前掲（注1）書。
6　稲岡耕二『万葉集の作品と方法』（岩波書店、一九八五年）、同『人麻呂の表現世界』（岩波書店、一九九一年）、他。
7　牽牛・織女の悲恋を歌う七夕歌が「恋」の発想・表現を基底に持つことは言うまでもなく、稲岡耕二「人麻呂歌集七夕歌の性格」（『萬葉集研究　第八集』塙書房、一九七九年）や村田右富実『柿本人麻呂と和歌史』（和泉書院、二〇〇四年）などにも指摘がある。人麻呂歌集の羈旅歌が家なる妹・妻への恋の表現を一つのバネとして成立していることは、拙論「羈旅歌八首」（『セミナー　万葉の歌人と作品　第二巻』和泉書院、一九九九年）においても述べた。宴席歌においては、皇子への献歌の中に、恋歌を献じたものが見られる。

8 拙論「人麻呂歌集歌」(『国文学 解釈と鑑賞』六二巻八号、一九九七年八月)。

9 工藤力男「人麻呂の表記の陽と陰」(『萬葉集研究 第二十集』塙書房、一九九四年)。

10 乾善彦「日本語書記史と人麻呂歌集略体歌の『書き様』」(『萬葉』一七五号、二〇〇〇年十一月)など。

11 ディビッド・ルーリー「人麻呂歌集『略体』書記について」(『国文学』四七巻四号、学燈社、二〇〇二年三月)。

12 犬飼隆「『歌の文字化』論争について」(『美夫君志』七十号、二〇〇五年三月)。

13 「座談会 萬葉学の現況と課題――『セミナー 万葉の歌人と作品』完結を記念して――」(『萬葉語文研究 第2集』和泉書院、二〇〇六年三月)。

14 大阪市教育委員会・(財)大阪市文化財協会「難波宮跡における日本最古の万葉仮名木簡の発見」(二〇〇六年一〇月)。

15 品田悦一「漢字と『万葉集』 古代列島社会の言語状況」(東京大学教養学部国文・漢文学部会編『古典日本語の世界 漢字がつくる日本』東京大学出版会、二〇〇七年四月)。

16 栄原永遠男「木簡として見た歌木簡」(『美夫君志』七十五号、二〇〇七年十一月)。

17 初めの歌詞の提示部の第三句が「都安麻須」となっている部分は、以下の誦詠法の記述によって、「都」字の下の「吉」字を脱したものであることが確認できる。

18 亀井孝「古事記はよめるか――散文の部分における字訓およびいはゆる訓読の問題――」(亀井孝論文集4『日本語のすがたとこころ(二)』吉川弘文館、一九八五年、所収)。

19 柳沢朗「『無乏』と『乏』」(『日本上代文学論集』塙書房、一九九〇年)。

20 伊藤博「寄物陳思と正述心緒の論」(『萬葉集の表現と方法 上』塙書房、一九七五年)。

21 拙論「人麻呂歌集と『正述心緒』」(『美夫君志』六五号、二〇〇二年十月)。
22 稲岡耕二「人麻呂歌集の分類と中国詩学――伊藤博博士追悼――」(『萬葉集研究 第二十七集』塙書房、二〇〇五年六月)。
23 拙論「万葉序歌の表現と様式」(『国語と国文学』七五巻五号、一九九八年五月)。
24 鈴木日出男「古代和歌における心物対応構造――万葉から平安和歌へ――」(『国語と国文学』四七巻四号、一九七〇年四月)。
25 すでに『全注』巻第七(担当、渡瀬昌忠)に同様の指摘が見られる。
26 芳賀紀雄「万葉集の『寄物陳思歌』と『譬喩歌』」(『国語と国文学』七七巻一二号、二〇〇〇年一二月)。
27 阿蘇瑞枝「巻十一人麻呂歌集寄物陳思の歌」(『万葉集を学ぶ 第六集』有斐閣選書、一九七八年)は、巻十一人麻呂歌集「寄物陳思」の歌を、「正述心緒形式 二四首、序歌形式 四六首、枕詞形式 二三首」に分類している。
28 土橋寛「序詞の源流」(『萬葉』二一号、一九五六年一〇月)。
29 中島光風『上世歌学の研究』(筑摩書房、一九四五年)。

＊万葉歌の引用は、塙本『万葉集本文編』の訓をもととし、『全注』等注釈書を参照しつつ適宜改めた。

# 坂上郎女の恋
## ——巻八自然詠の恋情表現——

池田三枝子

## 一　はじめに

大伴坂上郎女は万葉の女性歌人として最多の八十四首の歌をのこしている。その歌は雑歌・相聞・挽歌の三大部立のすべてに亘り、他の女性歌人の多くが恋歌しかのこしていないことからすれば、出色の存在である。

その多種多様な詠歌の中で、坂上郎女の歌の特色が恋情性にあることは異論の余地がない。坂上郎女の歌の恋情性は、実態としての恋愛関係を背景とする贈答歌はもちろん、性愛を想定しがたい人々（娘の婿である大伴家持や大伴駿河麻呂、聖武天皇など）との贈答歌にも色濃く見られ、さらには、対詠として機能したとは限らない巻八所載の自然詠にまで及んでいる。

恋愛関係を背景とする贈答歌で恋情が表出されるのは当然のことであり、性愛を想定しがたい人々との贈答歌に親愛の情の表現として恋情表現が用いられることも取り立ててめずらしくはない。しかし、四季の景物を詠むことに主眼のある自然詠にまで恋情性が揺曳するのは、当たり前のことではない。つまり、坂上郎女詠の恋情性の特質を端的に表わしているのは、対詠的な恋歌よりも自然詠であると言える[1]。

そこで本稿では、巻八の四季分類の下にある坂上郎女の歌の考察を通して、その恋情性の特質を考えてみたい。

## 二　景物に添う恋情

**大伴宿禰《おほとものすくね》坂上郎女《さかのうへのいらつめ》の歌一首**

**A心ぐき　ものにそありける　春霞《はるかすみ》　たなびく時に　恋の繁《しげ》きは**

（春相聞　巻八・一四五〇）

右の歌は、巻八春相聞部所載の坂上郎女詠である。「春霞たなびく時」に「恋の繁き」状態にあることにより、「心ぐき」という心情が表出されることを詠んでいる。

この歌の特徴は、巻八の四季分類の下に「春霞」という景物を詠み込みながら、それが単なる物象として詠まれているのではなく、「恋繁し」という恋情表現との取り合わせにより詠まれているところにある。

通常、たなびく「春霞」という景物と取り合わされるのは、次に見るように「花」「青柳」「うぐひす」といった春の景物である。

春の野に　霞《かすみ》たなびき　咲く花の　かくなるまでに　逢《あ》はぬ君かも　（巻十・一九〇二）

～八《や》つ峰《を》には　霞《かすみ》たなびき　谷辺《たにへ》には　椿花咲き～　（巻十九・四一七七）

春霞《はるかすみ》　流るるなへに　青柳の　枝《えだ》くひ持ちて　うぐひす鳴くも　（巻十・一八二一）

うぐひすの　春になるらし　春日山《かすがやま》　霞《かすみ》たなびく　夜目《よめ》に見れども　（巻十・一八四五）

白雪《しらゆき》の　常敷《つねし》く冬は　過ぎにけらしも　春霞《はるかすみ》　たなびく野辺《のへ》の　うぐひす鳴くも　（巻十・一八八八）

ところがA歌の場合、景物に取り合わされているのは恋情である。景に恋情が付与されているのである。

さらに、「春霞」という景物と「恋繁し」という恋情との取り合わせは、けっして一般的なものではない。

「春霞」という景物から喚起される心情は、霞の視覚的不明瞭に由来して「凡《おほ》」「おほほし」のごとき、茫漠たる鬱情であるのが通例である。

巻向《まきむく》の　檜原《ひばら》に立てる　春霞《はるかすみ》　凡にし思はば　なづみ来めやも　（巻十・一八一三）

春霞《はるかすみ》　山にたなびき　おほほしく　妹《いも》を相見《あひみ》て　後《のち》恋ひむかも　（巻十・一九〇九）

一方、「恋繁し」という恋情は、死や惑乱を将来するほどの激烈なものである。

**「恋繁し」という状態のために、死に至ることを詠む例**

高山《たかやま》の　菅《すが》の葉しのぎ　降る雪の　消ぬとか言はも　恋の繁《しげ》けく　（巻八・一六五五）
ま葛延《くずは》ふ　夏野の繁く　かく恋《こ》ひば　まこと我が命　常ならめやも　（巻十・一九八五）
後《のち》つひに　妹《いも》は逢《あ》はむと　朝露《あさつゆ》の　命は生けり　恋は繁《しげ》けど　（巻十二・三〇四〇）

**「恋繁し」という状態のために、正気を失い惑乱することを詠む例**

木綿掛《ゆふか》けて　斎《いは》ふこの社《もり》　越えぬべく　思ほゆるかも　恋《こひ》の繁《しげ》きに　（巻七・一三七八）
夢《いめ》にだに　なにかも見えぬ　見ゆれども　我かも迷ふ　恋《こひ》の繁きに　（巻十一・二五九五）
現《うつつ》にか　妹が来ませる　夢《いめ》にかも　我か迷へる　恋の繁《しげ》きに　（巻十二・二九一七）
ひとり寝《ぬ》る　夜《よ》を数《かぞ》へむと　思へども　恋の繁《しげ》きに　心どもなし　（巻十三・三二七五）

即ち、「春霞」という景物から喚起される心情と、「恋繁し」という恋情とは、その緩急のありようからすれば両極にあると言っても過言ではないのである。

このことを図示してみよう。

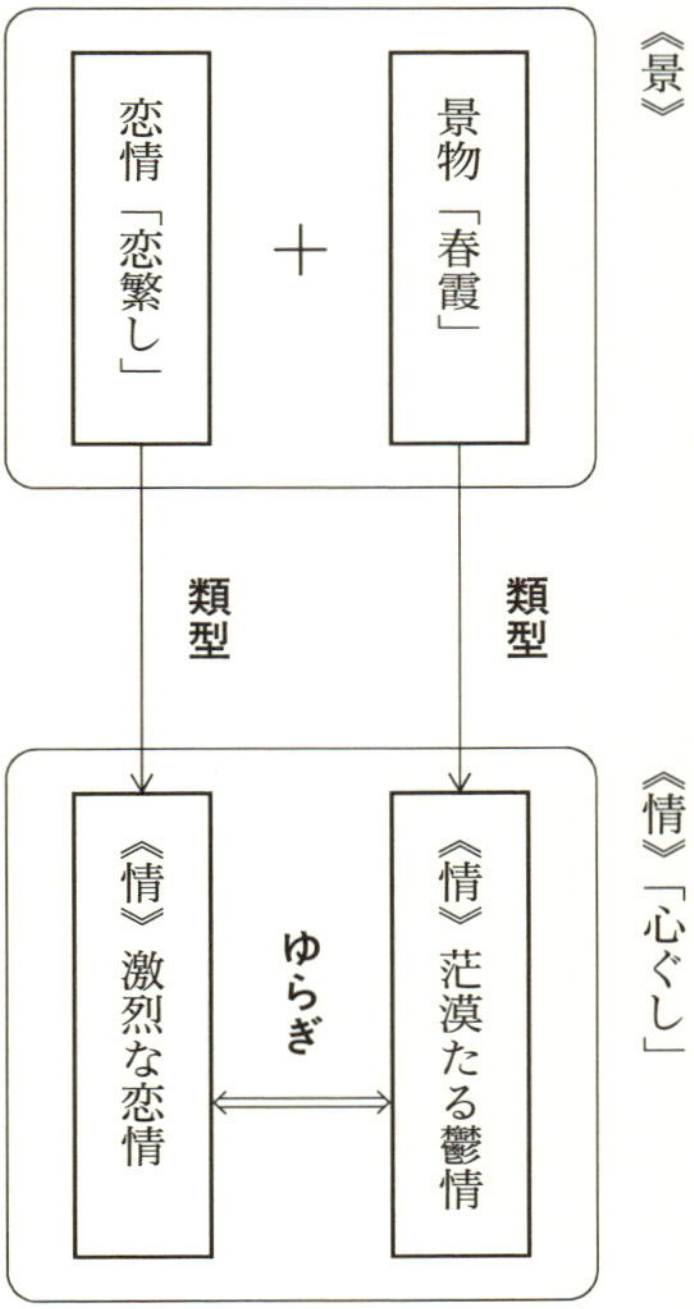


「春霞たなびく時」に「恋の繁き」状態にあると詠むことは、類型的に、〈茫漠たる鬱情〉と〈激烈な恋情〉とを二つながらに喚起することになる。その結果、一首の《情》は両極間で揺れ動くことになる。

そのような不安定な《情》を表現する語が「心ぐし」である。「心ぐし」は当該歌以外に集中五首の用例を見る。

春日山《かすがやま》　霞《かすみ》たなびき　心ぐく　照れる月夜《つくよ》に　ひとりかも寝《ね》む
（大伴坂上大嬢《さかのうへのだいぢやう》　巻四・七三五）

心ぐく　思ほゆるかも　春霞《はるかすみ》　たなびく時に　言《こと》の通《かよ》へば
（大伴家持　巻四・七八九）

浅茅原《あさぢはら》　茅生《ちふ》に足踏《ふ》み　心ぐみ　我《あ》が思《おも》ふ児《こ》らが　家《いへ》のあたり見つ〈一に云《い》ふ、妹《いも》が　家のあたり見つ〉　（作者未詳　巻十二・三〇五七）

～君待つと　うら恋《ごひ》すなり　心ぐし　いざ見に行《ゆ》かな　ことはたなゆひ　（大伴池主　巻十七・三九七三）

妹《いも》も我《あれ》も　心は同《おや》じ　比《たぐ》へれど　いやなつかしく　相見《あひみ》れば　常初花《とこはつはな》に　心ぐし　めぐしもなしに　はしけやし　我《あ》が奥妻《おくづま》～　（大伴家持　巻十七・三九七八）

右のうち、巻十二所載の作者未詳歌を除く四首すべてが坂上大嬢・家持・池主という「大伴家圏[2]」の人々の作歌で、当該歌の踏襲ないし模倣と見られるところから、「心ぐし」という語は当該歌が初出例と見ることが可能であり、想像をたくましくすれば坂上郎女の造語とも考えられる。

「心ぐし」の語義については定説がない。「心」＋「ぐし」という語構成であることは動かないが、「ぐし（くし）」の原義が未詳であることから、「くし」の解釈をめぐり、「奇《く》し」と見る説、「苦《くる》し」と関わるとする説、「串《くし》」と見る説など諸説がある。しかし、「くし」の原義は措き、「心ぐし」の語義を見る限り、「心が晴れやらずせつない気持[3]」とする見方と「心を串で貫かれるような痛みを中心に持つ語[4]」であり「非常に強い言葉[5]」であるとする見方におよそ二分される。そしてこの二つの見方は、前述の〈茫漠たる鬱情〉と〈激烈な恋情〉という二つの《情》にまさしく対応している。

そもそも坂上郎女は、この「心ぐし」という語を一義的なものとして用いたのではなく、〈茫漠たる鬱情〉と〈激烈な恋情〉との間で微妙に揺れ動く恋心を表現する語として選択したのではないだろうか。坂上郎女にとって「恋」とは、時には自ら制御できないほど激烈に溢れ出し、時には鬱屈して心中に停留し、その両極間を往還するものであった。かかる「恋」を表現するために、あえて歌語として新奇なこの語を用いたと考えられる。

揺れ動く《情》は、そのゆらぎの振幅の大きさに比例して、歌表現としての奥行きを持つ。(6)〈茫漠たる鬱情〉と〈激烈な恋情〉という緩急両極の間で揺れ動く当該歌の《情》は、恋する者の複雑な心の襞を表現しており、深みを持つ。

坂上郎女の「心ぐし」は、「大伴家圏」の中で、やがて家持の春愁歌に見る「うら悲し」「心悲し」という表現を生起させるに至ることが指摘されている。(7)

**春の野に　霞《かすみ》たなびき　うら悲し　この夕影《ゆふかげ》に　うぐひす鳴くも**　（巻十九・四二九〇）
**うらうらに　照れる春日《はるひ》に　ひばり上《あ》がり　心悲しも　ひとりし思《おも》へば**　（巻十九・四二九二）

明暗両極の間を往還し、「明るければこそ暗い(8)」と評される家持秀歌の《情》の原点を、ここに見ることができるのである。

三 恋情の屈折

大伴坂上郎女の歌一首

B世の常《つね》に　聞けば苦しき　呼子鳥《よぶこどり》　声《こゑ》なつかしき　時にはなりぬ　（春雑歌　巻八・一四四七）

右の一首、天平《てんぴやう》四年三月一日に、佐保《さほ》の宅《いへ》にして作る。

右の歌は、巻八春雑歌部最後尾に配される坂上郎女詠である。春の景物である「呼子鳥」について、上の句では通常その声を聞くと「苦し」と感じることを述べているのに対して、下の句ではその声を「なつかし」（心ひかれる）と感じる「時」が到来したことを詠んでいる。

「呼子鳥」の声を「聞けば苦しき」と表現するのは、坂上郎女の独創ではない。

神奈備《かむなび》の　磐瀬《いはせ》の杜《もり》の　呼子鳥《よぶこどり》　いたくな鳴きそ　我《あ》が恋増《こひま》さる　（鏡王女　巻八・一四一九）

と詠まれるように、「呼子鳥」の声が恋心を増幅させるという通念があったことに拠る。「呼子鳥」がいかなる鳥であるのか未詳であるが、その声を聞くと恋心が増幅されるがゆえに「苦し」と感じるような鳥であることと、次の二首の坂上郎女詠とを考え併せれば、坂上郎女が「呼子鳥」を「ほととぎす」と同類の鳥として認識していたことは間違いなかろう。

大伴坂上郎女《おほとものさかのうへのいらつめ》の歌一首

ほととぎす　いたくな鳴きそ　ひとり居《ゐ》て　眠《い》の寝《ね》らえぬに　聞けば苦しも　（夏雑歌　巻八・一四八四）

大伴坂上郎女の霍公鳥《ほととぎす》の歌一首

なにしかも　ここだく恋《こ》ふる　ほととぎす　鳴く声《こゑ》聞けば　恋こそ増《ま》され　（夏雑歌　巻八・一四七五）

「ほととぎす」は夏の景物であり、

霍公鳥《ほととぎす》は、立夏《りふか》の日に、来鳴くこと必定《ひつぢやう》なり。（大伴家持　巻十七・三九八四左注）

とされるように、後期万葉の表現世界の中では、立夏の到来とともに鳴くものと観念されていた。B歌で「声なつかしき時にはなりぬ」と詠まれるのは、これが晩春三月の作であり、「ほととぎす」の来鳴くさわやかな初夏の到来を意識し始める頃であったからであろう[9]。

初夏の「ほととぎす」の鳴き声について「なつかしし」と詠む歌は、集中四首見られ、そのすべてが大伴家持の歌である。

ほととぎす　夜声なつかし　網《あみ》ささば　花は過ぐとも　離《か》れずか鳴かむ　（巻十七・三九一七）

我《わ》が門《かど》ゆ　鳴き過ぎ渡る　ほととぎす　いやなつかしく　聞けど飽《あ》き足《だ》らず　（巻十九・四一七六）

春過ぎて　夏来向《きむ》かへば　あしひきの　山呼びとよめ　さ夜中《よなか》に　鳴くほととぎす　初声《はつこゑ》を　聞けばなつかし　あやめぐさ　花橘《はなたちばな》を　貫《ぬ》き交《ま》じへ　かづらくまでに　里とよめ　鳴き渡れども　なほししのはゆ　（巻十九・四一八〇）

さ夜更《よふ》けて　暁月《あかときづき》に　影見えて　鳴くほととぎす　聞けばなつかし　（巻十九・四一八一）

これら家持の「ほととぎす」詠に共通しているのは、「聞けど飽き足らず」「なほししのはゆ」のごとく、無条件に「ほととぎす」の鳴き声を愛でようとする態度である。

一方B歌の場合、「呼子鳥」という景物に「世の常に聞けば苦しき」という恋情表現が付与されているため、[10]「なつかし」と感じるのは初夏を控えた今この時に限定されている。

この歌の構造を図示してみよう。

「呼子鳥」の鳴き声は、恋心を増幅させるものとして「苦し」という恋情を伴う。前掲の鏡王女詠に見られるように、自身を苦しめる景物に対して一般に抱く心情は、「いたくな鳴きそ」という否定的なものである。ところがB歌で実際に表出されたのは、「なつかし」という肯定的な《情》である。類型的には「呼子鳥」に対する〈受け入れがたさ〉が詠まれるはずのところが、類型から逸脱して屈折を起こし、その声に〈魅了される心〉が表出されているのである。

その結果、B歌の《情》は、表出されるはずであった〈受け入れがたさ〉と、表出された〈魅了される心〉という両極の間で揺れ動くこととなる。〈拒否〉と〈魅了〉との両極間でゆらぐB歌の《情》は、

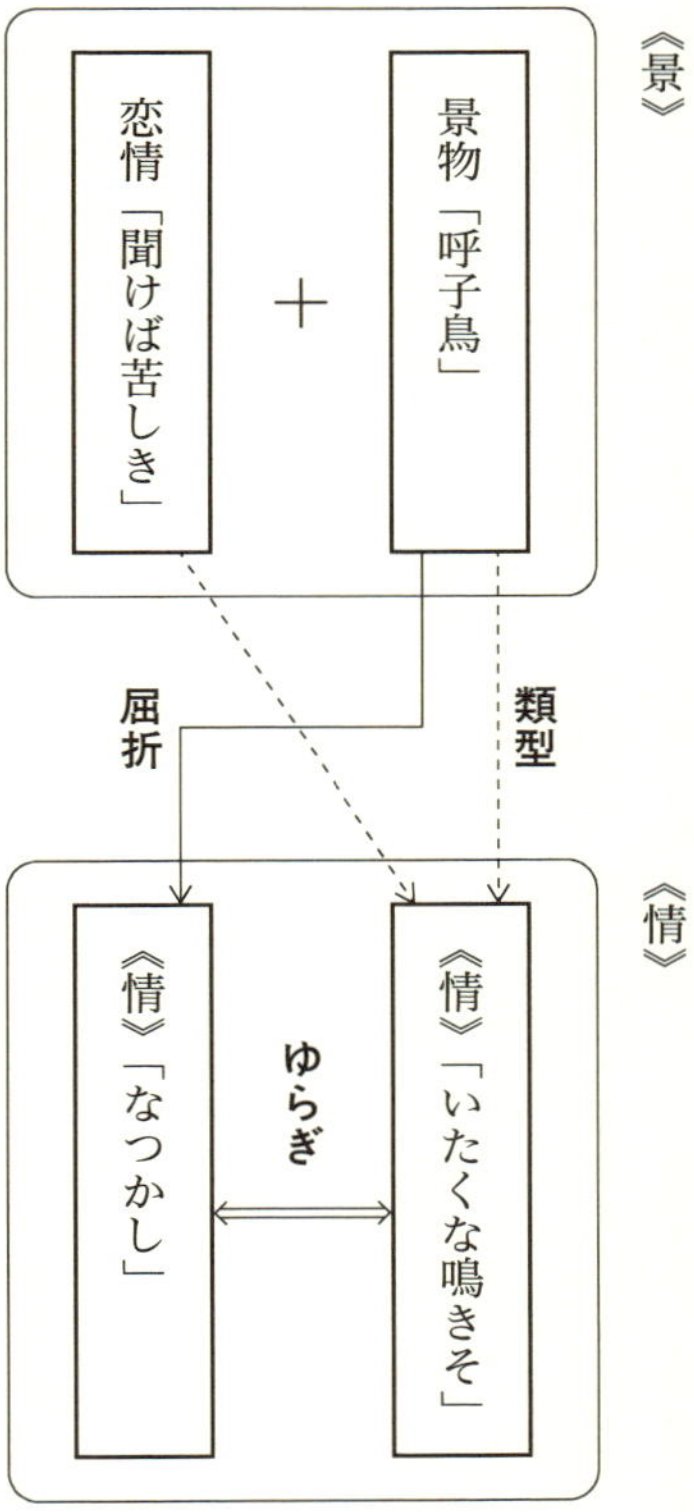


A歌の場合と同様に、歌表現としての奥行きを持つ。「呼子鳥の声を聞くのは苦しいけれど、それでもなお魅了される」意を表現するB歌の《情》は、直線的に「ほととぎす」への執着を詠む家持の歌に比べて、深みを醸し出す。

「世の常」とは異なる「時」――春が終わり夏へ向かおうとする時季――には、そのように微妙な《情》が表出されると歌うことで、この歌は巻八春雑歌部最後尾を飾るにふさわしい自然詠としての質を保っていると考えられる。

ところで、このB歌と同じ構造を持つ歌がある。前にも挙げた、巻八夏雑歌部所載の坂上郎女詠である。

**大伴坂上郎女の霍公鳥《ほととぎす》の歌一首**

**Cなにしかも　ここだく恋《こ》ふる　ほととぎす　鳴く声《こゑ》聞けば　恋こそ増《ま》され**（夏雑歌　巻八・一四七五）

C歌の「ほととぎす」も恋心を増幅させる景物であり、類型的には「いたくな鳴きそ」のごとき〈受け入れがたさ〉が詠まれて然るべきである。ところが実際には類型から逸脱して、「ここだく恋ふる」という肯定的な《情》が表出されている。

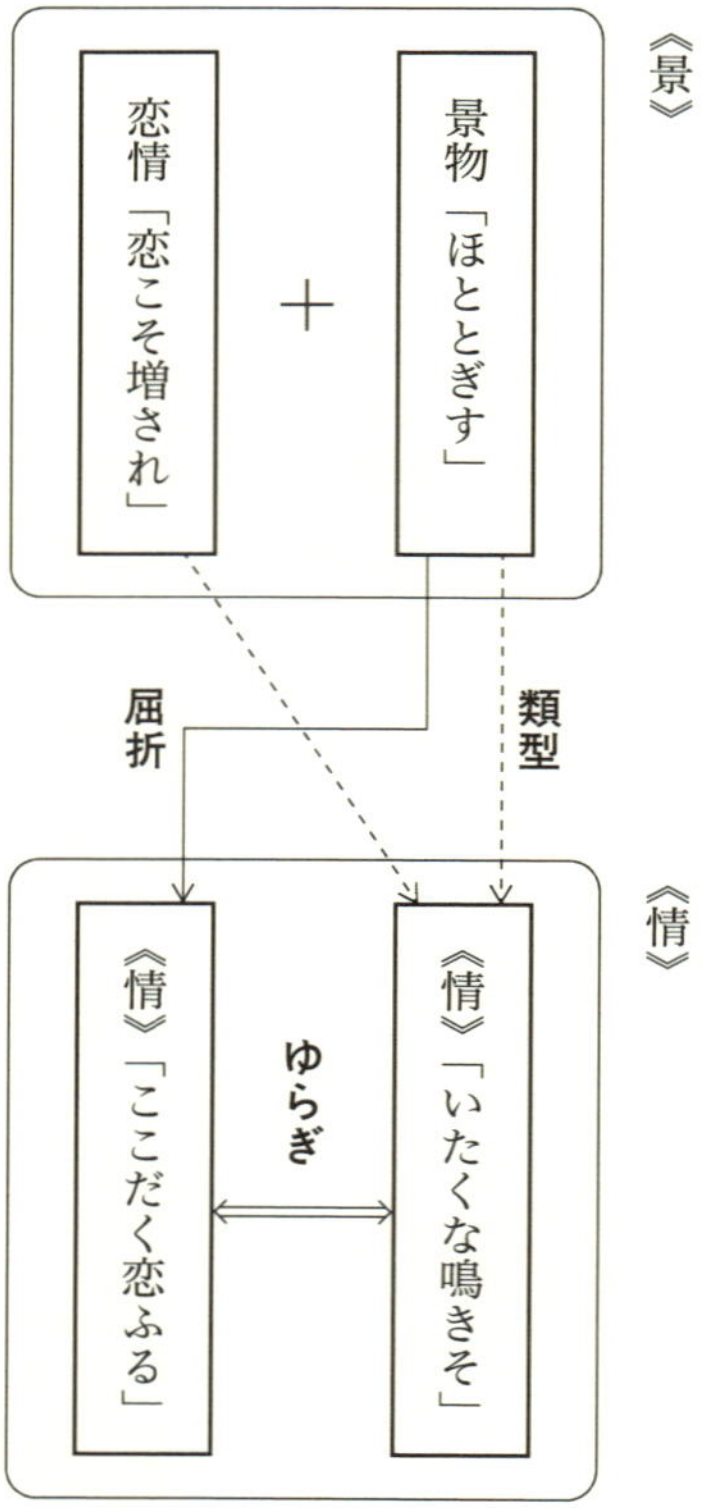


B歌と異なるC歌の特徴は、B歌の《情》の屈折が「時」の限定に起因することが明らかであるのに対して、C歌の《情》の屈折の原因は坂上郎女自身にも分からないという点にある。その不可思議さは

「なにしかも」と表現されている。「ほととぎす」の声を聞くと苦しくなるだけであることは重々承知していながら、それでもなお魅了されてしまう。〈拒否〉と〈希求〉との間でゆらぎながら、我知らず魅了されてゆくさまを詠むことが、「霍公鳥の歌」と題されるC歌の特徴である。

じつは、「ほととぎす」を溺愛することで知られている大伴家持にも、「ほととぎす」に対する二つの心情の間でゆらぐ《情》を詠む歌がある。

　二十二日に、判官久米朝臣広縄に贈る霍公鳥の怨恨の歌一首并せて短歌

ここにして　そがひに見ゆる　我《わ》が背子《せこ》が　垣内《かきつ》の谷に　明けされば　榛《はり》のさ枝《えだ》に　夕《ゆふ》されば　藤《ふぢ》の繁《しげ》みに　はろはろに　鳴くほととぎす　我《わ》がやどの　植《う》ゑ木橘《きたちばな》　花に散る　時をまだしみ　来《き》鳴《な》かなく　そこは恨みず　然《しか》れども　谷片付《かたづ》きて　家居《いへゐ》せる　君が聞きつつ　告《つ》げなくも憂《う》し

（巻十九・四二〇七）

　反歌一首

我《あ》がここだ　待てど来鳴かぬ　ほととぎす　ひとり聞きつつ　告げぬ君かも

（巻十九・四二〇八）

右の歌は、越中守であった家持が、下僚である久米広縄に贈ったものである。来鳴かぬ「ほととぎず」に対して、題詞に「霍公鳥の怨恨の歌」と記されているにも関わらず、長歌の中では「そこは恨みず」と詠まれている。「ほととぎす」に対する《情》のゆらぎが看取できる作である。[11] あるいは、家持

は「大伴家圏」の中で坂上郎女のC歌のような詠みぶりを学び、右の歌を詠出するに至ったのかもしれない。

## 四 自己の投影

**大伴坂上郎女の歌一首**

**D夏の野の　繁《しげ》みに咲ける　姫百合《ひめゆり》の　知らえぬ恋《こひ》は　苦しきものそ**　（夏相聞　巻八・一五〇〇）

右は、巻八夏相聞部所載の坂上郎女詠である。上の句に記される「夏の野の繁みに咲ける姫百合」という《景》が序詞となって「知らえぬ」の語を導き出し、下の句の「知らえぬ恋は苦しきものそ」という《情》が表出されている。ヒメユリはユリ科の多年草で濃赤色の花をつけるが、他の百合に比して草丈が低いので、「繁み」に咲いていても人に気づいてもらえない。それで「知らえぬ」の語を導くのであるという。

この歌の特徴は、「姫百合」の《景》が「知らえぬ」の語を譬喩的に導き出すところにある。

**「後《ゆり》」を導く例**

**我妹子《わぎもこ》が　家《いへ》の垣内《かきつ》の　さ百合花《ゆりばな》　ゆりと言へるは　否《いな》と言ふに似る**　（巻八・一五〇三）

道の辺《へ》の　草深百合《くさぶかゆり》の　後《ゆり》もと言ふ　妹が命《いのち》を　我《あれ》知らめやも　（巻十一・二四六七）

灯火《ともしび》の　光に見ゆる　さ百合花《ゆりばな》　ゆりも逢《あ》はむと　思《おも》ひそめてき　（巻十八・四〇八七）

さ百合花　ゆりも逢はむと　思へこそ　今のまさかも　愛《うるは》しみすれ　（巻十八・四〇八八）

～なでしこを　やどに蒔《ま》き生《お》ほし　夏の野の　さ百合《ゆり》引き植《う》ゑて　咲く花を　出《い》で見るごとに　なでしこが　その花妻《はなづま》に　さ百合花《ゆりばな》　ゆりも逢《あ》はむと～　（巻十八・四一一三）

さ百合花《ゆりばな》　ゆりも逢《あ》はむと　下延《したは》ふる　心しなくは　今日《けふ》も経《へ》めやも　（巻十八・四一一五）

**「夜床《ゆとこ》」を導く例**

筑波嶺《つくはね》の　さ百合《ゆる》の花の　夜床《ゆとこ》にも　かなしけ妹《いも》そ　昼もかなしけ　（巻二十・四三六九）

**「笑《ゑ》み」を導く例**

道の辺《へ》の　草深百合《くさぶかゆり》の　花笑《はなゑ》みに　笑《ゑ》みしがからに　妻と言ふべしや　（巻七・一二五七）

油火《あぶらひ》の　光に見ゆる　我《わ》が縵《かづら》　さ百合の花の　笑《ゑ》まはしきかも　（巻十八・四〇八六）

～夏の野の　さ百合の花の　花笑《ゑ》みに　にふぶに笑みて～　（巻十八・四一一六）

集中「百合」を詠む歌は右の十首である。十首すべてが「百合」を序詞の一部として用いるが、そのかかり方は、同音の「後《ゆり》」や「夜床《ゆとこ》」を導くものと、花の咲きほころぶ様子から「笑み」を導くものに尽きる。繁みに咲く「百合」を「草深百合」と表現する例はあっても、D歌のようにその様子を譬喩とする例はない。

逆に「知らえぬ」の語を導くのはどのような《景》なのかについて考えてみても、次の「白《しら》つつじ」「白波《しらなみ》」「白玉《しらたま》」「白菅《しらすげ》」のように、景物として詠まれる「白《しら》〇」の語が同音の序詞として機能するものが多く、D歌のように景物の様態が譬喩的に「知らえぬ」の語を導く例は特異である。

**「白《しら》〜」から導かれる例**

をみなへし　佐紀野《さきの》に生《お》ふる　白《しら》つつじ　知らぬこともて　言はれし我《わ》が背《せ》　（巻十・一九〇五）
み吉野《よしの》の　滝《たき》の白波《しらなみ》　知らねども　語りし継《つ》げば　古《いにしへ》思ほゆ　（巻三・三一三）
近江《あふみ》の海　沖《おき》つ白波《しらなみ》　知らずとも　妹《いも》がりといはば　七日《なぬか》越え来《こ》む　（巻十一・二四三五）
近江《あふみ》の海　沈《しづ》く白玉《しらたま》　知らずして　恋《こひ》ひせしよりは　今こそ増《ま》され　（巻十一・二四四五）
葦鶴《あしたづ》の　騒《さわ》く入江の　白菅《しらすげ》の　知らせむためと　言痛《こちた》かるかも　（巻十一・二七六八）

D歌に描かれる「姫百合」の《景》が、このような特異なあり方を見せるのは、おそらくこの百合がただの百合ではなく、「姫百合」であることに起因している。「百合」に「姫」の語が冠されるのは、集中この一例のみである。「姫」の語は必然的に女性を意識させる。単に「知らえぬ」を導くのであれば、「草深百合」でも「白百合」でもよかったはずである。それをあえて「姫百合」と詠むのは、実態としてのヒメユリの丈が低いという理由ばかりではなく、坂上郎女が可憐に咲くこの景物に自身の姿を投影していたからであろう。

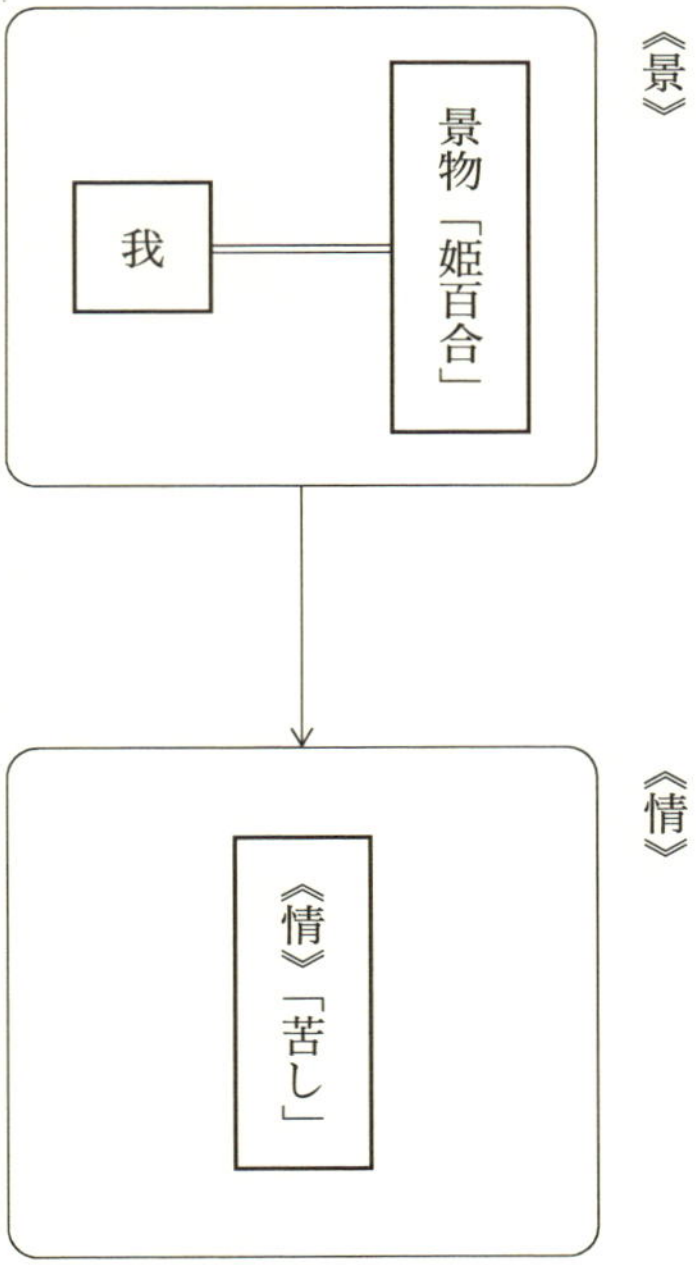


この歌には、A〜Cの歌で確認してきたような《情》のゆらぎは見られない。他ならぬ自己（我）が投影される景物に類型性などありえない。したがって《景》はゆるぎないものとなる。《景》がゆるがないために、《情》も揺れ動くことがない。D歌で表現される《情》は、一義的に「知らえぬ恋は苦し」というものなのである。

かつて、次のE歌の「我なし」という表現について考察し、E歌の恋情性には、相手の世界で自分が〈無化〉されることに極度の危機感を抱き、〈無化〉への恐怖を激情として表出するという性格があると

述べたことがある。(12)

大伴坂上郎女、筑紫の大城の山を偲ふ歌一首

E今もかも　大城《おほき》の山に　ほととぎす　鳴きとよむらむ　我《われ》なけれども　（夏雑歌　巻八・一四七四）

「知らえぬ恋」を「苦し」と表現するD歌の《情》も、相手の世界で自分が〈無化〉されることを「苦し」と捉える点で、E歌と同様の性格を持つ。〈無化〉への恐怖を激情として表出するには、《景》や《情》にゆらぎがあってはならなかったのである。

ゆるぎのない《情》を表現する坂上郎女の歌はDEばかりではない。

大伴坂上郎女の歌一首

F暇《いとま》なみ　来《こ》ざりし君に　ほととぎす　我《あれ》かく恋《こ》ふと　行《ゆ》きて告げこそ　（夏相聞　巻八・一四九八）

右は、巻八夏相聞部所収の坂上郎女詠である。カクコフと鳴く「ほととぎす」に自己を投影し、その「ほととぎす」に対して、「来ざりし君」のもとへ行き「かく恋ふ」と告げてくれと述べるものである。「ほととぎす」に「恋人のところへ行き恋心を告げよ」と望むことは、自分が恋人に恋情を訴えたいと述べるのに等しい。

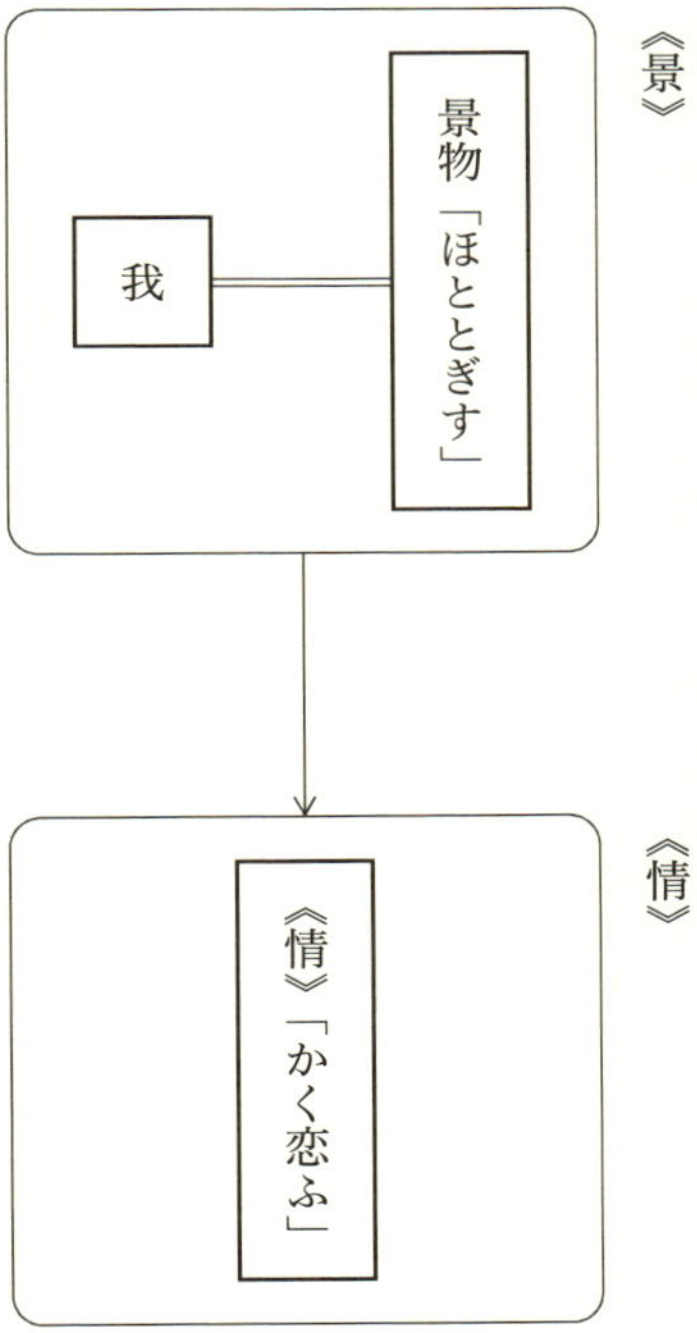


そしてこの歌においても、問題にされているのは相手の世界である。坂上郎女は相手の世界で自分が〈無化〉されることに危機感を抱き、「ほととぎす」に自己を投影して、「かく恋ふ」という《情》を表出する。その《情》は激情であるがゆえに一義的で揺れ動くことがない。

A〜Cの歌が自分の恋情のみを問題としていたのに対して、D〜Fの歌は相手の世界を問題としている。相手の世界において自分が〈無化〉されることを嫌い、〈無化〉への恐怖をストレートに表出するこれらの歌の《情》は、歌表現としての奥行きや深みを持たない代わりに、強さを全面に押し出すものであると言えよう。

以上の考察により、巻八所載の坂上郎女の歌の恋情表現は、およそ二通りに大別できると考えられる。[13]

## 五　おわりに

一つはA〜Cのように自己の恋情のみを問題とするものである。四季の景物を単独で詠むのではなく、そこに恋情を付与するかたちで《景》を表現するとともに、その《景》から喚起されるものとして、緩と急、愛と憎のような両極にある心情の間でゆらぐ《情》を表出するものである。微妙に揺れ動く心の襞を描き、歌表現としての奥行きや深みを持つ。そしてその表現の繊細さは、「大伴家圏」の中で、家持に継承されて行く。

もう一つはD〜Fのように相手の世界を問題とするものである。四季の景物に自己を投影するかたちで《景》を表現し、その《景》から直線的に喚起されるものとして、ゆるぎのない《情》を表出する。相手の世界で自分が〈無化〉されることに危機感を抱き、〈無化〉への恐怖を激情として表出するため、歌表現としての強さを持つ。

歌表現から実態としての坂上郎女像を造形することの愚は避けるべきであるとしても、右のようなあり方からは、柔と剛とを併せ持つ、天平期の女性歌人のしなやかさが仄見えるように思われる。

注1　武市香織「巻八の大伴坂上郎女歌」（『セミナー万葉の歌人と作品　第十集　大伴坂上郎女　後期万葉の女性歌人たち』和泉書院・平成十六年十月）は、同様の観点から、従来あまり重要視されて来なかった巻八所載の坂上郎女詠を考察することの意義を説いている。

2　小野寺静子「大伴家圏の歌―類歌から考える―」（『坂上郎女と家持　大伴家の人々』翰林書房・平成十四年五月）の用語で、大伴家の人々を中心とする文学圏をさし、天平時代に坂上郎女により隆盛をきわめるとされる。

3　井手至『万葉集全注』

4　注1前掲論文

5　注1前掲論文

6　《景》や《情》のゆらぎが歌に奥行きを与えることについては、拙稿「《景》のゆらぎ―『喩』としての力―」（「古代文学」四七・平成二十年三月）で述べたことがある。

7　東茂美「中世和歌における坂上郎女像」（『大伴坂上郎女』笠間書院・平成六年十二月）

8　五味智英『増補　古代和歌』（笠間書院・昭和六十二年三月）

9　天平四年（七三二）の立夏は四月五日であるため、実際には、当該歌の詠出された三月一日よりひと月以上先のことになる。しかし、当該歌が巻八春雑歌部の最後尾に配されることからすれば、初夏を意識しての作と見ることも可能であろう。

10　浅野則子「背子のいる景」（『大伴坂上郎女の研究』翰林書房・平成六年六月）は、B歌のかかる《景》のありようについて、鈴木日出男「坂上郎女の方法」（『古代和歌史論』東京大学出版会・平成二年十月）や高野正美「喚子鳥―恋の終焉―」（『万葉歌の形成と形象』笠間書院・平成六年十一月）の指摘を踏まえて、「郎女にとっての春の景には、柳のうた同様、やはり恋の世界が基盤にあるため景は、恋の景へとよびよせられてしまう」と述べている。

11 この歌の《情》については、拙稿「家持の『怨』」（「上代文学」七五・平成七年十一月）で述べたことがある。

12 拙稿「大伴坂上郎女」（「国文学　解釈と鑑賞」七九五・平成九年八月）。ここで言う「相手」とは、実態としての恋人をさすのではなく、歌の表現世界内部に想定される「恋」の対象である。

13 鈴木日出男「女歌の形成―坂上郎女を中心に」（『高岡市万葉歴史館論集10　女人の万葉集』笠間書院・平成十九年三月）は、坂上郎女の恋歌には、相手に対して大げさなまでに恋情を強調する歌と、対象が相手から自己へと転じて自身の心を凝視・内省する歌という、二つの方向性があることを指摘している。本稿で考察した二種の恋情表現も、概ね、この二つの方向性に対応すると考えられる。

＊『万葉集』の引用は新編日本古典文学全集『万葉集①〜④』（小学館・平成六年五月〜平成八年八月）に拠った。ただし、私意により表記を改めたところもある。

# 宛名のない《恋歌》

## ——家持の「恋」の実態をめぐって——

新谷秀夫

### 一　萬葉びとの「恋」

勅撰和歌集の大部分を《季節歌》と《恋歌》が占めていることが示すように、日本の和歌の伝統はこの二種類の歌に集約して捉えられる。

**やまとうたは、人の心を種《たね》として、万《よろづ》の言《こと》の葉《は》とぞなれりける。世の中にある人、ことわざ繁《しげ》きものなれば、心に思ふことを、見るもの聞くものにつけて、言ひ出《いだ》せるなり。**

この『古今和歌集』仮名序の冒頭を引くまでもなかろうが、和歌とは、人間のもつ表現本能による実情のあらわれであり、人間のおのずからなる声なのである。代々の歌集に《恋歌》が多く入集するのは、「恋」が人間の本質をあらわすもののひとつだったからと言っても過言ではなかろう。そして、仮名序は引き続いて和歌の起源を語る。

**この歌、天地《あめつち》のひらけ初まりける時よりいできにけり。しかあれども、世に伝はることは、久方《ひさかた》の天《あめ》にしては下照姫《したてるひめ》に始まり、あらかねの地《つち》にしては、素盞嗚尊《すさのをのみこと》よりぞ起りける。…（中略）…人の世となりて、素盞嗚尊よりぞ三十文字《みそもじ》、あまり一文字《ひともじ》はよみける。**

「天地のひらけ初まりける時」とは、『古事記』や『日本書紀』で語られるイザナギとイザナミによる神婚の唱和を指しているようだが、じつは歌の形でやりとりがなされたわけではない。つぎの「久方の天」の時代、つまり神代における起源として語られている下照姫の場合は、彼女の夫であるアメワカヒコの葬儀に参列した姫の兄アヂシキタカヒコネの美しさを讃えた歌謡として『古事記』や『日本書紀』に残されているものを指しているようだが、これもまた定型の和歌とは言いがたい。そして、「人の世となりて」スサノヲがよんだと語られている歌が「八雲《やくも》立つ　出雲八重垣《いづもやへがき》　妻籠《つまご》みに　八重垣造る　その八重垣を」（『古事記』）である。ここではじめて五七五七七の定型をとる。この歌は、皇后とともに住むための宮殿を出雲に建てたときの喜びをあらわす歌としておさめられている。

和歌の起源をめぐる仮名序の言説の正否はともかくも、本稿が注目したいのは、仮名序が和歌の起源として語る三つの共通点である。古代歌謡をめぐる研究史的な記述は措いて端的に述べるならば、いずれもが広い意味で「恋」にかかわる場面として捉えられ、まさに懐メロのタイトル「恋は神代の昔から」のように、仮名序は和歌の起源を広い意味での《恋歌》に求めているのである。
さて、『萬葉集』では「恋」をめぐる歌は「相聞」に分類されている。この「相聞」は、男女間を中心に兄弟・親族・朋友間などもふくめて、個人的な心情を伝える歌のことを言う。萬葉歌四五〇〇余首のうちで「相聞」に分類されている歌は約一七五〇首、全歌の約四〇%となる。さらには、そのうちの約一六七〇首が男女間の場合であるから、「相聞」はのちの《恋歌》に近い状況にあるということもできるが、「相聞」と《恋歌》はけっして同質ではない。本稿では、「相聞」のうち男女間において個人的な心情を伝えているものを《恋歌》として、以下の論を進めたい。

籠《こ》もよ　み籠《こ》持ち　ふくしもよ　みぶくし持ち　この岡に　菜摘《なつ》ます児《こ》　家告《の》らせ　名告《の》らさね
そらみつ　大和の国は　おしなべて　我《われ》こそ居《を》れ　しきなべて　我こそいませ　我こそば　告《の》らめ
家をも名をも　（巻一・一）

雄略天皇御製とされる歌である。当時女性に名を聞くことは求婚の意思表示であった。したがって、『萬葉集』は天皇の求婚の歌で巻頭を飾っているということになる。さらに、この巻頭歌よりも年代的に古いものとして『萬葉集』におさめられている歌がある。

かくばかり　恋ひつつあらずは　高山《たかやま》の　岩根《いはね》しまきて　死なましものを　（巻二・八六）

一日《ひとひ》こそ　人も待ち良《よ》き　長き日《け》を　かくし待たえば　ありかつましじ

（巻四・四八四）

前歌は仁徳天皇の皇后磐姫《いわのひめ》が天皇を思って作った歌のひとつで、後歌は同じ仁徳天皇の妹が天皇に贈った歌である。『萬葉集』の巻頭を飾る雄略天皇よりも前時代の作とされる歌がいずれも「相聞」に分類されているということは注目すべきである。さらに、それぞれ巻二と巻四の巻頭歌であることから、この二首はおそらく「相聞」分類の規範となる古歌としておさめられていると考えられる。仮名序の語る時代とは異なるが、『萬葉集』においても、古い歌とされるものがいずれも広い意味での《恋歌》という状況にあるのである。

ところで、引用した二首には「恋」によって「死」を意識しているという共通性がある。

常《つね》かくし　恋ふれば苦し　しましくも　心休《やす》めむ　事計《ことはか》りせよ

（巻十二・二九〇八）

ここで「恋ふれば苦し」とうたわれているように、「恋」とは、けっして喜びにはならず、悲しさ・苦しさ・涙などと結びつく思いとしてうたわれるのが和歌の伝統のようである。なぜなのか。

名詞「恋」に対応する動詞の「恋ふ」は、自分の求めるものが目の前になく、自分の手中にしたいという思いのかなえられず、強くそれを願っていることをあらわすことばである。「欲しい、自分のものにしたい」が「かなえられない、うまくいかない」、それが「恋ふ」という動詞の意味である。だからこそ、けっして喜びなどと結びつくことなく、そばにいないから「悲しい」、思いがかなえられないから「苦しい」、そのような状況にいると「涙」が止まらないということになる。そのような思いが「恋」という名詞の意味するところである。そして、その究極が「恋によって死んでしまう」という、さきの歌々になるのであろう。

そのような萬葉びとたちの「恋」に対する思いを端的に示したのが、「恋」を「孤悲」と表記する歌々であり、『萬葉集』に三十例ほどある。おそらくは、つらくて悲しい「恋」とは好きな人と離れて独り悲しんでいる状態を示すのだということを伝えたいがために生まれた表記であろう。また、『萬葉集』では「〜を恋ふ」という表現がない。これは、助詞「を」が対象が目の前に存在する場合に限って使用されるものであることに由来するのだが、代わりに、萬葉びとたちは「〜に恋ふ」とうたう。この「に」は原因をあらわす助詞である。つまり、萬葉びとは、「恋ふ」という感情を抱くにいたった原因として相手に対する思いを《恋歌》にしてうたっていると言えるのである。

「孤悲」という表記を生んだ萬葉びとたちにとっての「恋」は、英語で言う「love」ではなく、「miss」なのである。「わたしはあなたが好きだ（I love you.）」ではなく、「あなたがいなくてわたしは淋しい（I miss you.）」こそが、萬葉びとたちの「恋」なのである。洋の東西を問わず、「恋」をめぐる文学作品の多くは「嘆き」や「失恋」がテーマとなる。しかも、自分自身の心の表白に比重がより強くかかっているために、ある意味で《自己中心的》な世界であると言える。「孤悲」という表記や「〜に恋ふ」という萬葉びとたちのうたいぶりは、まさにこの《自己中心的》な心のあらわれなのではなかろうか。

このように萬葉びとたちの「恋」に対する思いを押さえたうえで本稿では、『萬葉集』に数ある「相聞」歌のなかから、家持の青春時代の《恋歌》を取り上げ、そこにあらわれる《自己中心的》な部分をいささか明らかにしてみたいと考える。

## 二 家持主体の《恋歌》

家持の青春時代の《恋歌》は、『萬葉集』の巻三、巻四、巻八におさめられている。そして、小野寛館長「女郎と娘子―家持の恋の諸相―」（『大伴家持研究』笠間書院刊　昭55・3　初出は昭47・11）が「巻四の後半は家持の青春歌巻と言ってもいいほどのもの」と述べ、伊藤博氏『萬葉集釋注』が「巻四の後半、五七八以下の中には、確実に、家持青春時代の恋物語が、何げない表情をしながら、そしてなかなかしたたかに織りなされている」（五八一〜五八四の解説部分）と述べられているように、「相聞」のみで構成されている巻四所収歌が多いという状況にある。ちなみに巻十七におさめられた平群氏女郎から家持に贈られた歌（三九三一〜三九四二）をふくめて考える場合もあるが、題詞・左注の記述からすると、家持の越中赴任後の歌もふくまれている可能性が高いので、本稿では除外しておく。さらに、家持が哀傷挽歌（巻三「挽歌」部所収）を残した「妾」についても、青春時代の「恋」の相手のひとりであった可能性は高く、広い意味での《恋歌》の範疇に属する歌と考えられる。しかし、「相聞」もしくはそこから派生したと考えられる「譬喩歌」の分類におさめられていないことを勘案して、本稿で対象とする家持の《恋歌》からは除外しておく。そのような家持の「恋」を相手別に分類したのが、つぎの表である。

| | | 家持からの贈歌 | 家持への答歌 | 家持への贈歌 | 家持からの答歌 |
|---|---|---|---|---|---|
| A | 坂上大嬢 | 37首 | 4首 | 7首 | 8首 |
| B | 笠女郎 | | | 29首 | 2首 |
| C | 山口女王 | | | 6首 | |
| D | 大神女郎 | | | 2首 | |
| E | 中臣女郎 | | | 5首 | |
| F | 紀女郎 | 7首 | 1首 | 4首 | 4首 |
| G | 安倍女郎 | 1首 | | | |
| H | 河内百枝娘子 | | | 2首 | |
| I | 粟田女娘子 | | | 2首 | |
| J | 巫部麻蘇娘子 | | | 1首 | 1首 |
| K | 日置長枝娘子 | | | 1首 | 1首 |

『萬葉集』に記録されている形が家持主体になっている場合と相手主体になっている場合とに分けて作表した(注)が、じつはこの十一名以外にも『萬葉集』には、

・大伴宿禰家持が娘子《をとめ》に贈る歌二首　（巻四・六九一〜六九二）
・大伴宿禰家持、娘子が門《かど》に至りて作る歌一首　（巻四・七〇〇）
・大伴宿禰家持が娘子に贈る歌七首　（巻四・七一四〜七二〇）
・大伴宿禰家持が娘子に贈る歌三首　（巻四・七八三〜七八五）
・大伴宿禰家持、娘子が門に至りて作る歌一首　（巻八・一五九六）

という家持が歌を贈った「娘子」たちや、家持との贈答（巻四・七〇五〜七〇六）を残した「童女《めのわらは》」が記録されている。さらには、相手をめぐる記述はないが、「相聞」や「譬喩歌」として『萬葉集』におさめられている

・あしひきの　岩根《いはね》こごしみ　菅《すが》の根を　引かば難《かた》みと　標《しめ》のみそ結《ゆ》ふ　（巻三・四一四）
・かくばかり　恋ひつつあらずは　石木《いはき》にも　成らましものを　物思《ものおも》はずして　（巻四・七二二）
・沫雪《あわゆき》の　庭に降り敷き　寒き夜《よ》を　手枕《たまくら》まかず　ひとりかも寝《ね》む　（巻八・一六六三）

の「大伴宿禰家持が歌一首」と題された三首もまた、家持の《恋歌》と目されるものとしてある。

本稿は、この「娘子」に贈った《恋歌》十四首や相手が記されない三首が家持の《恋歌》のなかでどのような位置づけにあるかを明らかにすることを目的としている。そのために、まずさきの十一名の女

性をめぐる《恋歌》について検討を加えてみたい。

ところで、これらの女性たちすべてと家持は、ほんとうに「恋」をしたのであろうか。さきの表を見る限り、一概に論じてはならないのではないかと稿者は考える。たとえば、家持主体になっている場合と女性主体となっている場合の両方の形で家持の《恋歌》が記録されている女性は坂上大嬢（A）と紀女郎（F）のみである。あとは、家持からの歌だけが記録されている安倍女郎（G）を除くと、いずれも女性主体のかたちで記録されている用例に偏る。しかも、そのうちで贈答がなされているのは笠女郎（B）・巫部麻蘇娘子（J）・日置長枝娘子（K）の三名で、残る五名の女性（C・D・E・H・I）は家持に贈った歌は記録されているが、それに応えた家持の歌はないという状況にある。そこで、この状況の違いに着目することで、家持の《恋歌》の実態についていささか検討を加えてみたい。

のちに妻となる坂上大嬢は別格として措いておくと、家持が主体となった形で登場する女性は、紀女郎（F）と安倍女郎（G）に限られる。紀女郎については、以前「冬の「月を詠む」―家持「雪月梅花を詠む歌」覚書―」と題する拙稿（本集4『時の万葉集』所収　平13・3）のなかで論じたように、青春時代の家持の歌を考えるうえで、妻となった坂上大嬢に次いで重要な人物であったと考えられるのである。歌を贈られた女性にかならずしも応えたわけではない家持が彼女に対しては別格のように応えたのは、家持にとって彼女はたんなる《恋歌》の相手だったわけではなく、「時代をよみとる」彼女の歌世界がまさに「家持が求めた」世界であったからだったのであろう。さらには、『萬葉集』に残されている紀女郎のほかの歌の推定年代からすると、彼女は家持よりもずっと年上だったと推定されていることもあり、《歌学び》の対象である坂上郎女に類する立場の女性として家持は接していたのではないかと考えられ、たんなる「恋」の相手として見るべきではないと稿者は考えている。

いまひとりの安倍女郎（G）に贈った歌は、つぎの歌である。

**大伴宿禰家持が安倍女郎《あへのいらつめ》に贈る歌一首**

**今造《いまつく》る　久邇《くに》の都に　秋の夜《よ》の　長きにひとり　寝《ぬ》るが苦しさ**　（巻八・一六三二）

この歌について中西進氏『大伴家持　第二巻　久邇京の青春』（角川書店刊　平6・10）が、

**大伴宿禰家持が久邇京《くにのみやこ》より、奈良の宅《いへ》に留《とど》まれる坂上大嬢に贈る歌一首**

**あしひきの　山辺《やまへ》に居《を》りて　秋風の　日《ひ》に異《け》に吹けば　妹《いも》をしそ思ふ**　（巻八・一六三二）

**大伴宿禰家持が紀女郎《きのいらつめ》に報《こた》へ贈る歌一首**

**ひさかたの　雨の降る日を　ただひとり　山辺に居れば　いぶせかりけり**　（巻四・七六九）

というように、同じ久邇京から贈った歌の相手として坂上大嬢と紀女郎が登場することに注目して、大嬢はのちに妻となる女性、紀女郎は年上の人妻であった。安倍女郎も山辺の独り寝を訴えたくなるように、慕わしい女性だったのであろう。

と指摘されたことは注目に値しよう。中西氏が言う「慕わしい女性」は「恋」の相手のニュアンスをふくみ持つようだが、むしろ紀女郎同様に坂上郎女に類する立場の女性として「慕わし」く接していたと考えるべきではなかろうか。いささか状況は異なるが、

**久邇京に在《あ》りて、寧楽《なら》の宅《いへ》に留《とど》まれる坂上大嬢を思ひて、大伴宿禰家持が作る歌一首**

**一重山《ひとへやま》　隔《へな》れるものを　月夜《つくよ》良《よ》み　門《かど》に出で立ち　妹《いも》か待つらむ**　（巻四・七六五）

**藤原郎女《ふぢはらのいらつめ》、これを聞きて即《すなは》ち和《こた》ふる歌一首**

**道遠《みちとほ》み　来《こ》じとは知れる　ものからに　然《しか》そ待つらむ　君が目を欲《ほ》り**　（七六六）

に見える「藤原郎女」という女性について『新編日本古典文学全集』（以下「新編全集本」と略す）の頭注が「家持・大嬢の両人に親しい女性であろう」と推定されていることに注目したい。《恋歌》ではないが「相聞」に分類されたこの歌の存在からすると、家持の周辺に登場する女性すべてがかならずしも「恋」の相手であったわけでないことは確認できよう。したがって、紀女郎ほどではないとしても、坂上郎女に類する立場の女性として安倍女郎を位置付けても誤りはないと考える。

このように、のちに妻となった坂上大嬢を別格とすると、家持が主体となって《恋歌》を贈っている紀女郎（F）と安倍女郎（G）は、けっして実際の「恋」の相手であったわけではないと考えられるのである。じつは、さきに言及した「娘子」に贈った歌十四首と相手が記されない三首もまた、家持が主

体となっている《恋歌》である。いささか早急に結論を述べることとなるが、おそらくはこれらの歌もまた実際の「恋」にかかわる歌ではなかったと稿者は考えているが、その前に相手側が主体となっている「恋」について検討を加えてみたい。

## 三 相手主体の家持の《恋歌》

さきに示した表のうち、前節で検討した三名を除いた八名については、家持の応えた歌の存否からふたつに分類できる。

I　家持が応えた場合　→　笠女郎（B）、巫部麻蘇娘子（J）、日置長枝娘子（K）

II　家持が応えなかった場合　→　山口女王（C）、大神女郎（D）、中臣女郎（E）、河内百枝娘子（H）、粟田女娘子（I）

このうちIの笠女郎（B）についてはすでに多くの研究者が指摘しているが、家持とのあいだに実際の恋愛関係があり、家持の応えた二首（六一一〜六一二）について新編全集本の頭注が「最初家持の方から接近しておきながら、今では後悔している趣がみられる」と指摘するように、それはそれなりに熱烈なものであったと考えられてきた。しかし、以下に検討を加えるふたりの「娘子」の場合を考えると、単純に家持の「恋」の相手であったかについては、いささか疑問を抱かざるをえない部分もある。そこで、この笠女郎と同じように家持との贈答が確認できる巫部麻蘇娘子（J）と日置長枝娘子（K）の場合について検討してみたい。

巫部麻蘇娘子《かむなぎべのまそをとめ》が雁《かり》がねの歌一首

誰《たれ》聞きつ　こゆ鳴き渡る　雁がねの　妻呼ぶ声の　ともしくもあるを　（巻八・一五六二）

大伴家持が和《こた》ふる歌一首

聞きつやと　妹《いも》が問はせる　雁がねは　まことも遠《とほ》く　雲隠《くもがく》るなり　（一五六三）

日置長枝娘子《へきのながえ》が歌一首

秋付《あきづ》けば　尾花《をばな》が上《うへ》に　置く露の　消《け》ぬべくも我《あれ》は　思ほゆるかも　（一五六四）

大伴家持が和ふる歌一首

我《わ》がやどの　一群萩《ひとむらはぎ》を　思ふ児《こ》に　見せずほとほと　散らしつるかも　（一五六五）

「妻呼ぶ声のともしくもあるを」といううたいかけに対して「妹が問はせる」と応えるやりとりや、「消ぬべく思ほゆ」が相聞の常套句であることを考えると、このふたりの女性とのあいだに実際の「恋」のやりとりがあったと考えることも可能であろう。しかしながら、新編全集本の頭注が日置長枝娘子の一五六四番歌について「次の家持の和歌との関連による分類か」と推定しているように、これら四首は家持の和歌の存在によって「秋雑歌」に分類された可能性がきわめて高い。すでに佐藤隆氏が指摘されている（『大伴家持作品研究』〈おうふう刊　平12・5〉の第一章第一節　初出は平11・12）ように、巫部麻蘇娘子の歌に対する家持の和歌の婉曲な断りかたは「現実の恋のものとは考えにくい」ものとなっている点も注目すべてであろう。

日置長枝娘子の歌はこの一首しかなく他例で確認はできないが、おそらくはこのふたりが家持の「恋」の相手に数えられるにいたったのは、

巫部麻蘇娘子が歌二首

我《わ》が背子《せこ》を　相見《あひみ》しその日　今日《けふ》までに　我《あ》が衣手《ころもで》は　乾《ふ》る時もなし（巻四・七〇三）

栲縄《たくなは》の　長き命《いのち》を　欲《ほ》しけくは　絶えずて人を　見まく欲りこそ（七〇四）

という歌が、坂上大嬢をはじめとするさまざまな女性とのあいだで家持が交わしたと考えられてきた《恋歌》にはさまれた形で『萬葉集』におさめられていること、さらに日置長枝娘子の歌の類歌である

秋の田の　穂《ほ》の上《うへ》に置ける　白露《しらつゆ》の　消ぬべくも我《あれ》は　思ほゆるかも（巻十・二二四六）

が「秋相聞」に分類されていることが深く関わったにちがいない。「女子の贈歌で相手の名を明記していないものはすべて家持宛か」（新編全集本の七〇三番歌頭注）という推測に代表されるように、「家持の青春歌巻」（小野寛館長）・「家持青春時代の恋物語」（伊藤博氏）という第二節冒頭でも引用した巻四後半をめ

ぐる解釈のなかで、このふたりは家持の「恋」の相手と考えられるにいたったのであろう。

しかし、このふたりと家持とのあいだでの贈答はあくまでも「雑歌」として位置付けられており、それを《恋歌》のやりとりと推定する根拠であろう巫部麻蘇娘子の歌（巻四・七〇三〜七〇四）は具体的な相手を記していない。たとえそれが家持に贈った歌であったとしても、それをもって実際の「恋」を推測することはできないのではなかろうか。

そこで、家持が応えなかった場合（II）の女性たちの歌を見てみたい。

山口女王《やまぐちのおほきみ》、大伴宿禰家持に贈る歌五首

物思《ものおも》ふと　人に見えじと　なまじひに　常《つね》に思へり　ありそかねつる　（巻四・六一三）

相思《あひおも》はぬ　人をやもとな　白たへの　袖漬《そでひ》つまでに　音《ね》のみし泣かも　（六一四）

我《わ》が背子《せこ》は　相思はずとも　しきたへの　君が枕《まくら》は　夢《いめ》に見えこそ　（六一五）

剣大刀《つるぎたち》　名の惜《を》しけくも　我《あれ》はなし　君に逢《あ》はずて　年の経《へ》ぬれば　（六一六）

葦辺《あしへ》より　満ち来《く》る潮《しほ》の　いや増しに　思へか君が　忘れかねつる　（六一七）

山口女王、大伴宿禰家持に贈る歌一首

秋萩に　置きたる露の　風吹きて　落つる涙《なみた》は　留《とど》めかねつも　（巻八「秋相聞」・一六一七）

家持に贈った《恋歌》のみが残されている山口女王の六首である。すでに島田裕子氏「大伴家持をめぐる相聞歌群（二）―女郎歌の諸相―」（梅光女学院大学『日本文学研究』30　平7・1）が指摘されているように、六一四・六一六・六一七の三首は作者未詳歌に類歌が認められ、それ以外の歌にも巻十一や巻十二に類似表現が多く確認できる。同様に島田氏は、

大神女郎《おほみわのいらつめ》が大伴宿禰家持に贈る歌一首

さ夜中《よなか》に　友呼ぶ千鳥《ちどり》　物思《ものおも》ふと　わび居《を》る時に　鳴きつつもとな　（巻四・六一八）

黙《もだ》もあらむ　時も鳴かなむ　ひぐらしの　物思ふ時に　鳴きつつもとな　（巻十「夏雑歌」・一九六四）

というように、大神女郎の歌についても巻十歌との類歌関係を指摘されている。「相聞」に分類されているから「物思ふとわび居る」が「恋」によると解されるが、類歌の存在からすると、《恋歌》ではないと考えることも可能であろう。さらに島田氏は、中臣女郎の五首（巻四・六七五〜六七九）についても類歌や類似表現を指摘されているが、その第一首

をみなへし　佐紀沢《さきさは》に生《お》ふる　花かつみ　かつても知らぬ　恋《こひ》もするかも　（巻四・六七五）

については梶川信行氏が「深刻なものというよりは、遊戯的な恋の歌とみるべきであろう」と指摘され

たこと（『万葉集歌人事典』〈雄山閣出版刊　昭57・3〉の「中臣女郎」の項目）も注目したい。

**否《いな》と言はば　強《し》ひめや我《わ》が背《せ》　菅《すが》の根の　思ひ乱れて　恋ひつつもあらむ**　（巻四・六七九）

という第五首について島田氏が、天皇と志斐嫗のやりとり（巻三・二三六〜二三七）との類歌関係を指摘されていることもふまえると、中臣女郎の歌に「遊戯的」な部分を読みとるのに誤りはなく、紀女郎（F）に近い存在であった可能性を指摘しておきたい。

残るふたりの「娘子」についてであるが、さきに引用した論の続稿である島田裕子氏「天平の娘子歌の諸相―大伴家持をめぐる相聞歌群を中心として―」（梅光女学院大学『日本文学研究』31　平8・1）は、「女郎」たちの歌には類歌・類似表現が多く、その教養の深さや心の余裕が感じられるのに比して、「娘子」たちの歌には類歌が少なく、自由さが感じられると指摘されている。

たしかに、別れに際して贈った歌と捉えれば《恋歌》と解される河内百枝娘子（H）の歌（巻四・七〇一〜七〇二）に類歌を指摘することはできない。しかし、そのうち

**ぬばたまの　その夜《よ》の月夜《つくよ》　今日《けふ》までに　我《あれ》は忘れず　間《ま》なくし思へば**　（巻四・七〇二）

という第二首については、

うち渡す　竹田《たけた》の原に　鳴く鶴《たづ》の　間なく時なし　我《あ》が恋ふらくは　（巻四・七六〇）

白波の　寄《よ》する磯廻《いそみ》を　漕《こ》ぐ舟の　楫《かぢ》取る間《ま》なく　思ほえし君　（巻十七・三九六一）

という坂上郎女が娘の大嬢に贈った歌（前歌）や家持が池主に対してよんだ歌（後歌）のように、母娘や男同士であたかも《恋歌》のようにうたいかわす歌のなかで「間なく思ふ（恋ふ）」という表現が確認できることを考えると、単純に「恋」にかかわる歌と捉えられないのではないだろうか。また、粟田女娘子（I）の歌（巻四・七〇七～七〇八）については、片思いに沈む思いをよんだ第一首目に「土垸《かたもひ》の中に注《しる》せり」という注記があることに注目したい。この注記には、片口の器「かたもひ」と「片思《かたもひ》」を掛けるという彼女の機知に富んだ部分を感じとることができ、中臣女郎のように「遊戯的」な恋の歌として位置づけられるのではなかろうか。

たしかに島田氏の指摘されたように、山口女王や「女郎」たちの歌に比して、ふたりの「娘子」の歌には類歌や類似表現は少ないが、そのことをもって「遊戯的な恋の歌」（前掲の梶川氏の指摘）と実際の《恋歌》という区分をすることはできない。しかしながら、粟田女娘子の機知に富んだ掛詞の存在を考えるならば、類歌や類似表現があるということとかかわりなく、さきのII「家持が応えなかった場合」の女性たちはいずれも、家持の実際の「恋」の相手ではなかったのではなかろうか。さらには、I「家持が応えた場合」の女性三名のうち「娘子」二名についても明白な形で《恋歌》と認定しがたいことを考えると、家持の実際の《恋歌》の対象は坂上大嬢だけだったのではなかろうか。

すでに中西進氏「家持ノート」（『中西進万葉論集　第一巻　万葉集の比較文学的研究(上)』講談社刊　平7・3　初出は昭38・1）が別の視点から検討を加えられ、

**天離《あまざか》る　鄙《ひな》に月経《へ》ぬ　然《しか》れども　結《ゆ》ひてし紐《ひも》を　解《と》きも開《あ》けなくに**（巻十七・三九四八）

**家《いへ》にして　結ひてし紐を　解き放《さ》けず　思ふ心を　誰《たれ》か知らむも**（三九五〇）

という越中時代最初の宴席歌における家持の「端然とした謹厳さ」を指摘されて、結局家持は、身分的にも適い、真剣に愛を語ったのは坂上大嬢一人という事になるのであって、家持の「女性遍歴」を事興じて語るのは恣意というべきであろう。

と結論づけられたのに稿者も与するものである。中西氏前掲論文は「笠女郎」（B）について明確な形で論じておられないが、稿者は、本節で検討してきた他の女性の場合や、前節で検討した紀女郎（F）と安倍女郎（G）の場合をもふまえて、彼女もまた実際の「恋」の相手ではなかったのではないかと考えているが、この点についてはあらためて論じてみたい。

## 四　「娘子」への家持の《恋歌》

前節までで検討してきたように、家持の青春時代の相手が明記されている《恋歌》は、坂上大嬢を除いていずれも実際の「恋」にかかわるものとは考えられないのである。残る「(名を記さない)娘子」に贈った《恋歌》十四首と相手がまったく記されていない三首について検討する前に、なぜ実際の「恋」にかかわらない歌が《恋歌》として「相聞」に分類されているのかについて考えてみたい。

> 天平初年の和歌圏では、歌はかならずしも写実でなくてもよいとする考え、いいかえれば、歌は仮構であるときむしろ美しいという考えが普及していた。その天平和歌圏の領導者として存在した専門的歌人、それが大伴坂上郎女だったのだと思う。その和歌圏は、恋歌に的をしぼれば片恋文化圏なのであり、雑歌をも含めていえば、虚構文化圏ないし見立《みたて》文化圏なのであった。

という伊藤博氏「天平の女歌人」(『萬葉集の歌人と作品　下』塙書房刊　昭50・7　初出は昭49・11)の大伴坂上郎女や家持を中心とする「和歌圏」があったとする指摘をふまえ、稿者は以前、

> 天平時代あたりになると、宴席での歌の披露や贈答歌のやりとりが日常のこととしてなされることが多くなってきた。その結果として、宴席の場で披露したり身内との贈答に変化を持たせたりなどするために、純粋な恋歌ではない、まさに文芸的な「恋歌」を歌うようになってきたのであろう。

と拙稿「天平の恋」(万葉歴史館第五回企画展図録『天平万葉』所収　平17・10)でまとめた。そして、

> **右、坂上郎女は佐保大納言卿《さほのだいなふごんきやう》の女《むすめ》なり。駿河麻呂《するがまろ》は、この高市大卿《たけちのだいきやう》の孫なり。両卿は兄弟の家、女孫《むすめうまご》は姑姪《をばをひ》の族《うがら》なり。ここを以《もち》て、歌を題《つ》りて送答し、起居を相問《さうもん》す。**(巻四・六四九左注)

という左注が付された坂上郎女の相聞歌に見られる身内とのあいだの恋歌風な贈答がおこなわれたり、「恋の歌」と題された《虚構の恋歌》がよまれるようになった（拙稿「門部王の「恋の歌」をよむ」『高岡市万葉歴史館紀要』15　平17・3を参照）のを、そのような流れのなかに位置づけた。

同様に、家持をめぐる「恋」にかかわる歌もまた、坂上大嬢を除いて、ほかはみな実際の《恋歌》ではなく、恋歌風に仕立てられた「起居を相問」するもの、つまり「相聞」そのものであったのではなかろうか。いや、もし極言が許されるならば、それらの歌のなかには「恋」を題にしてうたわれたものもふくまれているかもしれないと稿者は考えている。「恋」のさまざまな状況を素材としてよんだ歌を家持に贈る。そのような文学的営為があった可能性はあながち否定できまい。このような推測を裏づけるものとして、家持が残した「（名を記さない）娘子」に贈った《恋歌》十四首と相手がまったく記されていない三首があると考えられるのである。

「《娘子》の変容―「うたう」から「うたわれる」へ―」と題する拙稿（本集10『女人の万葉集』所収　平19・3）で検討したように、中央官人（歌人）と関わることによって『萬葉集』の題詞や左注に登場することとなった「娘子」は、おそらく都を具現化する「みやび」な存在として意識されていたと考えられる。そして、そのような意識のもと、素性めいたことが記されている萬葉歌人としての「娘子」から、歌が残されなかったり素性が記されなくなった実在性は乏しい「娘子」までの幅広さで、「娘子」は『萬葉集』に記録されることとなったのである。

この拙稿のなかで稿者は、橋本四郎氏「幇間歌人佐伯赤麻呂と娘子の歌」（『橋本四郎論文集　万葉集編』

角川書店刊　昭61・12　初出は昭49・11）の「単に「娘子」と表示された女性は、何らかの虚構に支えられているると見る角度から検討を加える必要があろう」という指摘をふまえ、素性も歌も記録されていない「娘子」を中央官人（歌人）たちが歌をよむための素材・手段として記録された存在として「歌にされる《娘子》」と定義した。そして、

- **大伴宿禰家持が娘子《をとめ》に贈る歌二首**（巻四・六九一～六九二）
- **大伴宿禰家持、娘子が門《かど》に至りて作る歌一首**（巻四・七〇〇）
- **大伴宿禰家持が娘子に贈る歌七首**（巻四・七一四～七二〇）
- **大伴宿禰家持が娘子に贈る歌三首**（巻四・七八三～七八五）
- **大伴宿禰家持、娘子が門に至りて作る歌一首**（巻八・一五九六）

という家持が歌を贈った「娘子」たちは、まさにこの「歌にされる《娘子》」であり、虚構・架空の人物であった可能性がきわめて高いということを述べておいた。

そこで触れたように、すでに黒田徹氏「大伴家持の「娘子」に贈る歌」（大東文化大学『日本文学研究』28　平元・2）が、その類歌を詳細に検討することを通して同様な結論を提示されている。また、それ以前に野村重碩氏「「娘子」―家持女性遍歴ノート・II―」（東京学芸大学『学芸国語国文学』9　昭49・1）が、これらの歌の表現をつぶさに検討されて、

「娘子」に贈ったことになっている当面の歌々は、折に触れて、恋に恋した家持の胸に去来する好もしい、あるいは理想的な恋の形態・恋情に深く思いを沈潜させて、現実からの飛翔を試みた作歌の結果であって、対象は「娘子」としか書き様のないものであった。

とまとめられた。さらに野村氏は、「心」という語が青春時代の家持の《恋歌》のなかでつぎに掲出した「娘子」と「童女」へ贈った歌に偏ってあらわれることに着目して、

大伴宿禰家持が娘子《をとめ》に贈る歌二首

ももしきの　大宮人《おほみやひと》は　多かれど　心に乗りて　思ほゆる妹《いも》　（巻四・六九一）
うはへなき　妹《いも》にもあるかも　かくばかり　人の心を　尽《つ》くさく思へば　（六九二）

大伴宿禰家持が娘子に贈る歌七首（うち四首）

心には　思ひ渡れど　よしをなみ　外《よそ》のみにして　嘆きそ我《あ》がする　（七一四）
夜昼《よるひる》と　いふわき知らず　我《あ》が恋ふる　心はけだし　夢《いめ》に見えきや　（七一六）
思はぬに　妹《いも》が笑《ゑ》まひを　夢《いめ》に見て　心の内《うち》に　燃えつつそ居《を》る　（七一八）
むら肝《きも》の　心砕《くだ》けて　かくばかり　我《あ》が恋ふらくを　知らずかあるらむ　（七二〇）

大伴宿禰家持、娘子が門《かど》に至りて作る歌一首

妹《いも》が家《いへ》の　門田《かどた》を見むと　うち出来《でこ》し　心も著《しる》く　照る月夜《つくよ》かも　（巻八・一五九六）

大伴宿禰家持が童女《めのわらは》に贈る歌一首

はね縵《かづら》　今する妹《いも》を　夢《いめ》に見て　心の内《うち》に　恋ひ渡るかも　（巻四・七〇五）

これらのうたに見える「心」という語に家持の「真剣さ・情念」のあらわれを見てとり、「娘子」・「童女」に対する場合のように、現実的な事実と関係を持たず、唯ひたむきに、抽象的な恋の念いにのみ深く沈潜した時、家持にとって、「こころ」という詞が、その恋情を支える観念に必要だったのであろう。

と結論づけられたのが正鵠を射た解釈と考える。

虚構・架空の「娘子」を設定し、「心」という語を用いて現実とはかけ離れた「理想的な恋の形態・恋情」をうたった家持のこれらの歌は、まさに《自己中心》的な《恋歌》と言えよう。そして、このような家持の《恋歌》の世界は、さきの伊藤氏のことばを借りれば「虚構文化圏」とも言うべき坂上郎女を中心とする「和歌圏」のなかで培われたものだったにちがいなく、家持に《恋歌》を贈った女性たちもおそらくこの「和歌圏」に属する人だったのではなかろうか。越中時代に部下の尾張少咋を諭す歌（巻十八・四一〇六〜四一〇九）で律令や詔書のことばを使用してまでその不義を諫めた家持が、数多くの女性遍歴を経ていたと考えるよりも、前節末尾で引用した中西氏の指摘にあるように「真剣に愛を語ったのは坂上大嬢一人」であったと考えておくほうが穏当なのではなかろうか。

## 五 宛名のない《恋歌》

虚構・架空の「娘子」に対して《恋歌》をよむというまさに《自己中心》的な文学的営為は、『萬葉集』を見る限り、伊藤博氏が指摘されたように、「天平和歌圏」の「領導者」であった坂上郎女から学んだものと考えられる。

「相聞」とは本来、お互いに思いを伝えあったり、安否を尋ねあったりする歌である。したがって、その、思うもしくは恋い慕う相手、または安否を問う相手がいるはずである。そのことは、『萬葉集』の「相聞」歌の多くが題詞もしくは左注にその相手（あるいは「相聞」をよむ事情のようなもの）を記していることからも間違いない。本稿で検討してきた家持をめぐる《恋歌》の場合も、たとえそれが虚構・架空の存在であったとしてもしっかりと記されたものばかりであった。

しかし、本稿が検討してきたように、相手が記されていたとしても、それがすべて恋い慕う相手ではない。さらに、伝えあう・尋ねあうというようにお互いに歌をとり交わすことが「相聞」の本義であるとすると、本稿が対象としてきた歌の多くはその範疇から逸脱したものばかりと言えよう。女性から《恋歌》を贈られながら家持は返事をしない。もしくは家持が《恋歌》を贈ったにもかかわらず相手の返事がない。編纂という行為のなかで排除されたことも考えられるが、むしろ稿者は、もともとそれらの歌は存在しなかった可能性もあり得るのではないかと考える。

第一節でいささか言及した巻二巻頭の磐姫皇后の歌は、「天皇を思ひて作らす歌」というように思う相手が記されていることから、「相聞」の範疇に属することはまちがいない。しかし、その歌の内実は、思いを伝えあうというものではなく、一途に相手を思う歌となっている。つまり、『萬葉集』を見る限りにおいては、「相聞」は掛け合い形式のものだけでなく、独詠歌もふくまれているのである。この点に着目するならば、本稿が対象としてきた歌の多くは、まさに独詠歌としての「相聞」であると言えよう。相手は意識しながら、相手の応えを求めていないこれらの《恋歌》は、まさしく《自己中心的》である。これこそが家持の青春時代の「恋」の実態であり、その究極に虚構・架空の「娘子」に対する《恋歌》があると言えるのではないだろうか。

最後に、そのような《自己中心的な恋歌》のいまひとつの例、相手がまったく記されていない「大伴宿禰家持が歌一首」という共通の題詞を有する三首について考えてみたい。

あしひきの　岩根《いはね》こごしみ　菅《すが》の根を　引かば難《かた》みと　標《しめ》のみそ結《ゆ》ふ　（巻三「譬喩歌」・四一四）

かくばかり　恋ひつつあらずは　石木《いはき》にも　成らましものを　物思《ものおも》はずして　（巻四「相聞」・七二二）

沫雪《あわゆき》の　庭に降り敷き　寒き夜《よ》を　手枕《たまくら》まかず　ひとりかも寝《ね》む　（巻八「冬相聞」・一六六三）

この三首を「宛名のない恋文」と名づけたのは、小野寛館長「大伴家持の歌について二、三」（学習院女子短期大学『国語国文論集』9　昭55・3）である。小野館長は、この三首をめぐる注釈書類の発言を整理されながら、家持の青春時代の前期の終り天平十年の頃に、「宛名のない恋文」は一体どんな真実を秘めているのだろうか。この三首の恋歌がどうして「宛名」を失って別種の資料に舅《（ママ）》になったのだろうか。とまとめられている。この三首については、巻八歌をめぐって鈴木武晴氏「萬葉集巻八「冬相聞」の部の家持歌」（『山梨英和短期大学紀要』26　平4・12）が、表現をつぶさに検討することで天平十一年冬に坂上大嬢に贈った歌かと推定された論考がある以外は、取りたてて論じられた形跡はない。鈴木氏の推測は魅力的であるが、三首が共通する題詞を有することを考えると、ほかの二首も坂上大嬢に贈った歌と推定できそうなのだが、鈴木氏はそこまで発言しない。

坂上大嬢に贈ったかどうかの正否はともかく、この三首の題詞および巻における位置などの類似点に着目して小野館長が、中西進氏「晴への願い―万葉集巻四の形成―」（『中西進万葉論集　第六巻　万葉集形成の研究　万葉の世界』講談社刊　平7・9　初出は昭42・1）の「坂上郎女の伝承した資料」との推測をふまえて、ほかの家持歌とはまったく別の記録である可能性を指摘したことに着目したい。中西氏が推定されたように、この三首はおそらく家持が坂上郎女に贈った歌である可能性が高いと思われるのである。しかしそれはけっして「恋」ではない。

巻三の歌について窪田『評釋』が「心穏やかな人が、丹念に、苦勞して詠んだ歌といふことを思はせる」と評し、土屋『私注』が「困難な事情のある戀愛をいつて居ると見えるが、全體の調子はのんきで、寧ろ遊戯的作歌の如く感ぜられる」と評しているのに澤瀉『注釋』や『全注』（西宮一民氏担当）は同意する。さらに阿蘇瑞枝氏『萬葉集全歌講義』が、全体の調子はゆとりがあり、言葉を遊んでいる感がつよい。家持の現実の恋愛体験を比喩表現で詠んだというのではなく、うたいものなどに倣って、比喩表現を楽しんだ作であろう。

と評されたように、この歌は実際の「恋」のやりとりのなかから生まれた歌ではないようだ。また、窪田『評釋』が「凡作」とする巻四の歌についても、武田『全註釋(増訂版)』が「型によつて作つた歌というほかはない」と評し、土屋『私注』は「多分題詠であらう」と推定し、伊藤博氏『萬葉集釋注』は「宴での作かもしれない」と推測する。さらに阿蘇瑞枝氏『萬葉集全歌講義』は、さきの巻三歌同様に「実際の恋の体験の中で詠まれたものではなく、架空の恋を主題に詠んだ歌であったと思われる」と土屋『私注』の「題詠」説に近い解釈を示している。

このように巻三や巻四の歌が実際の「恋」のやりとりではないという推定が、おもに近代歌人たちによって指摘されていることは注目すべきである。「初月《みかづき》の歌」(巻六・九九三、九九四)を持ちだすまでもないが、家持が坂上郎女に歌を学んだことは間違いない。それはおそらく《恋歌》に対してもおこなわれていたにちがいなく、小野館長の言う「宛名のない恋文」三首は、そのような坂上郎女との《歌学び》のなかでよまれたものなのではなかろうか。おそらくは、その結果として三首は坂上郎女の手元に残ることとなり、あらためて『萬葉集』におさめられるとき、ほかの家持歌とは異なる形となったのであろう。したがって、「宛名のない」形ではあるが、この三首もまたさきの「娘子」へ贈った歌と同様に《自己中心的な恋歌》と言えるのである。

題詞などの記載からすると相手を意識しているようではあるが、実際は家持の青春時代の《恋歌》の多くは、相手を意識しない、まさに独詠歌としての「相聞」であった。そして、相手の応えを求めていないとも取れるこれらの《恋歌》は、まさしく《自己中心的》である。これこそが家持の青春時代の「恋」の実態なのである。ご教示・ご叱正をお願いする次第である。

注　万葉歴史館第四回企画展図録『大伴家持―その生涯の軌跡―』（平・12・10）所収の川崎重朗研究員作成のものを基にした。

【参考文献】（本文中に引用しなかったものを掲出する）
・伊藤博氏『萬葉集相聞の世界』（塙書房刊　昭34・11）
・野村重碩氏「女性遍歴序説―家持女性遍歴ノート・Ⅰ―」（『東京学芸大学国語国文学』4　昭44・7）
・竹田照子氏「大伴家持の相聞歌―類歌性からみた考察―」（『私学研修』68　昭50・9）
・小野寛館長「大伴家持―その類歌を考える―」（『万葉夏季大学　第11集　万葉の歌びと』笠間書院刊　昭59・11）
・村田正博氏「家持の選択―部立ての放棄をめぐって―」（同氏著『萬葉の歌人とその表現』清文堂出版刊　平15・6　初出は平4・5）
・伊藤益氏「萬葉人の恋意識」（同氏著『日本人の愛―悲憐の思想―』北樹出版刊　平8・10）
・廣瀬友美氏「大伴家持の相聞歌―七一四と七一五について―」（『東京成徳国文』20　平9・3）
・早坂よしみ氏「万葉の恋歌―仮構の世界―」（宮城学院女子大学『日本文学ノート』39　平16・7）
使用テキスト（なお、適宜引用の表記を改めたところがある）↓小学館刊『新編日本古典文学全集』

# 国禁（禁断）の恋

川上富吉

## 一 竊かな恋

### ⑴恋の奴―但馬皇女と穂積皇子―

穂積親王《ほづみのみこ》の御歌《みうた》一首

家にありし　櫃《ひつ》に鏁《かぎ》刺《さ》し　蔵《をさ》めてし　恋《こひ》の奴《やつこ》が　つかみかかりて　（巻十六・三八一六）

右の歌一首、穂積親王、宴飲の日に、酒酣《たけなは》なる時に、よくこの歌を誦《よ》み、以て恒《つね》の賞《め》でとしたまふ、といふ。

「櫃に鍵を掛けて封じ込めておいたはずの恋の虜《とりこ》めが、激しく怒り狂って、私のその苦しい恋心を引っつかんで、いっそう苦しめることだ」とおそらく内々の私宴の酒に紛らして自虐的に歌う穂積皇子

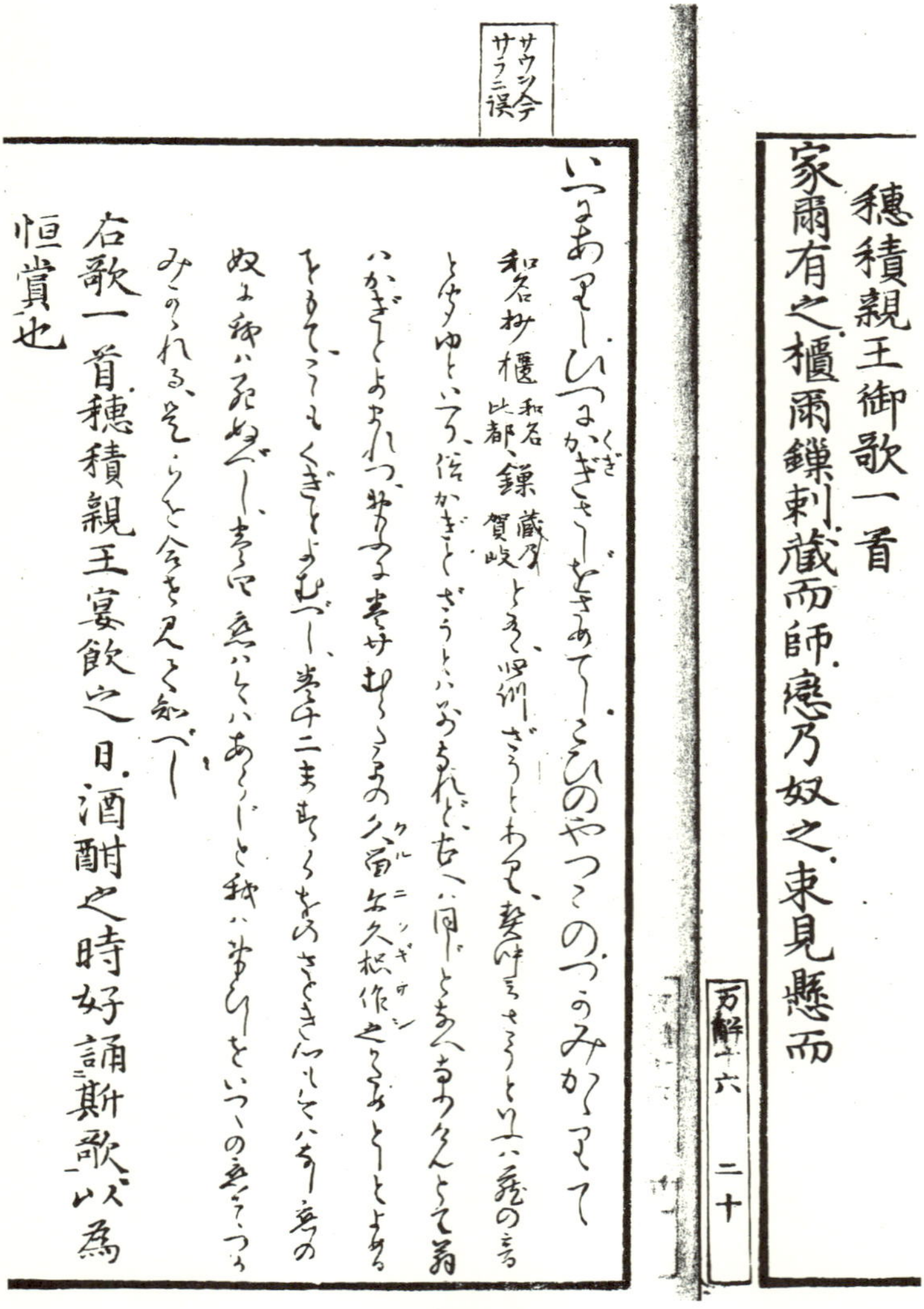
穂積親王御歌一首
家爾有之櫃爾鏁刺蔵而師恋乃奴之束見懸而
万解十六　二十
サウシテ
サフニ誤
いへにありしひつにかぎ《くぎ》さしをさめてしこひのやつこのつかみかゝりて
右歌一首穂積親王宴飲之日酒酣之時好誦斯歌以為恒賞也

橘千蔭『萬葉集略解』

の恋は、

一見、みずからの恋ごころへの自嘲自戒であるが、おもてでは笑いのめして、裏には深い悲傷と悔悟がやどされているのである。うちには但馬皇女への深い慕情がたたえられているのだ。(1)

といわれ、「但馬皇女との悲恋がつきまと」い「諸注釈書もこの恋に但馬皇女への恋を読み取ろうとするものが一般的である(2)」とされている。その但馬皇女との恋とは、巻二・相聞部に、

但馬皇女《たぢまのひめみこ》、高市皇子《たけちのみこ》の宮に在《いま》す時に、穂積皇子《ほづみのみこ》を思ひて作らす歌一首

秋の田の　穂向《ほむ》きの寄れる　片寄りに　君に寄りなな　言痛《こちた》くありとも　（巻二・一一四）

穂積皇子に勅《みこと》して、近江《あふみ》の志賀《しが》の山寺に遣《つか》はす時に、但馬皇女の作らす歌一首

後《おく》れ居《ゐ》て　恋ひつつあらずは　追《お》ひ及《し》かむ　道の隈廻《くまみ》に　標結《しめゆ》へ我《わ》が背《せ》　（巻二・一一五）

但馬皇女、高市皇子の宮に在す時に、竊《ひそ》かに穂積皇子に接《あ》ひ、事既《すで》に形《あら》はれて作らす歌一首

人言《ひとごと》を　繁《しげ》み言痛《こちた》み　己《おの》が世に　いまだ渡らぬ　朝川《あさかは》渡る　（巻二・一一六）

とあり、同巻挽歌部に、

但馬皇女《たぢまのひめみこ》の薨《こう》ぜし後に、穂積皇子《ほづみのみこ》、冬の日雪の降るに、御墓《みはか》を遥《はる》かに望み、悲傷流涕《ひしやうりうてい》して作らす歌一首

降る雪は　あはにな降りそ　吉隠《よなばり》の　猪養《ゐかひ》の岡《をか》の　寒からまくに　（巻二・二〇三）

とある歌群を指している。高市皇子・穂積皇子・但馬皇女の三人は、天武天皇を父とする異母兄妹の関係にあり、「高市皇子の宮に在す時（一一四・一一六）」というのは、いつからいつまでの期間か、妻としてなのか養女としてなのか、はっきりとはしない。[3] 高市皇子は、持統四年（六九〇）七月太政大臣となり、草壁皇太子亡き後、皇太子なみに処遇されたらしく「皇子尊（巻二・一五六）・後皇子尊（巻二・一六九）」と尊称され、同十年（六九六）七月十日「後皇子尊《のちのみこのみこと》薨《みまか》りましぬ」（続紀）とあるので、この悲恋は、その持統十年（六九六）以前のことなのか、その十二年後の和銅元（七〇八）六月二十五日「三品但馬内親王薨りましぬ」（続紀）とある間のことなのか不明である。「巻二・二〇三」[4] はその年の冬か翌和銅二年の冬の日の作と思われる。

異母兄妹間の結婚は禁止されていなかった時代に、高市皇子が太政大臣であり、その宮にいる但馬皇女が、妃か養女かを問はず、すくなくとも、高市皇子の監督下にあったことはたしかである。そうした状況にあって、穂積と但馬の二人が「竊かに接《あ》」ったので、「姦（私通）」と見なされ、「不敬」か「他妻を奸《けん》する」という罪に当ることとなるはずのところ、いづれも処断されたという記録はない。が、「一一五」の志賀山寺派遣を懲罰謹慎処分と見るのが通説のようである。穂積皇子にとっては、公には出来

ない秘密にしておかねばならない苦しい恋であったということになろう。巻十一・十二「古今相聞往来歌」に、

面忘《おもわす》れ　だにもえすやと　手握《たにぎ》りて　打てども懲《こ》りず　恋《こひ》といふ奴《やつこ》　（巻十一・二五七四）

ますらをの　聡《さと》き心も　今はなし　恋の奴《やつこ》に　我《あれ》は死ぬべし　（巻十二・二九〇七）

とあって、「恋の奴」[5]とは、

制御不能な恋の跳梁を押さえ込もうとする丈夫《ますらお》の靱い意識が脆くも崩壊し、恋を「奴」と罵る己れの滑稽さ、不甲斐なさを捉えている。自己の戯画化である。〈中略〉必ずしも悪鬼となって人を破滅に追いやるわけではないが、恋は身近かで始末に悪い小悪魔なのである。これほど憎らしくて愛らしいものはない、そういう思いを掬い取った用語が「恋といふ奴」であり、〈後略〉[6]

とする意見もあるが、穂積皇子の「恋の奴」は、櫃に鍵を掛けて厳重に押さえ込んでおいたにもかかわらず、脆くも崩壊し、身を破壊へとみちびく危険を孕んでいることを歌っているのである。

### (2) 同母姉弟の恋──大伯皇女と大津皇子

次に、同母兄妹（姉弟）の「竊かな恋」についてみてみよう。巻二・相聞部の冒頭の磐姫皇后の四首の第一首（八五）の異伝歌として

古事記に曰《いは》く、軽太子《かるのひつぎのみこ》、軽太郎女《かるのおほいらつめ》に奸《たは》けぬ。故《このゆゑ》にその太子を伊予《いよ》の湯に流す。この時に、衣通王《そとほりのおほきみ》、恋慕に堪《あ》へずして、追《お》ひ往《ゆ》く時に、歌ひて曰く

君が行《ゆ》き　日《け》長くなりぬ　やまたづの　迎へを行かむ　待つには待たじ　〈ここにやまたづといふは、これ今の造木《みやつこぎ》をいふ〉　（巻二・九〇）

〈左注。前略〉

また曰《いは》く、「遠飛鳥宮《とほつあすかのみや》に天《あめ》の下治《したをさ》めたまひし雄朝嬬稚子宿禰《をあさづまわくごのすくね》天皇の二十三年の春三月、甲午《かふご》の朔の庚子《かうし》、木梨軽皇子《きなしのかるのみこ》を太子《ひつぎのみこ》となす。容姿佳麗《ようしかれい》にして、見る者《ひと》自《おのづから》に感《め》でつ。同母妹《いろも》軽太娘皇女《かるのおほいらつめのひめみこ》もまた艶妙《かほよ》し云々。遂《つひ》に竊《ひそ》かに通《たは》けぬ。乃《すなは》ち悒懐《いふくわい》少しく息《や》む。二十四年の夏六月に、御羹《みあつもの》の汁凝《しるこご》りて氷《ひ》となる。天皇異《あや》しびて、その所由《ゆゑ》を卜《うら》へしめたまふ。卜ふる者《ひと》曰《まうさ》く、『内乱《ないらん》あり。けだし親々《はらからどち》、相奸《あひたは》けたるか云々』とまうす。よりて太娘皇女を伊予《いよ》に移したまふ」といふ〈後略〉

とある。軽太子と同母妹軽大娘皇女との近親相姦の歌物語で、『古事記』と『日本書紀』では異同があるが、今、『日本書紀』に拠れば、

太子、恒《つね》に大娘皇女に合《みあはし》せむと念《おもほ》し、罪有《つみあ》らむことを畏《おそ》りて、黙《もだ》したまふ。然《しか》るに、感情《めでたまふみこころ》既《すで》に盛《さかり》にして、殆《ほとほと》に死《みう》するに至《いた》りまさむとす。爰《ここ》に以為《おもほ》さく、「徒空《いたづら》に死《みう》せむよりは、罪有りと雖《いふと》も、何《なに》ぞ忍《しの》ぶること得《え》むや」とおもほし、遂《つひ》に窃《ひそか》に通《たは》け、乃ち悒懐《いきどほり》少《すこ》しく息《や》みたまふ。

（允恭紀二十三年三月七日条）

二十四年の夏六月に、御膳《みにへ》の羹汁《あつもの》、凝《こ》りて氷《ひ》に作《な》る。天皇《すめらみこと》、異《あや》しびたまひて、其《そ》の所由《ゆえ》を卜《うら》へしめたまふ。卜者《うらへのひと》の曰《まを》さく、「内乱《ないらん》有《あ》り。蓋《けだ》し親親《はらからどち》相《あひ》姧《たは》けたるか」とまをす。時《とき》に人《ひと》有《あ》りて曰さく、「木梨軽太子《きなしのかるのみこ》、同母妹《いろも》軽大娘皇女《かるのおほいらつめのひめみこ》に姧《たは》けたまへり」とまをす。因《よ》りて推問《かむがへと》ひたまふ。辞《こと》既《すで》に実《まこと》なり。太子《ひつぎのみこ》は是《これ》儲君《まうけのきみ》為《た》り、罪《つみ》なふこと得《え》ず。則《すなわち》ち軽大娘皇女を伊予《いよ》に流《なが》す。

（允恭紀二十四年六月条）

とあって、「同母兄妹婚」が「罪になる」ことを恐れて黙っていたが、昂ぶる欲情の余り、むなしく死ぬよりは、たとえ罪になろうともがまんできないと思い、ついに、「竊かに」通婚した。そのことが卜者によって「内に乱れがあります。おそらく近親相姧でしょう」と明らかにされ、皇女が流罪となった。

記紀神話では、イザナキ・イザナミ二神が兄妹婚であり、ヒコ・ヒメ（イモ・セ）制が理想婚であるかのように語られており、垂仁記におけるサホビコ・サホビメの同母兄妹愛が、ヒコヒメ制の終焉を意味しているとされている[7]のに、このカルノミコ・カルノヒメミコ事件は、兄妹婚・兄妹愛を「原罪」（国禁）の恋と認識しはじめたことを語っているとみられる。

このカルノミコ・カルノヒメミコ悲恋物語の記述に「竊かに通く《たは》」とあり、先にみた但馬皇女の「一一六題詞」に「竊かに接《あ》ひ」とあって、「竊」は、禁忌を犯したことを背景に置く表現であり[8]、さらに、同じ巻二・相聞部には、同母姉弟である大伯皇女と大津皇子をめぐる歌群に「竊かに」とある。

大津皇子《おほつのみこ》、竊《ひそ》かに伊勢神宮《いせのかむみや》に下《くだ》りて上《のぼ》り来《く》る時に、大伯皇女《おほくのひめみこ》の作らす歌二首

我《わ》が背子《せこ》を　大和《やまと》へ遣《や》ると　さ夜《よ》ふけて　暁露《あかときつゆ》に　我《あ》が立ち濡《ぬ》れし　（巻二・一〇五）

二人《ふたり》行《ゆ》けど　行き過ぎ難《がた》き　秋山を　いかにか君が　ひとり越ゆらむ　（巻二・一〇六）

大津皇子、石川郎女《いしかはのいらつめ》に贈《おく》る御歌《みうた》一首

あしひきの　山のしづくに　妹《いも》待つと　我《あれ》立ち濡《ぬ》れぬ　山のしづくに　（巻二・一〇七）

石川郎女が和《こた》へ奉《まつ》る歌一首

我《あ》を待つと　君が濡れけむ　あしひきの　山のしづくに　ならしものを　（巻二・一〇八）

大津皇子、竊《ひそ》かに石川女郎《いしかはのいらつめ》に婚《あ》ふ時に、津守連通《つもりのむらじとほる》がその事を占《うら》へ露《あら》はすに、皇子の作らす歌一首　未詳

大船《おほぶね》の　津守《つもり》が占《うら》に　告《の》らむとは　まさしに知りて　我《わ》が二人《ふたり》寝《ね》し　（巻二・一〇九）

日並皇子尊《ひなみしのみこのみこと》、石川女郎に贈り賜《たま》ふ御歌一首　女郎、字《あざな》を大名児《おほなこ》といふ

大名児《おほなこ》を　彼方野辺《をちかたのへ》に　刈る草《かや》の　束《つか》の間《あひだ》も　我《あれ》忘れめや　（巻二・一一〇）

とあって、さらに、同巻・挽歌部に、

大津皇子の薨《こう》ぜし後に、大伯皇女、伊勢《いせ》の斎宮《いつきのみや》より京《みやこ》に上《のぼ》る時に作らす歌二首

神風《かむかぜ》の　伊勢《いせ》の国にも　あらましを　なにしか来《き》けむ　君もあらなくに　（巻二・一六三）

見まく欲《ほ》り　我《あ》がする君も　あらなくに　なにしか来けむ　馬疲《つか》るるに　（巻二・一六四）

大津皇子の屍《かばね》を葛城《かづらき》の二上山《ふたがみやま》に移し葬《はぶ》る時に、大伯皇女の哀傷して作らす歌二首

うつそみの　人なる我《あれ》や　明日《あす》よりは　二上山を　弟《いろせ》と我《あ》が見む　（巻二・一六五）

磯《いそ》の上《うへ》に　生《お》ふるあしびを　手折《たを》らめど　見すべき君が　ありといはなくに　（巻二・一六六）

右の一首は、今案《かむが》ふるに、移し葬《はぶ》る歌に似ず。けだし疑はくは、伊勢神宮《いせのかむみや》より京《みやこ》に還《かへ》る時に、路《みち》の上《へ》に花を見て、感傷哀咽《あいえつ》して、この歌を作れるか。

があり、さらに、巻三・挽歌部に、

大津皇子、死を被《たまは》りし時に、磐余《いはれ》の池の堤《つつみ》にして涙を流して作らす歌一首

百伝《ももづた》ふ　磐余の池に　鳴く鴨《かも》を　今日《けふ》のみ見てや　雲隠《くもがく》りなむ　（巻三・四一六）

右、藤原宮《ふぢはらのみや》の朱鳥《あかみどり》元年の冬十月

とあって、『日本書紀』に拠れば、天武紀朱鳥元年（六八七）九月、天武崩御条に、「是の時に当りて、大津皇子、皇太子を謀反《かたぶ》けむとす」とあり、持統称制前紀・同年十月条に、

冬十月の戊辰《ぼしん》の朔にして己巳《きし》に、皇子《みこ》大津《おほつ》の謀反《みかどかたぶ》けむこと発覚《あらは》れぬ。皇子大津を逮捕《から》め、幷《あは》せて皇子大津が為《ため》に詿誤《あざむ》かえたる直広肆《ぢきくわうし》八口朝臣音樫《やくちのあそみおとかし》・小山下《せうせんげ》壱伎連博徳《いきのむらじはかとこ》と、大舎人中臣朝臣臣麻呂《おほとねりなかとみのあそみおみまろ》・巨勢朝臣多益須《こせのあそみたやす》・新羅沙門行心《しらきのしやもんかうじむ》と帳内礪杵道作《とねりときのみちつくり》等、三十余人を捕《から》む。

庚午《かうご》に、皇子《みこ》大津《おほつ》を訳語田《をさた》の舎《いへ》に賜死《みまからし》む。時《とき》に年《とし》二十四なり。妃皇女山辺《みめひめみこやまのへ》、被髪《かみをみだ》し徒跣《すあし》にして、奔赴《はしりゆ》きて殉《ともにみまか》る。見《み》る者皆歔欷《ひとみなすすりな》く。皇子大津は、天渟中原瀛真人天皇《あまのぬなはらおきのまひとのすめらみこと》の第三子《みこ》なり。容《よう》止墻岸《ししやうがん》にして、音《おん》辞俊朗《じしゆんらう》なり。天命開別天皇《あめみことひらかすわけのすめらみこと》の為《ため》に愛《めぐ》まれたまふ。長《ひととなる》に及《いた》りて弁《わきわき》しく才学《さいがく》有しまし、尤《もと》も文筆《ぶんぴつ》を愛《この》みたまふ。詩賦《しふ》の興《おこ》り、大津《おほつ》より始《はじま》れり。

丙申《へいしん》に、詔《みことのり》して曰《のたま》はく、「皇子大津、謀反《みかどかたぶ》けむとす。詿誤《あざむ》かえたる吏民《つかさひと》・帳内《とねり》は已《や》むこと得《え》ず。今《いま》し皇子大津、已《すで》に滅《ほろ》びぬ。従者《ともびと》の皇子大津に坐《かか》れるは、皆赦《みなゆる》すべし。但《ただ》し、礪杵道作《ときのみちつくり》は伊豆《いづ》に流《なが》せ」とのたまふ。又詔《またみことのり》して曰《のたま》はく、「新羅沙門行心《しらきのしやもんかうじむ》、皇子大津の謀反けむとするに与《くみ》せれども、朕《われ》、加法《つみ》するに忍《しの》びず。飛驒国《ひだのくに》の伽藍《てら》に徙《うつ》せ」とのたまふ。

とあり、『懐風藻』の伝には、

皇子は、浄御原《きよみはらの》帝の長子《ちやうし》なり。状貌魁梧《じやうばうくわいご》、器宇峻遠《きうしゆんゑん》。幼年《えうねん》にして學《がく》を好み、博覽《はくらん》にして能《よ》く文《ぶん》を屬《つづ》る。壮《さかり》に及びて武を愛《この》み、多力にして能く劍を撃《う》つ。性頗《すこぶ》る放蕩《はうたう》にして、法度《はふど》に拘《かかは》れず、節《せつ》を降《くだ》して士《し》を禮《ゐや》びたまふ。是《こ》れに由《よ》りて人多く附託《ふたく》す。時に新羅《しらぎの》僧行心といふもの有り、天文卜筮《てんもんぼくぜい》を解《し》る。皇子に詔《つ》げて曰はく、「太子の骨法《こつぱふ》、是《こ》れ人臣《じんしん》の相《そう》にあらず、此《こ》れを以《も》ちて久しく下位《かゐ》に在らば、恐るらくは身を全《また》くせざらむ」といふ。因《よ》りて逆謀《ぎやくぼう》を進む。此の詿誤《くわいご》に迷《まと》ひ、遂に不軌《ふき》を圖《はか》らす。嗚呼《ああ》惜しき哉《かも》。彼の良才を蘊《つつ》みて、忠孝を以ちて身を保《たも》たず、此の奸豎《かんじゆ》に近づきて、卒《つひ》に戮辱《りくじよく》を以ちて自《みづか》ら終《を》ふ。古人の交遊《かういう》を愼《つつし》みし意《こころ》、因りて以《おもひ》みれば深き哉《かも》。時に年二十四。

とあって、皇位をめぐる持統皇后・草壁皇太子側との争いが背景となった、いわゆる悲劇の皇子大津皇子物語であって、宮人（氏女）石川郎女をめぐる皇太子との妻争いの不敬の罪と、伊勢斎王の同母姉大伯皇女との近親相姦の罪を想定させる(9)という要素がみられる。これらの大津皇子物語の歌群に、大津死後の、当然あるべき禁断の相手であった石川郎女の歌はないのである。代って、姉大伯皇女の挽歌四首が置かれていて、その印象は、姉弟相姦を想像させるに十分である。

### (3) 紀皇女と高安王の左降事件

「竊かな恋」は、巻十二、「寄物陳思歌」中に、穂積皇子の同母妹である紀皇女(10)をめぐる伝聞歌として、

おのれ故《ゆゑ》　罵《の》らえて居《を》れば　青馬《あおうま》の　面高夫駄《おもだかぶだ》に　乗りて来《く》べしや　（巻十二・三〇九八）

右の一首、平群文屋朝臣益人《へぐりふみやのあそみますひと》伝へと云《い》はく、昔聞くならく、紀皇女《きのひめみこ》竊《ひそ》かに高安王《たかやすのおほきみ》に嫁《とつ》ぎて嘖《ころ》はえたりし時に、この歌を作らすといふ。ただし、高安王《たかやすのおほきみ》は左降《さかう》し、伊予国守《いよのくにのかみ》に任ぜらる。

とあり、高安王は『本朝皇胤紹運録』に長親王の子川内王の子とあり、長皇子の孫に当る。この左降事件が何時のことであったのか、はっきりしないが、高安王の経歴を見ると、

和銅六年（七一三）一月二十三日　无位高安王に従五位下

養老元年（七一七）一月四日　従五位上

養老三年（七一九）七月十三日　始《はじ》めて按察使《あんせちし》を置く。〈略〉伊予《いよ》国守従五位上高安王《たかやすのおほきみ》は阿波《あは》・讃《さぬ》岐《き》・土左《とさ》の三国。〈略〉その管《をさ》むる国司《こくし》、若《も》し非違《ひゐ》にして百姓《はくせい》を侵漁《をか》すこと有らば、按察使《あんせちし》親《みづ》自《か》ら巡《めぐ》り省《み》て状《じやう》を量《はか》りて黜陟《ちゆつちよく》せよ。その徒罪《づざい》已下は断《ことわ》り決《さだ》め、流罪《るざい》以上は状《じやう》を録《しる》して奏上《そうじやう》せよ。若《も》し声教《せいけう》の条条《でうでう》有り、部内《ぶない》を脩《をさ》めて粛清《しゆくせい》ならば、具《つぶ》さに善最《ぜんさい》を記《しる》して言上《ごんじやう》せよ。

天平四年（七三二）十月十七日　従四位下、衛門督

天平十一年（七三九）四月三日

詔《みことのり》して曰《のたま》はく、「従四位上高安王《たかやす》らの去年《こぞ》十月廿九日の表《へう》を省《み》て、具《つぶさ》に意趣《いしゆ》を知《し》りぬ。王等《おほきみたち》の謙沖《けむちう》の情《こころ》、深《ふか》く族《うがら》を辞《さ》ることを懐《おも》ひ、忠誠《ちうせい》の至《いたり》、厚く慇懃《ねもころ》に存《あ》り。執《しふ》する所《ところ》を顧《かへり》み思《おも》ふに、志《こころざし》奪《うば》ふべからず。今《いま》、請《こ》ふ所《ところ》に依《よ》りて大原《おほはら》真人の姓を賜《たま》ふ。子子《しし》相承《あひう》けて、万代《ばんだい》を歴《ふ》とも絶《た》ゆること無く、孫孫《そんそん》永《なが》く継《つ》ぎて、千秋《せんしう》に冠《くわん》して窮《きは》まらずあれ」とのたまふ。

天平十四年（七四二）十二月十九日　正四位下大原真人高安卒《しゆつ》しぬ。

とあって、和銅六年（七一三）に無位から従五位下の授位にあずかったのは、『選叙令』の、

**凡そ位授《さづ》けむは、皆年《とし》廿五以上を限《かぎ》れ。唯《ただ》し蔭《おむ》を以て出身せむは、皆年廿一以上を限れ。(34)**

**凡そ皇親《わうじん》に蔭《おむ》せむことは、親王《しんわう》の子に従四位下、諸王の子に従五位下。其れ五世王は、従五位下。子は一階降せ。庶子《しよし》は又一階降せ。唯し別勅《べちちよく》に処分《しよぶん》せむは、此《こ》の令《りやう》に拘《かかは》れじ。(35)**

という蔭位の規定に従った初叙位とすれば、この時、二十一歳以上であったことになる。(11) この後、和銅八年（霊亀元年）（七一五）には、

六月四日　一品長親王薨《こう》しぬ。天武天皇の第四の皇子なり。

七月二十七日　知太政官事一品穂積親王薨《こう》しぬ。従四位下石上朝臣豊庭、従五位上小野朝臣馬養を遣《つかは》して喪事《ものこと》を監護《みまも》らしむ。天武天皇の第五の皇子なり。

とあって、高安王の祖父と、紀皇女の同母兄が相次いで亡くなっているから、それぞれの服喪期間があったことになる。なお、知太政官事は、養老四年（七二〇）八月四日（前日に、右大臣不比等薨）に舎人皇子が任ぜられるまで空位であった。このことは、穂積皇子の後任人事が混迷していたことを語っていようか。ちなみに、この年、九月二日に元明天皇は元正天皇に譲位し、霊亀元年と改元された。

『萬葉集』には、「霊亀元年、歳次乙卯の秋九月に、志貴親王の薨ずる時に作る歌一首并《あは》せて短歌」（巻二・二三〇〜二三二、笠朝臣金村歌集に出でたり）があり、『続日本紀』には、翌霊亀二年（七一六）八月十一日条に、

> 甲寅、二品志貴親王《しきのみこ》薨《こう》しぬ。従四位下六人部王《むとべのおほきみ》、正五位下県犬養《あがたいぬかひ》宿禰筑紫《つくし》を遣《つかは》して、喪事《ものこと》を監護《みまも》らしむ。親王《みこ》は天智天皇《てんぢてんわう》の第七の皇子《みこ》なり。宝亀《ほうくゐ》元年、追尊《ついそん》して、御春日宮天皇《かすがのみやにあめのしたしらしめししすめらみこと》と称《まう》す。

とあり、約一年のちがいがある。このことについて大系本『続日本紀二』の補注は、

　本来は二年であったのに万葉集で元年に誤り、八月の薨去後四十九日の供養の日に金村の歌が披露されたものとする近藤章の推定（「志貴親王薨去とその挽歌」『国語と国文学』五一－八）が現在では有力である。

と「二年」に賛しているかのようであるが、『萬葉集』の「元年」の八月のことであったとみたい。『続紀』・『三代実録』に記す忌斎・国忌の日付が八月九日とあるので、十一日は葬送。九月は七七忌法要に当る。この年、天武天皇の皇子で生存しているのは、舎人皇子（慶雲元年（七〇四）に二品。養老二年（七一八）に一品）と新田部皇子（慶雲四年（七〇八）に二品）の二人であった。

さて、この長皇子の孫である高安王左降事件は、養老元年（七一七）一月四日に従五位上となり、同

三年（七一九）七月十三日には伊予守従五位上で按察使となったとある間のことと推定できる。伊予国は「上国」であり、その「守」は「従五位下」相当官であるから、この「従五位上」との差に「左降」の意味があったと見ることもできる。養老元年（七一七）一月四日以降、養老三年（七一九）七月十三日以前の二ヵ年間の中と見るのが妥当であろう。とくに、長・穂積・志貴の薨去によって生じる台閣の人事混乱の渦中、長皇子の子、高安王・桜井王・門部王の三兄弟の動向は慎重を期しても危い状況にあったものとみられよう。そうした状況を背景としてこの左降事件の歌は読まれていたか、読まれるように仕組まれて収録されたのかもしれない。

以上、「竊かに」とある、大伯皇女と大津皇子・但馬皇女をめぐる高市皇子と穂積皇子・紀皇女と高安王の三例は、天武の皇子・皇女に関わる歌にのみ使用されていることの意味を考えてみる必要がある。[12]それは、天智・天武両系の皇位継承をめぐる政治的背景と、狭く限られた皇子女の通婚圏を基盤として生まれたことでもあった。

なお、当面歌の「おのれ故」「面高夫駄に」という口振りには、皇女と三世王という身分差の意識以上に、年長の女が年下の男（おそらく高安王は成人前の十代後半であったか）をいなしているようにも読める。思春期の少年は、年上の女性、とくに若い人妻に強く惹かれるという傾向があることも参考になろう。とすれば、和銅六年（七一三）初叙位以前のことでもあろうか。

『万葉集』における天智系の皇女たちと天武系の皇女たちの歌のあり様とその質に大きな差が見られるとして、

天智天皇の皇女《ひめみこ》たちの歌は、いずれも、公的立場を意識したものであり、そうした歌が『万葉集』に掲載されていることは天武天皇の皇女たちと大きく異なる点である。

天武天皇の皇女たちの場合は公的立場は表面に出ず、むしろ私的な心情を露わにする歌が多い。という指摘がある。(13) このちがいの背景には、皇女たちの通婚圏の狭く限られた制約にあったと見ることができる。皇女には婚姻の自由も恋の自由もなかった。養老の『継嗣令』には、

**凡そ王《わう》、親王を娶《ま》き、臣《じん》、五世の王を娶くこと聴《ゆる》せ。唯し五世の王は、親王を娶くこと得じ。**(4)

とあって、天智天皇の皇女たちは、天武天皇の皇子・諸王(四世王まで)との婚姻の可能性があった。天智の皇女十人を、その母の順序に従ってみると、

大田(天武妃)・鸕野(持統、天武妃)・御名部(高市皇子妃)・阿部(元明。草壁皇太子妃)・飛鳥(明日香。不明)・新田部(天武妃)・山辺(大津皇子妃)・大江(天武妃)・泉(不明)・水主(不明)

となり、天武の妃に四人・草壁・大津・高市の妃に三人で計七人。不明の三人は未婚であった可能性が高いと思われる。では、天武の皇女たち七人は、

大伯(不明)・但馬(不明。高市妃か)・紀(不明。石田王妃か)・田形(六人部王妃)・十市(大友皇子妃)・泊瀬部(不明。川島皇子妃か)・多紀(志貴皇子妃)

となり、結婚したことの明らかなのは三人にすぎない。いずれも、天智の皇子たちの妃であり、大伯・

但馬・紀・泊瀬部の不明の四人に限って、『萬葉集』に関連の歌があり、その中、三人の大伯・但馬・紀に限って「竊かな恋」が語られていることの意味は、その生母の出自による階級差などの障壁があったものと考えられる。大伯の母は天智の皇女、大田・但馬の母は藤原鎌足の娘氷上娘、紀の母は蘇我赤兄の娘大蕤《おほぬ》娘で、いずれも妃・夫人のランクである。この三人は、いずれも皇后か皇太子妃になる有資格者であったことが、その結婚をむずかしくし、但馬をめぐって高市と穂積の妻争いがあったか、紀に弓削がプロポーズしたらしいことも首肯できるであろう。天武の皇女で結婚した三人の相手の中、川島・志貴の二人の母は宮人（采女）クラスであり、六人部王[14]は某親王の子である。川島・志貴・六人部の三人は天皇になる可能性はかなり低かったといえよう。

### (4) 親の目を盗む恋

皇子皇女をめぐる「竊かな恋」の他に、一般的な律令官人たちの「竊かな恋」の歌を見てみよう。巻十六「有由縁雑歌」中に、

昔壮士《をとこ》と美《うるは》しき女《をみな》とあり　姓名未詳なり。二親に告《つ》げずして、竊《ひそか》に交接《けうせふ》を為《な》す。ここに娘子《をとめ》が意《こころ》に、親に知らせまく欲《ほ》りす。因《よ》りて歌詠を作り、その夫《つま》に送り与へたる歌に曰《いは》く

隠《こも》りのみ　恋《こ》ふれば苦し　山の端《は》ゆ　出《い》で来《く》る月の　顕《あらは》さばいかに　（巻十六・三八〇三）

右、或《あるひと》の云《い》はく、男に答歌ありといふ。未《いま》だ探《さぐ》り求《もと》むること得ず。

事しあらば　小泊瀬山《をはつせやま》の　石城《いはき》にも　隠《こも》らば共に　な思《おも》ひそ我《わ》が背《せ》　（巻十六・三八〇六）

右、伝へて云《い》はく、時に女子《をみなご》あり。父母に知らせず、竊《ひそか》に壮士《をとこ》に接《まじは》る。壮士その親の呵嘖《ころ》はむことを悚惕《おそ》りて、稍《やくや》くに猶予《うらおも》ふ意《こころ》あり。これに因《よ》りて、娘子《をとめ》この歌を裁作《つく》りて、その夫《つま》に贈り与ふ、といふ。

と、二親（父母）に隠した竊かな恋物語がある。これは、『戸令』に、

凡そ女《によ》に嫁《をふとあは》せむことは、皆先づ祖父母《そぶも》、父母《ぶも》、伯叔父姑《はくしくぶこ》、兄弟《くゐやうだい》、外祖父母《ぐゑそぶも》に由《ふ》れよ。次に舅従《きうじゅ》母《も》、従父兄弟《じゅぶくゐやうだい》に及《およ》ぼせ。若し舅従母、従父兄弟、同居共財《どうこぐざい》せず、及び此の親《しん》無くは、並に女の欲《ほっ》せむ所に任《まか》せて、婚主《こんしゅ》と為《せ》よ。(25)

凡そ先《ま》づ奸《けん》して、後に娶《ま》きて妻妾《さいせふ》と為《せ》らば、赦《しゃ》に会《あ》ふと雖《いふと》も、猶《なほ》し離《はな》て。(27)

とあって、「25」は、婚主となる親族についての規定で、男女の婚姻が、女の親の承認によって成立するという当時の日本の婚姻慣行に拠っていると思われる。「27」は、中国における「礼を以って交せずば姦」（婚姻の礼によらない男女の情交は姦とし一切認めなかった）とする儒教的な礼の観念を継承したものとされているが、「凡そ姦は徒一年。夫有る者、徒二年」（雑律逸文22）ともあり、立法された以上、この条文の拘束力はあったと思われる。当時、男女の情交が比較的自由であり、婚姻のほとんどは、先ず一対

一の男女の情交から始まり、親の承諾は後からというのが一般であったとしても、これらの条文は、時として「人目」を盗み、「他言《ひとごと》」を気にし、親の監視の目を恐れる「竊かな」恋の歌を生むことになったことを、先の二例は示していよう。さらに、「巻十一　正述心緒」歌中には、

たらちねの　母に障《さは》らば　いたづらに　汝《いまし》も我《あれ》も　事《こと》そなるべき　（巻十一・二五一七）
誰《たれ》そこの　我《わ》がやどに来呼《きよ》ぶ　たらちねの　母にころはえ　物思《ものおも》ふ我《われ》を　（巻十一・二五二七）
たらちねの　母に知らえず　我《あ》が持てる　心はよしゑ　君がまにまに　（巻十一・二五三七）
たらちねの　母に申《まう》さば　君も我《あれ》も　逢《あ》ふとはなしに　年そ経《へ》ぬべき　（巻十一・二五五七）
かくのみし　恋ひば死ぬべみ　たらちねの　母にも告《つ》げつ　止《や》まず通《かよ》はせ　（巻十一・二五七〇）

と、「たらちねの母（実母）」の監視の目を盗む「竊かな恋」がいくつかあり、「ころはえ（二五二七）」、「逢ふとはなし（二五五七）」になってしまう恋もあったことを語っている。万葉の恋歌に、「人目」、「他言」を歌うことの背景を、律令の条文に拠って考えてみる必要がある。「竊かな恋」は法（国家）によって禁じられた恋の一端を示しているのである。

## ◆二　宮人の恋

### (1)采女の恋

明日香宮《あすかのみや》より藤原宮に遷居《うつ》りし後《のち》に、志貴皇子《しきのみこ》の作らす歌

采女《うねめ》の　袖《そで》吹き返す　明日香風《あすかかぜ》　京《みやこ》を遠み　いたづらに吹く　（巻一・五一）

藤原遷都は持統八年（六九四）十二月六日であるから、この歌は翌九年の詠と推定される。志貴皇子（天智紀には、施基とある）は、天智天皇の皇子であり、持統天皇（鸕野皇女）の異母弟である。天智紀七年（六六八）二月二十三日、皇子女条に、

**宮人《みやひと》の、男　女《ひこみこひめみこ》を生める者四人《ひと》有り。忍海造小竜《おしぬみのみやつこをたつ》が女有り、色夫古娘《しこぶこのいらつめ》と曰ふ。一男二女を生む。其の一を大江皇女《おほえのひめみこ》と曰《まを》し、其《そ》の二を川島皇子《かわしまのみこ》と曰し、其の三を泉皇女《いづみのひめみこ》と曰す。又《また》、栗隈首徳万《くるくまのおびとところまろ》が女有り、黒媛娘《くろひめのいらつめ》と曰ふ。水主皇女《もひとりのひめみこ》を生《う》む。又、越道君伊羅都売《こしのみちのきみいらつめ》有り、施基皇子《しきのみこ》を生む。又、伊賀采女宅子娘《いがのうねめやかこのいらつめ》有り、伊賀皇子《いがのみこ》を生む。後《のち》の字《みな》を大友皇子《おほとものみこ》と曰す。**

とあって、母は「宮人四人」の中の一人、越道君伊羅都売である。「宮人」は「ここでは天皇に仕える後宮の女性職員のうち地方豪族の出身で身分の低い者をいう[15]」とされているが、「采女[16]」である。これ

ら四人の宮人（采女）所生の皇子女の生年は、伊賀采女宅子娘所生の大友皇子は大化四年（六四八）生（『懐風藻』伝）、忍海造小竜の娘色夫古娘所生の川島皇子は斉明三年（六五七）生（『懐風藻』伝）、志貴皇子は、天武八年（六七九）五月吉野宮会盟時には、川島皇子より年下で成年（二十一歳）に達していたものと思われるので、斉明五年（六五九）生と推定できる。とすると、宮人四人の中、三人は天智が即位前の中大兄皇子時代に娶ったことになる。つまり、天智天皇の采女である以前に、孝徳天皇・斉明天皇、あるいは皇極・舒明天皇の時代の采女であった可能性が高いことを語っている。水主皇女の母、栗隈首徳万の娘黒媛娘は、舒明即位前紀（六二九）に、推古天皇の遺詔を証言する近習の采女の一人「栗隈采女黒女」と同一人物であろう。とすると、天智は幼少時より父舒明・母皇極（斉明）の采女たちに接する機会が多く、恋とか愛とかいう問題以前のごく自然発生的に、四人の采女と婚したのであろう。天智の弟天武天皇（大海人皇子）もことは同様に、天武紀二年（六七三）二月二十七日の皇子女条に、

**天皇、初《はじ》め鏡王《かがみのおほきみ》の女額田姫王《ぬかたのおほきみ》を娶《めと》りて、十市皇女《とをちのひめみこ》を生む。次に胸形君徳善《むなかたのきみとくぜん》が女尼子娘《あまこのいらつめ》を納《め》して、高市皇子命《たけちのみこのみこと》を生む。次に宍人臣大麻呂《ししひとのおみおほまろ》が女櫢媛娘《かぢひめのいらつめ》、二男《ふたりのひこみこ》二女《ふたりのひめみこ》を生《う》む。其《そ》の一を忍壁皇子《おさかべのみこ》と曰《まを》し、其の二を磯城皇子《しきのみこ》と曰し、其の三を泊瀬部皇女《はつせべのひめみこ》と曰し、其の四を託基皇女《たきのひめみこ》と曰す。**

とあって、鏡王の娘額田姫王・胸形君徳善の娘尼子娘・宍人臣大麻呂の娘櫢媛の三人は、鏡王(17)は不明であるが、後の二人は地方豪族であることから、『薬師寺縁起』には「三采女」とされたように采女であ

ろう。高市皇子は、天智元年（六六二）生の草壁皇子、天智二年（六六三）生の大津皇子らより数年年長とみられるから斉明朝（六五五〜六六〇）の生。生母尼子娘は、斉明朝か孝徳朝の采女であったと推定できる。天武もまた兄天智と同様に、父舒明朝から母斉明朝の時代の采女を娶っていたことになる。

舒明八年（六三六）三月条に、

三月に、悉《ことごとく》に采女《うねめ》を奸《をか》せる者《ひと》を劾《かむが》へて、皆罪《みなつみ》す。是《こ》の時《とき》に、三輪君小鷦鷯《みわのきみをさざき》、其《そ》の推鞫《かむが》ふることを苦《たしな》みて、頸《くび》を刺《さ》して死《みう》せぬ。

とあって、原則として采女は天皇以外の臣下が妻にできない聖なる存在で、その私通は禁断されていたことがわかる。この舒明紀八年以前にも、

新羅使人が「采女に通《たは》けたり」と誤解し禁固訊問した（允恭紀四十二年十一月条）

百済の池津媛に婬《たは》けた石河楯と共に焼き殺した（雄略紀二年七月条）

凡河内直香賜、采女を奸《をか》した罪で斬殺した（雄略紀九年二月条）

木工闘鶏御田が伊勢采女を奸せりと疑い殺そうとした（雄略紀十二年十月条）

歯田根命（サホビコ皇子の玄孫）が采女山辺小島子を奸せり。叱責して罰金刑とした（雄略紀十三年三月条）

木工猪名部真根が裸の采女をぬすみ見たことを奸に準じたものとみなして死刑にしようとした（雄

略紀十三年九月条）

とあって、このことを証明している。皇子（中大兄、大海人）が采女を娶ることができたのは、皇子大鷦鷯《おほさざき》尊（仁徳天皇）に日向諸県君牛の娘髪長媛を下賜した（応神紀十三年九月条）・宮人桑田玖賀媛を播磨国造祖速待に下賜（仁徳紀十六年七月条）・吉備上道采女大海を新羅征討大将軍紀小弓宿禰に下賜した（雄略紀九年三月条）という三例が示すように、天皇の勅許があってのことであった。

天智朝の歌として、

**内大臣藤原卿、采女《うねめ》の安見児《やすみこ》を娶《めと》りし時に作る歌一首**

**我《あれ》はもや　安見児得《え》たり　皆人《みなひと》の　得かてにすといふ　安見児得たり**　（巻二・九五）

と、禁断の采女を特に許されて得たよろこびを謳歌した(18)藤原卿は大化改新以来の功臣鎌足のことである。志貴皇子をはじめ、天智・天武の皇子たちが采女を娶った形跡はない。大化二年（六四六）一月の改新の詔其四に、

**凡そ采女《うねめ》は、郡《こほり》の少領《すけのみやつこ》より以上《かみつかた》の姉妹《あねいも》と子女《むすめ》の形容《かほ》端正《きらぎら》しき者《もの》を貢《たてまつ》れ。従丁《ともよほろ》一人、従女《ともめわらは》二人。一百戸を以ちて采女一人の糧に宛てよ。庸布・庸米、皆《みな》仕丁に准《なずら》へ」とのたまふ。**

大亦観風『萬葉集画撰』「采女図（第十三図）」奈良県立万葉文化館所蔵

とあり、養老の『後宮職員令』の「氏女采女条」に、

**凡そ諸《もろもろ》の氏《うぢ》は、氏別《うぢごと》に女《にょ》貢《ぐ》せよ。皆年《とし》卅以下《いげ》十三以上《いじやう》を限《かぎ》れ。氏《うぢ》の名に非ずと雖も、自《みづか》ら進仕《しんじ》せむこと欲《ねが》はば、聴《ゆる》せ。其れ采女《うねめ》貢《ぐ》せむことは、郡《ぐん》の少領《せうりやう》以上の姉妹《しまい》及び女《にょ》の、形容端正《かたちたんじやう》なる者《ひと》をもちてせよ。皆中務省に申して奏聞《そうもん》せよ。**(18)

とあり、いずれも「形容端正」(古記に「端正、俗語賀富好也《かほよき》」とある。)であることが求められている。これはかつて、「其の形《かたち》の美麗《うるは》しきに」(応神紀十三年九月条)・「采女の面貌《かほ》端麗《きらぎら》しく、形容《すがた》温雅《みやびか》なる」(雄略紀二年十月条)と同一である。つまり美女であることが必須条件であった。「年卅以下十三以上を限れ」とあるのは、氏女のみでなく采女にも適用されたであろう。「十三」は、「凡そ男の年十五、女の年十三以上にして、婚家聴《ゆる》せ」(『戸令』24)とある婚姻年齢(つまり出産年齢)で、「三十」は、その上限であった。(19)

**凡そ兵衛は、国司、郡司の子弟《しだい》の、強《こは》く幹《つよ》くして、弓馬《くめ》に便《べん》ならむ者《ひと》を簡《えら》びて、郡別《ごと》に一人貢《ぐ》せよ。若し采女《うねめ》貢《ぐ》せむ郡は、兵衛貢する例に在らず。**一国を三分にして、二分は兵衛、一分は采女。

(『軍防令』38)

とある規定どおりに貢進されたとすれば、全国五五五郡の三分の一の一八五郡から貢進されることにな

り、後宮の水司・膳司の采女[20]の定員六六名をはるかに上回っている。天平十四年（七四二）五月二七日に「采女は今より以後《のち》、郡毎《こほりごと》に一人貢進《たてまつ》れ」とされた。これは後宮の制度の拡大、神亀四年（七二七）ころ中宮職が設けられ、光明子立后の後には皇后宮職が設けられ、天平九年（七三七）には宮寺、十四年（七四二）には法華寺となり、かなり多くの下級女官が必要とされたからである。しかし、一八五人が貢進されたか疑問である。

持統朝の采女については、巻二・挽歌部に、

吉備津采女《きびつのうねめ》が死にし時に、柿本朝臣人麻呂《かきのもとのあそみひとまろ》が作る歌一首　并《あは》せて短歌

秋山の　したへる妹　なよ竹の　とをよる児《こ》らは　いかさまに　思ひ居《を》れか　栲縄《たくなは》の　長き命《いのち》を
露《つゆ》こそば　朝《あした》に置きて　夕《ゆふへ》には　消《き》ゆといへ　霧《きり》こそば　夕に立ちて　朝には　失《う》すといへ　梓《あづさ》
弓《ゆみ》　音《おと》聞く我《われ》も　凡《おほ》に見し　こと悔《くや》しきを　しきたへの　手枕《たまくら》まきて　剣大刀《つるぎたち》　身に副《そ》へ寝《ね》けむ
若草の　その夫《つま》の子は　さぶしみか　思ひて寝《ね》らむ　悔しみか　思ひ恋ふらむ　時ならず　過ぎに
し児《こ》らが　朝露《あさつゆ》のごと　夕霧《ゆふぎり》のごと
（巻二・二一七）

短歌二首

楽浪《ささなみ》の　志賀津《しがつ》の児《こ》らが〈一に云ふ、「志賀の津の児が」〉　罷《まか》り道《ぢ》の　川瀬《かはせ》の道を　見ればさぶしも
（巻二・二一八）

そら数《かぞ》ふ　大津《おほつ》の児《こ》が　逢《あ》ひし日に　凡《おほ》に見しくは　今ぞ悔《くや》しき
（巻二・二一九）

がある。題詞に「吉備の国（岡山県）の津の郡（都宇郡）出身の采女が死んだ時の歌」とあるにもかかわらず、「二二八」では「楽浪の志賀津（近江国大津）」出身と矛盾するが、「志賀津ノ児・大津ノ児という名も彼女が近江朝の人であったことを示す。人麻呂の活躍した藤原京時代には既に伝説的存在であったと思われる」[21]・「采女の禁制を侵して天皇ならぬ男とはなやかに通じたために、入水《じゅすい》の悲劇に追いやられた有名な事件の持ち主だったのであろう[22]」とするのが通説[23]である。

また、柿本人麻呂作歌として、巻三・挽歌部に、

**土形娘子《ひぢかたのをとめ》を泊瀬《はつせ》の山に火葬《やきはぶ》りし時に、柿本朝臣人麻呂《かきのもとのあそみひとまろ》が作る歌一首**

**こもりくの　泊瀬の山の　山の際《ま》に　いさよふ雲は　妹《いも》にかもあらむ**　（巻三・四二八）

**溺《おぼほ》れ死にし出雲娘子《いづものをとめ》を吉野《よしの》に火葬りし時に、柿本朝臣人麻呂が作る歌二首**

**山の際《ま》ゆ　出雲《いづも》の児《こ》らは　霧《きり》なれや　吉野の山の　嶺《みね》にたなびく**　（巻三・四二九）

**やくもさす　出雲の児らが　黒髪《くろかみ》は　吉野の川の　沖になづさふ**　（巻三・四三〇）

とある土形娘子と出雲娘子は、ともに伝未詳であるが、「采女である可能性が強い。〈略〉遠江国城飼郡に「土形、比知加多」（和名抄）とある」[24]・「女孺《めのわらは》として後宮に仕える女性で、男性にかかわる何らかの事件によって、自殺に追いやられたのであろうか[25]」・「采女か」（『万葉考』）・「出雲出身の采女であろう[26]」・「采女に負わされた禁忌である、男との密会があらわれて、入水を遂げたのであろう[27]」と見られている。吉

備津采女と同様、采女入水の悲恋の歌物語として作られている。出雲国出雲郡出身の采女であろう。大原郡出身の采女として、天平十二年（七四〇）六月十五日（『続日本紀』）の大赦記事中に、流人「大原《おほはらの》采女勝部鳥女《うねめすぐりべのとりめ》は本郷に還せ」とあり、その罪状は明らかではないが、吉備津采女・土形娘子・出雲娘子らと同様、禁断の恋であったのだろう。同記事中に、石上乙麻呂との姦罪で流されていた久米連若女は赦されて入京していることを合せ考えてみると首肯できよう。

以上の采女に関する歌は、いずれも采女自身がおのれの思いを歌ったものではない。采女自身の歌としては、巻四・相聞歌に、

**駿河采女《するがのうねめ》が歌一首**

**しきたへの　枕《まくら》ゆくくる　涙《なみた》にそ　浮《う》き寝《ね》をしける　恋《こひ》の繁《しげ》きに**

（巻四・五〇七）

と、駿河国駿河郡出身の[28]采女が、恋の「自由を束縛され官人男子から隔てられ寂しく生きる境遇を嘆く[29]」歌の作者として登場する。集中「うきね」の用例七首中、この一首、原文「浮宿」とあって「浮き寝」に「憂き寝」をかけてある。また、巻八・春の雑歌中に、

**駿河采女《するがのうねめ》が歌一首**

**沫雪《あわゆき》か　はだれに降ると　見るまでに　流らへ散るは　何《なに》の花そも**

（巻八・一四二〇）

とある駿河采女は同一人物であろう。なお、巻六・雑歌に、天平十年（七三八）「八月二十日に右大臣橘家に宴する歌四首」（一〇二四〜一〇二七）中に、

ももしきの　大宮人《おほみやひと》は　今日《けふ》もかも　暇《いとま》をなみと　里に出《い》でざらむ　（巻六・一〇二六）

右の一首、右大臣伝へて云《い》はく、故豊島采女《としまのうねめ》が歌なり、といふ。

橘《たちばな》の　本《もと》に道踏《ふ》む　八衢《やちまた》に　物をそ思ふ　人に知らえず　（巻六・一〇二七）

右の一首、右大弁高橋安麻呂卿《うだいべんたかはしのやすまろきやう》語りて云はく、故豊島采女が作なり、といふ。ただし、或本《あるほん》に云はく、三方沙弥《みかたのさみ》、妻苑臣《そののおみ》に恋《こ》ひて作る歌なり、といふ。然《しか》らば則《すなは》ち、豊島采女は当時当所《そのときそのところ》にしてこの歌を口吟《うた》へるか。

と、故人となった武蔵国豊島郡出身の豊島采女作歌として伝誦された二首がある。采女は自由に後宮外に出られなかったはずであるから、解釈に諸説[30]あり、「一〇二七」は三方沙弥の歌とする異伝もあり、自作ではないことになるか。ただし、想像を逞しくしてみれば、禁断の恋ゆえに解任された後の歌として読むことも可能であろう。また、巻十六「有由縁雑歌」中に、前采女（陸奥国安積郡出身か）の伝誦歌として、

安積山《あさかやま》　影さへ見ゆる　山の井《ゐ》の　浅き心を　我《わ》が思はなくに　（巻十六・三八〇七）

右の歌、伝へて云はく、葛城王《かづらきのおほきみ》、陸奥国《みちのくのくに》に遣《つか》はされける時に、国司の祗承《しじよう》、緩怠《くわんたい》なること異甚《はなは》だし。ここに王の意《こころ》悦《よろこ》びずして、怒りの色《おもへり》面《おもて》に顕《あらは》れぬ。飲饌《いんぜん》を設《まう》けたれど、肯《あ》へて宴楽せず。ここに前《さき》の采女《うねめ》あり、風流《みや》びたる娘子《をとめ》なり。左手に觴《さかづき》を捧《ささ》げ、右手に水を持ち、王の膝《ひざ》を撃《う》ちて、この歌を詠《よ》む。すなはち王の意《こころと》解け悦びて、楽飲すること終日《ひねもす》なり、といふ。

とあるが、『続日本紀』大宝二年（七〇二）四月十五日条「筑紫の七国と越後国《こしのみちのしり》とをして采女・兵衛《ひやうゑ》を簡点《えら》ひて貢《ぐ》せしむ。但《ただ》し、陸奥国には貢せしむること勿《な》し。」・養老六年（七二二）閏四月二十五日条、太政官奏に陸奥国按察使の管内の「授刀《たちはき》・兵衛・衛士《ゑじ》と、位子《ゐし》・帳内《ちやうない》・資人《しにん》と、并《あは》せて防閤《ばうかふ》・仕丁《じちやう》・采女《うねめ》・仕女《じによ》、此《かく》の如《ごと》き類《たぐひ》は、皆《みな》悉《ことごと》く放《ゆる》し還《かへ》して、各《おのおの》本色《ほんじき》に従《したが》はせよ。」とあるから、この葛城王は、天武八年（六七九）七月十七日、四位で卒した葛城王ではなく、和銅三年（七一〇）一月無位から従五位下となり、天平八年（七三六）十一月十一日に臣籍に下った葛城王（橘宿祢諸兄）であると確定できる。(31)
この歌と左注は「酒宴の席における接待の媚態とともに、即席の歌舞の能力のあったことを示している(32)」し、澤瀉『注釈』や伊藤『釋注』の指摘のように『古事記』雄略天皇条の伊勢の三重の婇《うねめ》の歌物語とよく似ている。宴席に侍って歌詠をなした「前の采女・風流な娘子」は、「都からの稀人に最も適う一夜妻の女性として、用意されたのであったかもしれない。話の最後を、「楽飲すること終日なり」と結んでいるのは、このような推察に関して、万鈞の重みを持つようにも思われる(33)」という臆測に同意したい。なお、この「前の采女」を「陸奥国安積郡出身か」としたが、「この采女は陸奥から出たのではなく、いづれか他の國の出であつたが、謂はゆる遊行女婦となつてこの國に來て、宴席に侍つてゐたものと見ることも出來る。否この見方が最も正鵠を得てゐるのではあるまいか[34]」とする見解は傾聴に値する。吉備津采女・土形娘子・出雲娘子らのように入水自殺した例もあるが、大原采女勝部鳥女のように本郷（本貫）に帰ることを命じられたものの、帰ることもならず、みやびめ―美貌と歌舞の才―をたよりに諸国を漂泊する遊行女婦に転身する生き方を選ばざるをえなかった元采女たちも数多くいたのではなかろうか。駿河采女をはじめ集中に見える諸国の遊行女婦・某娘子とある女性[35]たちの大半は元采女であったと推定してよいであろう。

さらに、巻四・相聞部に

安貴王《あきのおほきみ》の歌一首　并《あは》せて短歌

遠妻《とほづま》の　ここにしあらねば　玉桙《たまほこ》の　道をた遠《どほ》み　思ふそら　安けなくに　嘆くそら　苦しきものを　み空行く　雲にもがも　高飛《たかと》ぶ　鳥にもがも　明日《あす》行きて　妹《いも》に言問《ことど》ひ　我《あ》がために　妹も事なく　妹がため　我《あれ》も事なく　今も見るごと　たぐひてもがも　（巻四・五三四）

反歌

しきたへの　手枕《たまくら》まかず　間置《あひだお》きて　年そ経《へ》にける　逢《あ》はなく思へば　（巻四・五三五）

右、安貴王、因幡《いなは》の八上采女《やかみのうねめ》を娶《めと》る。係念極《きは》まりて甚《はなはだ》しく、愛情尤《もと》も盛りなり。時に、勅《みことのり》して不敬《ふけい》の罪に断《さだ》め、本郷《くに》に退却《まか》らしむ。ここに、王《おほきみ》の心悼《いた》み怛《かなし》びて、聊《いささ》かにこの歌を作る。

とある。「不敬の罪に断め」とあって、まさに、「国禁の恋」の好例である。

この左注を素直に読めば、安貴王が因幡の八上郡出身の八上采女を娶り、思いははなはだ盛んであったが、王は不敬罪に問われ、本貫の地に帰された。よって、王が心痛み悲しんで作った歌ということになる。この歌は、前後の配列の年時からみて、神亀元年（七二四）ごろのものとされている。作者の安貴王は、一般に、『本朝皇胤紹運録』に拠って「志貴皇子の孫、春日王の子、市原王の父」とするのが通説である。しかし、春日王の生年を大宝三年（七〇三）[36]とすれば、この神亀元年には二十二歳である。その二十二歳の春日王の子とすれば、この時十歳未満、せいぜい七歳前後の幼少年ということになり、年齢的に父子関係は成立しない。また、八上采女を娶る年齢でもないことになる。安貴王は天平元年（七二九）三月無位より従五位下に叙されている。『選叙令』（34・35）によれば諸王の子で二十一歳であったことになり、和銅二年（七〇九）出生となる。春日王の六歳下で、神亀元年には十六歳で結婚年齢にはなっていたことになる。『本朝皇胤紹運録』は杜撰なところもあり、志貴皇子の子に道鏡も挙げていることから、春日王の子というのは疑わしいが、「養子」（『選叙令』32）とすれば「従五位下」は妥当である。しかし、春日王の兄（誰か不明）の子か、あるいは志貴皇子の庶子でもあったかと思われるだけでよくわからない。また、天平五年（七三三）時の歌と推定される「市原王、宴にして父安貴王を禱《ほ》く歌」（巻六・九八八）があり、これが「五八（四十歳）の賀宴」であるとすると「神亀元年には三十一歳であった」[37]ことになり、持統九年（六九五）生となる。春日王の子ではありえないことになる。安貴王をめぐる系譜は再考の余地があり、今、ここでは、諸王であることだけを確認して、その諸王である安貴王が「八上の釆女と私通せる罪を不敬の罪と勅断あって、安貴王の官職を免じ、これを本郷（藩邸）に退却せしめられたのである。本郷に退却せしむとあるのは、除名せられたことを意味する[38]」と理解するのが妥当であろう。

八上釆女については、「流」罪になったとする見解もあるが、

藤原麿の子濱成の母は尊卑分脈によれば因幡國八上郡釆女稲葉國造氣豆之女となつて居る。濱成は延暦九年六十七で薨じたとあるから、其の誕生は神龜元年であり、麿と八上釆女の婚姻關係はそれ以前からと見られる。さすれば濱成の母とここに言ふ八上釆女とは同一人と見ねばなるまい。〈中略〉

諸王を退却せしめて麿が其を幸して居たことを、藤氏横暴の裏面史に利用するつもりはないが、当時の諸王の實力を知るには便があらう[39]。

とする意見を承けて、

麻呂は既に穂積皇子が寵幸せられてゐた坂上郎女を娉した人である（五二八左注）。今また安貴王が思ひをかけた美女を妻問ふ事は十分うべなはれる事ではなからうか。さうだとすれば當然釆女は因幡へ歸つてはゐない[40]

という見解に賛同したい。麻呂の祖父鎌足が釆女安見児を娶った先例（巻二・九五）もある。なお、この藤原麻呂の妻で浜成を生んだとする『尊卑分脈』も『本朝皇胤紹運録』ともども南北朝時代に成立したものであるから、

『尊卑分脈』の系図は後世の作為ではないかと思う。七八二（天応二）年に氷上川継の乱、つまり氷上川継が因幡国司に任ぜられたときに乱を企てた事件があるが、川継は、藤原浜成の女《むすめ》法壹を妻としていた。因幡―川継―浜成というこのつながりから逆に、万葉に有名なこの因幡八上采女を、明らかでない浜成の母に結びつけたのではないだろうか。浜成の父麻呂は、穂積皇子の死後にその寵愛した坂上郎女にも通じたほどの男である（『万葉集』巻四・五二八）。同じく『万葉集』に名高い恋名をのこす女として因幡八上采女に仮託されて、浜成の母の伝は、後世になってつくられたのではないだろうか。

という仮説(41)は、伝記と文芸、歴史的事実と文芸的虚構の問題を考える魅力的な指摘である。

## (2) 女孺の恋

巻十五後半に「中臣朝臣宅守《なかとみのあそみやかもり》と狭野弟上娘子《さののおとがみをとめ》とが贈答せる歌」（巻十五・三七二三～三七八五）は目録に、

**中臣朝臣宅守《なかとみのあそみやかもり》、蔵部《くらべ》の女孺狭野弟上娘子《にょじゅさののおとがみをとめ》を娶《めと》りし時に、勅して流罪に断じ越前国《こしのみちのくち》に配《なが》す。ここに夫婦別れ易く会ひ難きことを相嘆きて、各《おのもおのも》慟《いた》む情《こころ》を陳《の》べ、贈答《ぞうたふ》せる歌六十三首**　（三七二三～三七八五）

**別れに臨《のぞ》みて娘子が悲嘆して作る歌四首**　（三七二三～三七二六）

**中臣朝臣宅守、上道《みちだち》して作る歌四首**　（三七二七～三七三〇）

**配所に至りて中臣朝臣宅守が作る歌十四首**　（三七三一～三七四四）

大亦観風『萬葉集画撰』「狭野茅上娘子図（第五十三図）」奈良県立万葉文化館所蔵

娘子が京に留《とど》まりて、悲傷《ひしやう》し作れる歌九首　（三七四五〜三七五三）
中臣朝臣宅守が作る歌十三首　（三七五四〜三七六六）
娘子が作る歌八首　（三七六七〜三七七四）
中臣朝臣宅守が更《さら》に贈る歌二首　（三七七五〜三七七六）
娘子が和《こた》へ贈る歌二首　（三七七七〜三七七八）
中臣朝臣宅守、花鳥《くわてう》に寄せて思ひを陳べて作る歌七首　（三七七九〜三七八五）

と九群に分かれて配列されている。

宅守の配流の時期は、『続日本紀』の記事により、「天平十一年二月二十六日から翌十二年の六月十五日の間」(42)のことととみられる。その配流の原因については諸説あり、『後宮職員令』に、

蔵司《くらのつかさ》
尚蔵《くらのかみ》一人。掌らむこと、神璽《じんじ》、関契《ぐゑんけい》、供御《ぐご》の衣服《えぶく》、巾櫛《こんしち》、服翫《ぶくぐわん》のこと、及び珍宝《ちんぽう》、綵帛《さいびやく》、賞賜《しやうし》の事。典蔵《くらのすけ》二人。掌らむこと尚蔵に同じ。掌蔵《くらのまつりごとひと》四人。掌らむこと、出納《すいなふ》、綵帛、賞賜の事。女孺十人。（5）

とあって、天皇に常侍して神璽・関契を預るので極めて重職である役所の女孺との私通によるとする説(43)が通説である。(44)だが、「娶りし時に」とあって「姧」とはないこと・「夫婦」とあることによって「二人

の結婚が合法的なものであった」とする指摘[45]もあり、なお、「竊かに」とないことなどを考慮すると、宮人と私通（奸）した不敬罪説は再考を要することになる。「流動する政局の犠牲者[46]」・「謀反などにかかわる政治事件によって失脚した[47]」とするものもある。天平十二年（七四〇）六月十五日の大赦の詔、

**天下《あめのした》に大赦《たいしや》すべし。天平《てんひやう》十二年六月十五日の戌時《いぬのとき》より以前《さき》の大辟《だいびやく》以下は咸《ことごと》く赦除《ゆる》せ。兼《か》ねて、天平十一年以前の公私《くうし》の負《お》へる稲《いね》は悉《ことごと》く皆原免《みなゆる》せ。其《そ》れ、監臨主守《げむりむしゆしゆ》自《みづか》ら盗《たう》せると、監臨《げむりむ》する所《ところ》に盗《たう》せると、故殺人《こせつにん》と、謀殺人《むせつにん》の殺《ころ》し訖《をは》れると、私鋳銭《しじゆせん》の作具《さくぐ》既《すで》に備《そなは》れると、強盗《がうだう》・窃盗《せつたう》と、他妻《ひとづま》に奸《けん》せると、中衛舎人《ちうゑのとねり》、左右兵衛《さうのひやうゑ》、左右衛士《さうのゑじ》、衛門府《ゑもんふ》の衛士《ゑじ》・門部《もんぶ》、主帥《しゆそち》、使部《しぶ》等とは赦《しや》の限《かぎり》に在《あ》らず。其《そ》れ、流人《るにん》、穂積《ほづみ》朝臣老《おゆ》、多治比《たぢひ》真人祖人《おやひと》・名負《なおひ》・東人《あづまひと》、久米《くめ》連若女《わくめ》等五人、召《め》して京《みやこ》に入《い》らしめよ。大原采女勝部鳥女《おほはらのうねめすぐりべのとりめ》は本郷《ほんがう》に還《かへ》せ。小野王《をののおほきみ》・日奉弟日女《ひまつりのおとひめ》・石上乙麻呂《いそのかみのおとまろ》・牟牟礼大野《むむれのおほの》・中臣宅守《なかとみのやかもり》・飽海古良比《あくみのこらひ》は赦《しや》の限《かぎり》に在《あ》らず」**とのたまふ。

とあって、天平十二年六月十五日以前の死罪以下の罪のすべてを赦すとしたが、除外される罪と人名が録されている。除外される罪として、①監臨の守主自ら盗む・②監臨する所を盗む・③故殺人・④謀殺人・⑤私鋳銭の道具を備えたる者・⑥強盗窃盗・⑦他の妻を奸す、の七大罪を挙げ、除外される人名の中に、中臣宅守が入っている。宅守の罪は右の七大罪のいずれであったのか明らかではない。そこで、

さすだけの　大宮人は　今もかも　人なぶりのみ　好《この》みたるらむ〈一に云ふ・「今さへや」〉（三七五八。宅守）

世の中の　常《つね》の理《ことわり》　かくさまに　なり来《き》にけらし　すゑし種《たね》から（三七六一。宅守）

の二首に着目して、「娘子のことか何かで大宮人たちになぶりものにされ、腹を立てた宅守がその一人を斬った」「新婚当初のことであれば、やっかみ半分の人なぶりもありうる」ことで、「さす竹の」の歌では「自分の配流の原因を大宮人たちの「人なぶり」にある」とし、「世の中の」の歌では「配流の原因を自分自身にあるとする反省の気持を述べており、宅守の揺れ動く心情が読み取れる」のであるとして、「故殺人」説[48]を提案しているのは、まさに人間的文芸的な読みであって傾聴に値する。また、

人の植《う》うる　田は植ゑまさず　今更《いまさら》に　国別《くにわか》れして　我《あれ》はいかにせむ（三七四六。娘子）

という一首に着目して、『田令』（36・37）の大和の官田（神田）は「天皇に供する食稲を植え、さらに宮中儀礼の例祭に供進する稲をも栽培する田」で「宅守が官田の田植儀礼に参加していた」こと、『神祇令』（9）に「祈年《としごひ》・月次《つきなみ》の祭には、百官神祇官に集《あつま》れ、中臣、祝詞宣《のとごとのた》べ」、『延喜式』に「祈念祭、月次祭は致斎三日」とある規定をうけて「中臣宅守は物忌みにこもる致斎三日の間に、愛情止みがたく弟上娘子と情交に入った」「宮中儀礼の、つつしむべき時に情交を行ったとすれば、それは勅断によって重罪が課せられるのは当然であろう」とする説[49]もまた傾聴に値する。「致斎三日」の間の二人の密会が人目に

ふれ、それが「人なぶり」の話題となり、「故殺人」に到り、三重の大罪が配流の原因であったとみることも出来よう。再考の必要がある。

さて、二人が合法的な夫婦関係にあったとしたら、『名例律』の「犯レ流応レ配者」(24)に、「妻妾従へよ」とあり、『獄令』に、

**凡そ流人科断《るにんくわだん》すること已《すで》に定《さだ》まらむ、及び移郷《いがう》の人《ひと》は、皆妻妾棄放《さいせふきはう》して配所《はいしよ》に至《いた》ること得じ。**(11)

とあって、流人は必ず「妻妾を同行」することになっている。当然、宅守は弟上娘子を流刑地の越前へ同伴したことになるはずである。(50)ところが、歌群の示すところでは、娘子は在京していたことになる。とすれば、合法的な夫婦関係にあったとは思われない。蔵部の女孺との国禁の恋であったとみるべきである。

## 三 人妻の恋

**紫草の　にほへる妹《いも》を　憎くあらば　人妻故《ひとづまゆゑ》に　我《あれ》恋ひめやも**　(巻一・二一　大海人皇子)

という「人妻への恋」の著名な歌をはじめ、集中「人妻の恋」を素材にした歌はかなりの数にのぼる

が、それらの中に、人妻との恋ゆえに「他妻を姧する」罪で「流罪」となった二人をめぐる歌群が天平十年（七三八）の出来事として、巻六に、「石上乙麻呂卿、土佐国に配《なが》さるる時の歌三首并せて短歌」（一〇一九〜一〇二三）がある。「一〇一九」は乙麻呂に同情的な第三者、「一〇二〇・一〇二一」は乙麻呂の妻、「一〇二二・一〇二三」は乙麻呂自身が詠んだ歌という構成になっているが、実際は三首とも、『続日本紀』天平十一年三月二十八日条の「石上《いそのかみ》朝臣乙麻呂《おとまろ》、久米《くめ》連若売《わくめ》を姧《けん》すといふに坐《つみ》して、土左《とさ》国に配流《はいる》せらる。若売《わくめ》は下総《しもつふさ》国に配《はい》せらるる。」という事件をもとに、第三者が歌語い的に創作したものだとされている。久米連若女は、宝亀十一年（七八〇）六月二十六日条に「散位従四位下久米連若女卒《しゅっ》しぬ。贈右大臣従二位藤原朝臣百川の母なり。」、『尊卑分脈』に「母正六位上久米連奈保麿女[51]」とある。久米連若女が「宮人」であったことは、配流から赦されて帰った後、神護景雲元年（七六七）十月無位より従五位下、同二年十月従五位上、宝亀三年（七七二）正月正五位上、同七年正月従四位下に昇叙していることによって明らかであろう。久米連氏の氏女であった。その子百川は宝亀十年（七七九）七月九日条の百川薨伝に「宇合の第八子。年四十八」とあるから、その生年は天平四年（七三二）となる。宇合は天平九年（七三七）八月五日、四十四歳で亡くなっているから、この時百川は八歳となる。若女の年齢や配流の事情については諸説[52]あるが、若女の年齢は、天平三年（七三一）に『後宮職員令』（18）に氏女としての出身十三歳、『戸令』（24）の結婚年齢十三歳で宇合と婚し、天平四年出産したと仮定すれば、天平九年には二十一歳となる。宅守と若女との和姦事件が天平十年のこととすれば、『喪葬令』（17）の「凡そ服紀は、君、父母、及び、夫《をふと》、本主《ほんじゅ》の為に、一年。」の服忌中のこととなり、『戸婚律』逸文（35）

に「凡居二父母及夫喪一而嫁娶者。徒二年」とあるのによれば、「徒罪」。「流」になった理由はよくわからないが、宇合死亡時の天平九年には、春から天然痘が大流行し、四月十七日参議房前、六月二十三日中納言多治比県守、七月十三日参議麻呂、同月二十五日左大臣武智麻呂等が相次いで病死している。九月二十八日に鈴鹿王を知太政官事・橘諸兄を大納言・多治比広成を中納言に、十二月十二日に藤原豊成を参議に任命している。翌十年一月十三日に阿倍内親王が立太子・橘諸兄が右大臣となっている。七月十日、大伴子虫が長屋王を誣告した中臣宮処東人を殺す。翌十一年二月二十六日光明皇后の病により天下に大赦。そして、この和姦事件によって三月二十八日に二人ともに流罪となっているのである。石上乙麻呂は、左大臣麻呂の第三子で、天平九年九月二十八日に正五位上、同十年正月十三日に従四位下、同月二十六日に、左大弁。翌十一年三月二十八日に配流となった。この翌四月七日に、中納言広成薨。同月二十一日に大野東人・巨勢奈弖麻呂・大伴牛養・県犬養石次を参議としている。という台閣政局の大変動の政治的状況に、この配流の事情を読みとることができよう。さて、四十四歳で亡くなった夫宇合は、文筆にすぐれ『萬葉集』に短歌六首（七二・三一二・一五三五・一七二九・一七三〇・一七三一）・『懐風藻』に詩六首・『経国集』に賦一篇があり、『常陸国風土記』の編者にも擬せられている。乙麻呂は『萬葉集』に短歌二首（三六八・三七四）・『懐風藻』に詩四首があり、散逸したが漢詩集『銜悲藻』二巻があったと伝える。『懐風藻』の「五言。秘夜閨情。一首」

**他郷頻《たきやうしき》に夜夢《よるいめ》み、談《かた》らふこと麗人《れいじん》と同《おや》じ。寝《しん》裏《り》歡《よろこ》ぶること實《まこと》の如く、驚前《きやうぜん》恨《うら》みて空《むなごと》に泣く。空《むな》し**

く思ひて桂影《けいえい》に向《む》かひ、獨《ひと》り坐《ゐ》て松風《しょうふう》を聽く。山川嶮易《さんせんけんい》の路《みち》、展轉閨《てんてんねや》の中《うち》を憶《おも》ふ。

は、土佐配流中の心情を詠じたもので、孤独な「中年初老の閉ざされた性（情痴というべきほどではないが）の嘆きが聞かれる[53]」という。まさに、穂積皇子の「恋の奴」（巻十六・三八一六）は、いついかなる時も処もえらばず、突然に噴出する不条理なものであり、危険を孕むものだと歌うことに通底しているといえようか。

「四、赴任国司の恋」について触れる予定であったが、与えられた紙幅を超えてしまったので、別の機会を期し、後考を俟つことにしたい。

注1　犬養孝『万葉　恋の歌』（平成三年十月）

2　小野寺静子「穂積皇子の歌」（『セミナー万葉の歌人と作品　第三巻』平成十一年十二月）

3　但馬皇女は母の死後、一時的に長兄高市皇子の宮にひきとられたと見る説（大久間喜一郎「但馬皇女」、『万葉集歌人事典』昭和五七年三月）・廣岡義隆「但馬皇女と穂積皇子の歌について―『言寄せ』の世界―」（三重大学『人文論叢』2、昭和六十年三月）がある。藤原宮出土木簡に「多治麻内親王宮」とあるが、穂積皇子との竊かな恋が露顕した後か、高市皇子死後のいずれかの別の住居であろう。

4　結句の原文、西本願寺本及び古写本の多くが「塞為巻尓」とし、「セキナラマクニ（考・略解）」・「セキナサマクニ（古義・注釋）」と訓まれている。金沢本にのみ「寒」とあり、訓は「セキ」であるが、

『桧嬬手』が「寒有巻尓《サムカラマクニ》」と訓み、現行の全注・釋注・新大系など「寒」で「サムカラマクニ」と訓んでいる。私注・注釋は「せき」で、黒澤幸三「穂積皇子と但馬皇女」（『文学』46巻9号、昭和五十三年九月）・影山尚之「但馬皇女挽歌の再検討―その儀礼的背景」（『上代文学』67号、平成三年十一月）も「セキ」説であり、「塞」とあるのが良いと思う。「寒からまくに」ではあまりにも発想が常套的で陳腐である。二人の恋は、生前「塞」かれた恋で、皇女の死後なお「蔵にカギを刺し閉じこめて」おかなければならない恋であることを思えば、「寒」よりも「塞」がふさわしいといえよう。

5　「恋を奴として擬人化した例は穂積皇子の歌（16・三八一六）の方が古く、その影響も考えられよう」（稲岡耕二『萬葉集全注巻第十二』平成十年九月）とするのが一般であるが、「おそらく穂積皇子の歌以前」（菊池威雄『恋歌の風景―古代和歌の研究』平成十三年七月）とする意見もある。

6　菊池威雄『恋歌の風景―古代和歌の研究』（平成十三年七月）

7　「沙本毘古王と沙本毘売」（『上代説話事典』平成五年五月）・倉塚曄子『巫女の文化』（昭和五十四年一月）・浜田清次『記紀万葉集の研究』（昭和五十五年七月）

8　小野寺静子「『竊婚』考」（『国語国文研究』60号、昭和五十三年七月）・同「『ひそかに』考」（『札幌大学教養部、札幌女子短期大学部紀要』18号、昭和五十六年三月）

9　長谷川泉は、「さらにうがてば、姉が七歳、弟が五歳で、母大田皇女と死別したゆえの、相寄る魂の異常な親近、そして姉弟の近親相姦の運命悲劇の可能性をも忖度させながら、大伯皇女の歌境は清純に余情をたたえる。」（土屋文明・山口正監修『一〇〇人で鑑賞する万葉百人一首』（昭和五十九年四月）と、近親相姦の可能性を指摘している。

10　紀皇女ではなく、「多紀皇女」説（吉永登『萬葉―その異傳發生をめぐって』）・「一人とは断定できない」

（中西進・他編『万葉集歌人集成』平成二年十月）とする意見もあるが、「伝承歌として、「昔聞、紀皇女」の本文で支障ない」（澤瀉久孝『萬葉集注釋　巻第十二』昭和三十九年二月・新日本古典文学大系『萬葉集三』平成十四年七月）・「原文は、伝えられるままを信じておく方が無難であろう」（伊藤博『萬葉集釋注六』平成九年五月）・「恋物語として、史的事実とは乖離した場をもって享受されていたものと考えた方がよい」（浅見徹「高安王左降さる」『万葉集研究　第二十四集』平成十二年六月）。

なお、巻二・相聞部に「弓削皇子、紀皇女を思ふ歌四首」（一一九～一二二）があり、弓削皇子は、高安王の祖父長皇子の同母弟に当る。「のちの誰かが、弓削皇子が紀皇女にひそかに思いを寄せていたという事実を背景にしながら、仮託した歌なのであろう」（伊藤博『萬葉集釋注一』平成七年十一月）とすれば、この一首もまた「持統宮廷人の恋の歌物語」（拙稿「弓削皇子の歌」『万葉集を学ぶ　第二集』昭和五十二年十二月）の一つとして伝承享受されたものといえる。

また、巻三・挽歌部に、石田王への挽歌（四二〇～四二五）の「四二五」の左注に「或は云はく、紀皇女の薨ぜし後に、山前王、石田王に代はりて作る、といふ」とあって、石田王（伝未詳）が紀皇女の夫であったかと思われる伝承もある。

11　高安王の弟「門部王」（『本朝皇胤紹運録』）の初叙位は和銅三年（七一〇）一月七日（『続日本紀』）であったのに、兄の高安王は三年遅れていることと、養老三年（七一九）七月十三日按察使任命時、高安王が上国伊予守、門部王は大国伊勢守であることの意味も、この高安王左降の時期を考える参考となろう。

12　森斌「但馬皇女歌の特質―万葉集巻二、相聞三首について―」（『広島女学院大学国語国文学誌』9号、昭和五十四年十二月。『万葉集作家の表現』平成五年十月所収）

13 平舘英子「天武天皇の皇女たち—四人の皇女を中心に—」（高岡市万葉歴史館論集10『女人の万葉集』所収。平成十九年三月）

14 六人部王は、身人部王（万葉集巻一・六八左注）とも。笠縫女王の歌（巻八・一六一一）の題詞注に「六人部王の女、母を田形皇女といふ」とあり、和銅三年（七一〇）正月、無位より従四位下に叙せられていることからみれば、親王の子である。神亀年間、風流侍従と称せられた（『家伝下』）。

15 新編日本古典文学全集『日本書紀③』二七五頁注二一。「宮人は「婦人仕官者之惣号也」（義解）。いわゆる女官。女王・内外命婦も後宮に勤務すれば宮人」（日本思想大系『律令』後宮職員令4頭注）。「律令用語としては、男性の「官人」と区別して「宮人」が用いられた。」（野村忠夫『後宮と女官』昭和五十三年七月）

16 采女については、浅井虎夫『女官通解』（明治三十九年九月。『新訂女官通解』昭和六十年二月）・折口信夫『宮廷儀禮の民俗學的考察—采女を中心として—』（『國學院大學紀要』昭和七年十一月。『折口信夫全集第十六巻民俗學篇2』所収）・門脇禎二『采女（うねめ）献上された豪族の娘たち』（昭和四十年七月）・桜井満「采女と万葉集」（『國學院雑誌』昭和四十四年十一月。『万葉集の民俗学的研究』所収）・倉塚曄子「采女論」（『巫女の文化』昭和五十四年一月）・渡部育子「律令的采女貢進制の成立」（『郡司制の成立』平成元年八月）・拙稿「相聞の担い手—采女の場合—」（『国文学　解釈と鑑賞』36巻11号、昭和四十六年十月。「采女・女孺—相聞の担い手として—」『万葉歌人の研究』昭和五十八年一月所収）参照。

17 「近江國の野洲郡の鏡の里に住居《スマ》はれしによりて、鏡王といへり」（本居宣長「鏡女王額田王」『玉勝間』巻の二）・「『鏡王』と言ふ名称の『王《ワウ》』は普通考へる様に、皇族の御末と言ふ事を示すだけではありません。古代には、帰化人は、支那朝鮮の国王の裔《スヱ》だと称したものが多いので、『王』を氏《ウヂ》としたものが多くあります。」（折口信夫「額田女王」『折口信夫全集第九巻』）・「新羅系の帰化王族だったのかもしれない」（桜井満「額田王と近江朝廷」上代文学会編『万葉集―人間・歴史・風土』昭和四十八年七月。『万葉集の風土』昭和五十二年十二月）という指摘もあり、帰化系の王族で野洲郡の郡司であったと推定したい。

18 「何時如何なる場合にも物には表があれば裏がある。相手次第事情次第では多少の除外例もあつたらしい。作者對安見兒の關係は現にその實證を示してゐる。

人の意地は妙なもので、禁斷の果は食べて見たい。身分の懸隔などは、てんで問題でなくなる。意地づくが嵩じては、安見兒を手にさへ入るれば、大した功名手柄をした氣持になる。それが既に彼の女と了解がつき、お負に特別公認となつたではないか。「安見兒得たり」を反復高唱した所以は、全くこの心理から出發したのである。高が采女の一人ぐらゐと理窟をいふのは野暮である。これは他の競争者を尻目にかけての勝鬨で、無上の誇と喜とを、極めて放膽卒直にさらけ出した歡聲である。」（金子元臣『萬葉集評釋』第一冊　昭和十年十一月）

19 『戸令』（6）では「六十一を考と為よ」としているが、天武紀十三年閏四月の詔に「女の年四十《よそぢ》より以上は、髪の結《あ》げ、結《あ》げぬ、〈中略〉任意なり。別に巫《かむなぎ》・祝《はふり》の類《たぐひ》は、髪結《かみあ》ぐる例《かぎり》に在《あ》らず」・『続日本紀』慶雲二年（七〇五）十二月十九日条に「天下の婦女をして、神部《かむとも》、斎宮《いつきのみや》の宮人《くうにん》と老嫗《おみな》とに非《あら》ぬよりは、皆、髪を結《あげ》しむ。語《こと》は前の紀に在り　是に至りて重ねて制す。」とあって、年「四十」以上の女は「老嫗」と見ていたらしい。『懐風藻』に「五八遐年《かねん》を表《あら》はす（四十の長寿のお祝いを申し上げる）」「従五位上上総守伊支連古麻呂一首『五言、五八《よそぢ》の年を賀《ほ》ぐ宴《うたげ》』107」とあり、（五八）四十歳の長寿の賀ということは、四十歳から老人ということである。『続日本紀』天平宝字元年（七五七）八月十八日条「五八数《ごはちかず》を双《なら》べて、宝寿の不惑に応《こた》へ、日月明《じつげつあかり》を共にして、紫宮の永配に象《かたど》れり」とあって、五

20 月八日は五×八＝四十で、孝謙天皇の宝寿不惑（四十歳）に対応する。『古今和歌集』に「貞辰親王《さだときみこ》の、をばの四十《よそぢの》賀を、大井にてしける日、よめる　紀惟岳」（巻七・賀歌、三五〇）等とあることからも知られる。

「職員令集解膳司条所引の『古記』が「水司。膳司二司。必以二采女一。則顕二職掌一之司耳」といっているように、後宮の諸司のなかでこの二司だけは氏女ではなく采女をもって充てなければならなかった。これは大化前代、大和朝廷国家において采女が従事していた職務を令制の後宮においても継承する形をとったため」（渡部育子「律令的采女貢進制の成立」『郡司制の成立』平成元年八月）

21 新編日本古典文学全集『萬葉集①』（平成六年九月）頭注。

22 伊藤博『萬葉集釋注一』（平成七年十一月）

23 澤潟久孝「萬葉の虚實」（『萬葉歌人の誕生』昭和三十一年十二月）・菊川恵三「吉備津采女挽歌」（『セミナー 万葉の歌人と作品　第三巻』平成十一年十二月）。

24 西宮一民『萬葉集全注巻第三』（昭和五十九年三月）

25 伊藤博『萬葉集釋注二』（平成八年二月）

26 注24に同じ。

27 注25に同じ。

28 磯貝正義『郡司及び采女制度の研究』（昭和五十三年三月）

29 注21に同じ。

30 吉井巌『萬葉集全注　巻第六』（昭和五十九年九月）

31 「諸兄の葛城王は和銅三年に始めて無位から従五位下を賜はつてゐるから、大寶年間はいまだ陸奥へ遣はされるやうな年齢ではなかつた。従ってこの葛城王は天武天皇紀に見えるお方とせねばならぬ。〈中略〉ともかく葛城王は不明とすべきである」（鴻巣盛廣『萬葉集全釋　第五冊』昭和九年十二月）。「この先に左爲王（三八五七左注）もあり、巻六（一〇〇九左注）巻廿（四四五五題）にある葛城王と見るが當つてゐようと思ふ」（澤瀉久孝『萬葉集注釋　巻第十六』昭和四十一年六月）

32　注16の拙稿。

33　伊藤博『萬葉集釋注八』（平成十年一月）

34　鴻巣盛廣『萬葉集全釋第五冊』（昭和九年十二月）

35　新谷秀夫「《娘子》の変容―「うたう」から「うたわれる」へ―」（高岡市万葉歴史館論集10『女人の万葉集』所収。平成十九年三月）

36　拙稿「大宝三年正月の早蕨―「志貴皇子懽御歌」一首考―」（「大妻国文」31号、平成十二年三月）

37　木下正俊『萬葉集全注　巻第四』（昭和五十八年十一月）

38　瀧川政次郎「宮人と私通するは不敬罪」（『萬葉律令考』昭和四十九年八月）

39　土屋文明『萬葉集私注　二』（昭和四十四年七月）

40　澤瀉久孝『万葉集注釋　巻第四』（昭和三十四年四月）

41　門脇禎二『采女《うねめ》献上された豪族の娘たち』（昭和四十年七月）

42　粕谷興紀「中臣宅守の歌」（『セミナー万葉の歌人と作品　第十一巻』平成十七年五月）

43　注38と同じ。

44　「許可なく天皇近侍の女官狭野弟上娘子を娶ったことによる流罪を表していると捉えるのが妥当であろう」（鈴木武晴「狭野弟上娘子の贈答歌群の構成」『セミナー万葉の歌人と作品　第十巻』平成十六年十月）

45 上田敦子「中臣宅守小論—その配流の原因を中心として—」（『国文目白』1号。昭和三十七年三月）

46 吉井巖『萬葉集全注巻　第十五』（昭和六十三年七月）

47 伊藤博『萬葉集釋注八』（平成十年一月）

48 土橋寛『万葉開眼（下）』（昭和五十三年五月）

49 猪股静彌『青吹く風　万葉集論攷』（平成六年二月。初出は、『青須我波良』46号、平成五年十一月）

50 『続日本紀』延暦元年（七八二）閏正月十四日条、氷上川継謀反記事中に、「詔して、死《し》一等を減《げむ》して伊《い》豆《づ》国三嶋《みしま》に配《なが》したまふ。その妻《め》藤原《ふぢはらの》法壱《ほふいち》も亦相随《またあひしたが》ふ。」という例がある。

51 『公卿補任』には「久米連君女」とある。

52 五味智英「石上乙麻呂の配流をめぐつて」（『萬葉集の作家と作品』昭和五十七年十一月）。吉井巖『萬葉集全注　巻第六』（昭和五十九年九月）。平あゆみ「石上乙麻呂配流事件について—橘諸兄政権成立期に於ける物部系氏宗権—」（『政治経済史学』二八四号、平成元年十二月）

53 江口孝夫『懐風藻全訳注』（平成十二年十月）

＊『万葉集』・『古事記』・『日本書紀』の本文は、新編日本古典文学全集本に、『続日本紀』は新日本古典文学大系本に、『懐風藻』は日本古典文学大系本に拠ったが、一部改めたところがある。

# 構成的歌群のなかの恋

駒木　敏

## 一　はじめに——出来事としての恋

万葉集の「相聞」はしばしば恋歌と同義に理解され、そして大枠ではそれは妥当であろうけれども、巻二の「相聞」部などに見られるとおり、相聞と恋歌は必ずしも等価関係ではない。また、天武朝頃までの初期の相聞は、問答唱和のいわゆる掛け合いの形式において一貫している。そしてその掛け合いの形式によって求められるのは、男女の恋のかけひきであり、機智であるとおぼしい。これは、歌垣における掛け合いの歌謡などを基盤として生成してくる万葉相聞の一つのあり方である。ところが、天武・持統朝以後になると、相聞歌に明らかな転換が見えてくる。掛け合いの問答による恋のかけひきの歌から、係恋の情を詠嘆する歌への変化である。形式的には「問答歌」（対詠性）から「独詠歌」（独白性）への変化にも対応する側面をもつといえるかもしれない。

では、掛け合いの歌の伝統の中から、一途に相手を思う恋の歌（独詠歌）が現れるのはどのようにしてなのであろうか。村田正博氏は、元来、個人の内部に関わる恋を歌うことは憚るべきことであるから、もともと恋の歌は少なかったのであり、その「意識の転換が人麻呂に顕著に認められ、恋歌の画期的な提示が」果たされたのが、人麻呂歌集（略体歌）の世界であるという。(1) 初期から第二期（人麻呂などの時代）にかけては、相聞歌においても転換期であったといえるであろう。

一方、巻二相聞部の歌が事件性や物語性に富んでいるとの指摘(2)があるように、相聞部に掲げられる歌には、そこに記し留められるべき何らかの徴証があったとみてよい。そこには、編集ないしは享受の意識の反映を見てとることができよう。伊藤博氏により提起されたいわゆる「歌語り」(3)に関わる方法である。「歌語り」の概念はさまざまなレベルの問題を抱えているので、本稿では、歌がある一定の意図をもって並べられ、構成されている歌群を「構成的歌群」と呼び、これを対象に、特化される恋情表現のあり方について考えたいと思う。

## 二　大津皇子事件と恋

はじめに取り上げるのは、六首の連続により大津皇子に関する「事件」を浮かび上がらせている次の歌群である。

**大津皇子、竊《ひそ》かに伊勢神宮《いせのかむみや》に下《くだ》りて上《のぼ》り来る時に、大伯皇女《おほくのひめみこ》の作らす歌二首**

①我が背子を大和へ遣《や》るとさ夜ふけて暁露《あかときつゆ》に我《あ》が立ち濡《ぬ》れし　（巻二・一〇五）

②二人行けど行き過ぎ難《がた》き秋山をいかにか君がひとり越ゆらむ　（巻二・一〇六）

大津皇子、石川郎女《いしかはのいらつめ》に贈る御歌《みうた》一首

③あしひきの山のしづくに妹《いも》待つと我《あれ》立ち濡れぬ山のしづくに　（巻二・一〇七）

石川郎女が和《こた》へ奉《まつ》る歌一首

④我《あ》を待つと君《きみ》が濡れけむあしひきの山のしづくにならましものを　（巻二・一〇八）

大津皇子、竊《ひそ》かに石川女郎に婚《あ》ふ時に、津守連通《つもりのむらじとほる》がその事を占《うら》へ露《あら》はすに、
皇子の作らす歌一首　未詳

⑤大船《おほぶね》の津守《つもり》が占《うら》に告《の》らむとはまさしに知りて我《わ》が二人寝《ね》し　（巻二・一〇九）

日並皇子尊《ひなみしのみこのみこと》、石川女郎に贈り賜《たま》ふ御歌一首　女郎、字《あざな》を大名児《おほなこ》といふ

⑥大名児《おほなこ》を彼方野辺《をちかたのへ》に刈る草《かや》の束《つか》の間も我《あれ》忘れめや　（巻二・一一〇）

## 二 ——1　歌群の背景

右の歌群は、朱鳥元年（六八六）十月に起きた大津皇子の謀反事件に関係している（『日本書紀』『懐風藻』）。『書紀』には、九月九日の天武天皇の崩御の後に、「大津皇子、皇太子《ひつぎのみこ》を謀反《かたぶ》けむとす」と記し、また、一〇月二日に大津は逮捕され、翌三日には死を賜ったと記している。皇子、二十四歳である。

歌群は、前半の①②が伊勢神宮へ下向した大津皇子を大伯皇女が送り出す歌、後半の③～⑥が石川郎女をめぐっての、時の皇太子草壁皇子（日並皇子）と大津との確執を暗示する歌である。早い時期に、この歌群に明確な物語性を見たのは伊藤博氏である。そこでは、歌群が大津皇子と草壁皇子の対立、石川郎女をめぐる恋愛事件としてまとめられ、「歴史的事件を背景に一連のものとして伝来された」ものであり、「後の人々には、劇的な一ロマンスとして享受された」と捉えている。(4)

その後、これを承ける形で多くの論が展開されたが、その一つの結実は都倉義孝の仮託論であろう。そこでは、賀茂真淵《かものまぶち》（『万葉考別記』）の提起、

**九月九日より十月二日までわづかに廿日ばかりのほどに、大事をおぼし立ながら、伊勢へ下り給ふ暇《いとま》はあらじ。且大《かつおほ》御喪《みも》の間といひかのことおぼすほどに、石川をめし給ふべくもあらず。仍《より》て思ふに、天皇御病《みやまひ》おはすによりて早くよりおぼし立《たつ》こと有て、其七八月の比《ころ》に此大事《このだいじ》の御祈《おんいのり》、又は御姉の斎王《いつきのみこ》に聞《きこ》へ給《たまは》んとて伊勢へは下給ひつらん。**

に基づき、一連がすべて後人の仮託であると見なされる。「敗者である英雄」大津皇子への共感に立って、『古事記』『日本書紀』のヤマトタケル東征物語、武烈紀の影媛をめぐる武烈と鮪《しび》の争いの物語などを重ねながら組み立てられたとされる。(5)真淵は、それぞれの歌が歌われた時点と謀反の時期とのずれについて、皇子が伊勢へ下ったのは「七八月の比」、石川郎女とのことも以前のことであっものが天皇崩

御後に露見したので持統代に入れられた、と推定した。都倉説に至って、それらはすべて仮託と推定することによって把握されたのである。

巻二の大津皇子関係歌のあり方に対する疑問は右の『万葉考』などにも現れているのだが、明確な仮託論は品田悦一氏が整理しているように、[6] 小島憲之が大津皇子の「臨終」（『懐風藻』所収）について、「皇子に仮託された伝誦詩とも考へられる」[7] とする指摘が発端であり、それが万葉の大津皇子関係歌に及んで展開され、[8] さらに多くの論として展開されるに至った。

歌群が物語的志向性をもつことと詠歌が仮託の作であることは、必ずしも不可分ではない。仮託説はほぼ物語的構成説と重ねて展開されてきたのだが、仮託説の批判の側に立つ品田悦一論も、これらが「物語的に編成」されていることを認めている。本稿も、実作か仮託かを考えることに主要な目的をおくことはしない。

ただし、すでに仮託性の徴証として提起されているように、歌群のありようはそれ自体として覆うべくもない不自然さをもっている。先の状況の問題に加えて、歌群の配列が歌われた年代順になっていないこと、表記の上の不統一から複数の資料が想定されることも指摘されている。[9] また最後の二首（一〇九・一一〇）に人名を読み込むことも、通常の万葉歌のあり方からして特異であり、『古事記』『日本書紀』の物語歌謡の方法に通じる可能性が高い。[10] 歌群のすべてを仮託としてよいかどうかについては、なお検討の余地があろうが、最終的に歌群は後人の手によって、大津皇子事件に関わる歌群として享受すべく整合されたものと判断せざるをえないであろう。

二 ―2 ひそかなる恋

歌群を理解するキーワードの一つは、題詞の二カ所に表れる「竊」（ヒソカの訓が対応する）の語である。万葉集中の「竊」の文字はほぼ密通の意味で使用され、禁忌の意識の強い語である。[11] 本歌以外には、高市皇子の宮に召されていた但馬皇女が穂積皇子と逢う歌（巻二・一一四～一一六）、夫（石田王か）のある紀皇女が高安王に逢う歌（巻十二・三〇九八）など、多くは婚姻関係外の男女関係に関してこの語が用いられる。[12] 今の歌群には大伯皇女歌（一〇五・一〇六）の題詞と大津歌（一〇九）の題詞との二か所に「竊」の字がある。一〇九は大津と石川の関係を「竊かに」「婚ふ」とするのであるから、大津と石川の贈答を含む一〇七以下の四首の状況がこの語で提示されていることにもなる。いいかえれば、大津の伊勢神宮下向、及び石川郎女との恋の二つが禁忌に触れることがらなのである。前者の題詞の「竊」については、大津と大伯との同母姉弟の恋愛を推定する説[13]もあるけれども、殯宮《ひんきゅう》儀礼中の伊勢下向に関わる禁忌の侵犯[14]と見る立場によっておきたい。

かくして、あらかた歌群の配列の意図が浮かび上がってくる。〈大津は皇太子・草壁に対して謀反を企て、それに関連して伊勢神宮に下ることの禁忌を犯した。その大津の謀反の端緒（原因）とは、石川郎女という女性をめぐる恋の鞘当てだった〉[15]という次第である。つまり、前半の伊勢下向は謀反の決行そのものを暗示し、後半の石川をめぐる歌群は、時間的にさかのぼって、謀反に深く関する恋の抗争を提示するという関係である。これが、万葉集の語ろうとする大津皇子事件であろう。「謀反事件の遠因はこの三角関係にあったとの筋書き」[16]は和歌をもってする記録、つまり万葉的な事件の構成方法として注目される。

このように読み進めてくるならば、真淵以来の指摘である歌群の時間的前後関係の齟齬も氷解するであろう。また、歌群全体が持統朝に置かれていることの疑問も提示されることがあるが、これに関しては、『記』『紀』の謀反に関わる物語の多くが、天皇崩御後の、いわば皇位の空白期間に起こったとされることが[17]考察の手掛かりになるだろう。その意味では、ここは、『日本書紀』持統称制前紀に記すことを前提としていると考えられる（朱鳥元年十月二日条。大津の謀反のことは天武の崩御時にも記される―天武紀朱鳥元年九月二十四日条）。

さて、基本的に大津皇子歌群は、幾組かの相対する二者間の対詠による形をとり、その複数の対詠歌の交差によって構成される[18]。摘記すれば、次のようになる。

大伯皇女→大津皇子（一〇五・一〇六）
大津皇子→石川郎女（一〇七）
石川郎女→大津皇子（一〇八）
大津皇子→［草壁皇子］（一〇九）
草壁皇子→石川郎女（一一〇）

明確な対詠の形をとらないのは一〇九の大津歌のみである。しかしこれは題詞の表現がそうなっていないだけで、歌そのものは草壁皇子（津守連通）側を意識し、挑戦的に挑む体の歌である。したがってここには、歌が二者間において贈答されるという相聞の基本的形態を枠組みとして、その組み合わせのなかで、多数の人物間の情意を連鎖的に表現する形が意識されている。

まず、「贈」「奉和」の対応をなす大津皇子と石川郎女の贈答歌の場合である。大津の一〇五歌は、郎女を待って「あしひきの山のしづくに」「立ち濡れ」てしまったといい、郎女の歌は、「君が濡れけむ」「山のしづくにならましものを」と、皇子との一体化を希求する。「あしひきの山のしづく」という同一の素材の共有によって、相手が待ち詫びて立ち濡れた雫に、なろうことなら成りたいというこの二首は、典型的な贈答歌である。共有される景物・「山のしづく」に二人の思いは繋がれている。直接に逢えなかったことをいいつつ、お互いを思いやる贈答の息遣いには、すでに初期の争気と攻撃性に満ちた相聞の情調はなく、贈答でありながら抑制的で独詠的である。歌の内容からすれば、大津は野外で待ち、郎女は何らかの事情でそこに行けなかったことが推察される。万葉集中には、

**誰《た》そ彼《かれ》と我《あれ》をな問ひそ九月《ながつき》の露に濡《ぬ》れつつ君待つ我を**　(巻十・三三四〇、人麻呂歌集)

のような歌もありはするが、一体、大津ほどの人物が野外で密会しなければならぬ恋とは、どのような恋であり、相手はどのような女性であったのか、読み手の想像力を刺激するに充分である。しかも巻二・一二九の題詞によれば、石川女郎は「大津皇子の宮の侍《まかだち》」とある。吉永登氏が石川郎女を采女であろうとするのは、この疑問を解きほぐそうとする一つの解答であるが、むろんその確証はない。敢えて

「事実」に還元して読まなくとも、一連の歌群のなかに置いて読めば、郎女が一方で草壁皇子の愛を受けていたことが、二人の贈答歌のありようを支えていることは明白であろう。

次に、最後の二首（⑤⑥）はともに人名を詠みこんで構成されている。その点からすれば、題詞のあり方にかかわらずに相手を明確に意識した対詠歌であるともいえるが、大津歌の意思をあらわにする外向性と、草壁歌の心情吐露に傾く内向性という現れ方の違いはあっても、どちらかといえばともに独白的である。

記紀の物語歌謡では、しばしば固有名詞、特に人名の詠み込みが見られるが、独立の歌の場合、一般的には人名を詠み込むことは少ない。ところが物語に即して構成される歌（歌謡）では固有名詞を詠みこむことが多い。それは物語中の人物名を、いわばその場に即した素材（景物）のように取り込むことによって、現実的な臨場感がもたらされることを意図しているからである。万葉集でもそのような方法による歌は見られる。一〇九・一一〇番の両歌はその可能性が高いといえそうである。まず大津皇子の一〇九番歌は、「大船の津守」を歌い込む。「津守」は氏名《うじな》であるが、ここでは題詞に示される「津守連通」を指す。一連の構成によれば、大津皇子と石川郎女の関係は人目を忍ぶそれであった。すなわち、石川郎女がすでに草壁皇子の寵愛を受けていたことを一一〇番歌が語り、従って大津皇子の石川への愛は「竊《ひそ》かに」「婚《あ》ふ」（一〇九題詞）ものとなるのであろう。「津守連通がその事を占《うら》へ露《あら》はす」（同）という部分は、二人の密通を占いにより告発した人物として津守連通を記録していることになる。

しかし考えてみれば、いかに密通とはいえ、個人的な秘めごとが卜占《ぼくせん》に顕れるというのは不自然の感を免れないし、さらにそれを大津が知るところとなり、津守通を名指しで歌の中に歌い込むのも異様である。一〇九番は大津の側からの慨嘆、抵抗の詠を装いつつ、実のところより包括的、第三者的視点からの歌詠であると見なすべきであろう。[19]

## 三 3 『万葉集』が語る大津皇子事件

大津皇子事件について、『日本書紀』は事実を記すのみで、その内容や動機には全く触れない。『懐風藻』は僧行心《こうじん》が大津を教唆したとし、動機についてもやや詳しく記す。行心は『書紀』の処刑者中にも名を留められるから、いずれ反体制グループの中心人物の一人と目されていたのであろう。その行心と『万葉集』の「津守連通」とをめぐっては、神堀忍氏の論[20]が多くを示唆してくれる。氏は、津守連氏が海上交通と天文暦法（星占）に通じ、後に天文暦法・陰陽道をもって朝廷に仕えた、秘密警察的機関（集団）であるとの前掲の吉永登氏説を承けて、さらに天文を基調とする占術に二つの流れのあることを指摘される。一つは、天智朝に帰朝した百済《くだら》系渡来人の持つ、新しい卜占術、二つは、それ以前の渡来人系の伝えた旧来の卜占術である。そして行心は、前者に属する最も新しい天文・卜占の術に通じた者と認められ、そのようなグループを大津皇子は擁していたというのである。

指摘されたような背景は、可能性としては充分に考えられよう。少なくとも、行心らを前面に押し出した『懐風藻』や『書紀』が伝えようとする「事件」の一要素ではあったと考えられる。その意味で

『万葉集』の「津守連通」とそれに関わる一〇九番歌もまた、『懐風藻』や『書紀』の伝えと交差する面を有している。しかしながら、このような側面を内包しつつなお『万葉集』の伝えが『懐風藻』や『書紀』と大きく異なる点は、一人の女性石川郎女を二人の皇子が争うという形で「事件」を構成している点である。ここにこそ万葉歌の関心があったのである。

一人の女性をめぐる二人の男性の鞘当て、それが政権抗争の歴史に対する解釈として現れるのは、複数の歌が群をなして構成される場合の一つの方法である。いま、(a)額田王をめぐる中大兄皇子と大海人皇子の場合と、(b)但馬皇女《たじまのひめみこ》をめぐる高市皇子《たけちのみこ》と穂積皇子《ほずみのみこ》の場合とについて考えてみよう。

(a)は『万葉集』中においてみた場合、当該歌群の先蹤をなす。『書紀』の伝えるところによれば、大海人皇子と額田王は結婚の事実があり、十市皇女《とおちのひめみこ》という娘をもうけている。しかしその後二人の結婚生活がどこまで継続したかは、定かではない。壬申の乱後の額田王には、大海人皇子(天武)と去就を共にした形跡は認められない。この関係を近江朝にまで遡らせると、額田王は早くに大海人皇子と別れて(というより、中大兄皇子＝天智に召されて)いたのだろうとする推論が成立する。あまりにも著名な古くからの見取図である。ところが、いわれるような額田王と天智の関係は確かな根拠をもたず、推測にすぎない。というよりむしろ、上記のような見取り図の根拠とされたのは『万葉集』に記される彼らをめぐる関係歌群であるとしてよい。中大兄の「三山歌」(巻一・一三〜一五)、そして「天皇《てんわう》(天智)、蒲生野《かまふの》に遊《み》猟《かり》する時に、額田王《ぬかたのおほきみ》の作る歌」と「皇太子《わうたいし》(大海人)の答ふる御歌」の贈答(巻一・二〇、二一)である。前者の長歌一五番歌は、大和三山のツマ争いに重ねて、「古《いにしへ》も　然《しか》にあれこそ　うつせみも　妻を　争ふらしき」と現世のツマ争いに言い及ぶ。後者は、「標《しめ》」を張り廻らされた紫野に「袖振る」君を諫《いさ》めた額田王の二〇番歌に対して、「人妻」のあなたではあっても、「紫のにほへる」美しさに魅かれることはいかんともしがたいとする二一番歌の応酬をもって構成される。そこから帰結される一つの方向が、中大兄と大海人との兄弟による額田王をめぐるツマ争いの図式に他ならない。

この図式は長らく受け入れられてきたが、そこに疑いを投じた読解がないわけではなかった。たとえば巻一・二〇、二一の贈答については、山本健吉、池田弥三郎共著の『万葉百歌』は宴席の戯れ歌とす解を示し[21]、今日ではこの解釈につくものが多い。さらに額田王の歌詠をより包括的に論じて、彼女を「遊宴の花」と捉えるところから「事実」に還元する読みを批判的に提起したのが、伊藤博氏である[22]。額田王関係歌は、現『万葉集』では歌群としてのまとまりを有するわけではない。しかし、これらの歌を集中より取り出しそれのみとして繋いでみる時、一つの物語的構成が結ばれることは否めない。それは「事実」というよりは、『万葉集』が内包する歌の方法として把握される一面というべきではなかろうか。

(b)は、もっぱら但馬皇女の三首で構成される。従って、大津歌群とは、構成のあり方は異なる。注目されるのは題詞である。それを、順序どおりに並べてみる。

**①但馬皇女《たぢまのひめみこ》、高市皇子《たけちのみこ》の宮に在《いま》す時に、穂積皇子《ほづみのみこ》を思ひて作らす歌**　（巻二・一一四）

**②穂積皇子に勅《みことのり》して、近江《あふみ》の志賀《しが》の山寺に遣《つかは》す時に、但馬皇女の作らす歌**　（巻二・一一五）

**③但馬皇女、高市皇子の宮に在す時に、竊《ひそ》かに穂積皇子に接《あ》ひ、事既《ことすで》に形《あら》はれて作らす歌**

（巻二・一一六）

三者の関係と但馬皇女の置かれた立場は、一目瞭然である。①の「但馬皇女、高市皇子の宮に在す時」については、諸注は高市と但馬との同棲関係を想定している。したがって、三首は高市皇子の寵愛を受けながら、年若い穂積皇子に引かれる但馬皇女の歌群によってすべては構成されている。そのことは③の題詞に、「（但馬皇女）、竊かに穂積皇子に接ひ、事既に形はれて作らす歌」とあることが集約している。②の穂積皇子の志賀山寺への派遣については真淵（『万葉考』）以来の勅勘説、岸本由豆流（『万葉集攷証』）以来の勅使説が対立しているが、

**後《おく》れ居《ゐ》て恋ひつつあらずは追ひ及《し》かむ道の隈廻《くまみ》に標結《ゆ》へ我《わ》が背《せ》**

（巻二・一一五）

の歌に対応する状況としては、勅勘説が魅力的である。単なる勅使としての派遣ならば、別離の切実さはそれほどでもないだろうからである。勅勘ということであれば、しばらくの別離は余儀ないものとなる。少なくとも①〜③の連続は、そう読むように指示していると理解することができよう。この歌群の場合、政権抗争や謀反のことどれほど結びついているのかは、不明といわざるをえない。だが、ここにも歌群の配列に関わる一つの枠組みが、底流として確かに存在する。歌群を括る形式的枠組みとして

の題詞は、歌の解釈、享受の方向を指し示す重要な意味を担うのである[23]。

以上、大津皇子謀反事件を語ろうとする万葉集の関係歌群が、一人の女性をめぐる抗争を中心として組み立てられていること、そのような趣旨で構成されるのは万葉集の相聞の有力な方法であることを確認した。万葉歌のなかの大津皇子は、一人の女性に対して皇太子と争いながらも情熱的な愛を貫き通したがゆえに、若くして抹殺されたとされるのである。

## 三　弓削皇子の四首における恋情

同じ巻二「相聞」部に、弓削皇子がひとりの女性を恋慕して歌ったという四首の一連がある。次にはその歌群を通して、恋情表現のあり方について考えよう。

弓削皇子《ゆげのみこ》、紀皇女《きのひめみこ》を思ふ御歌四首

①吉野川行《ゆ》く瀬の早みしましくも淀《よど》むことなくありこせぬかも　（巻二・一一九）

②我妹子《わぎもこ》に恋ひつつあらずは秋萩《あきはぎ》の咲きて散りぬる花にあらましを　（巻二・一二〇）

③夕《ゆふ》さらば潮満ち来《き》なむ住吉《すみのえ》の浅香の浦に玉藻《たまも》刈りてな　（巻二・一二一）

④大船《おほぶね》の泊《は》つる泊《と》まりのたゆたひに物思《ものおも》ひ痩《や》せぬ人の児《こ》故《ゆゑ》に　（巻二・一二二）

弓削皇子と紀皇女は異母兄弟である。弓削は天武天皇の第六皇子（『続紀』文武三年）で、母は大江皇女（天智天皇の娘）。持統七年（六九三）に初めての「叙位」の記事があり、[24] この時二〇歳前後と推定されるが、その四年後の文武三年に薨去している。病弱であったのであろう。「吉野に遊《い》でませる時の御歌」と題する、

**滝《たき》の上の三船《みふね》の山に居《ゐ》る雲の常にあらむと我が思はなくに**　（巻三・二四二）

があり、〈いつまでも生き永らえようとは思われないことだ〉といっているのは象徴的である。吉井巌氏は、弓削皇子の歌には「生命のはかなさに身を任せざるをえなかった」皇子の立場が反映しているという。この歌や、

吉野宮《よしののみや》に幸《いでま》せる時に、弓削皇子、額田王《ぬかたのおほきみ》に贈り与ふる歌一首
**古《いにしへ》に恋ふる鳥かも譲葉《ゆづるは》の御井《みゐ》の上《うへ》より鳴き渡り行く**　（巻二・一一一）

弓削皇子の御歌《みうた》一首
**ほととぎす無《な》かる国にも行《ゆ》きてしかその鳴く声を聞けば苦しも**　（巻八・一四六七）

などを中心に弓削の生涯を克明にたどりながら、政治的にも文学的にも「非俗孤独の姿勢」が顕著であ

るというのである。[25] なお弓削皇子は、巻三の歌の配列からすると、巻三・二四二番歌ののち半年以内には薨去したと推定される（西宮一民『万葉集全注巻三』）。

一方の紀皇女は天武天皇の皇女（母は蘇我赤兄《そがのあかえ》の娘大蕤娘《おほぬ》）で、穂積皇子の同母妹。巻三・四二五左注に「右の二首、或は云はく、紀皇女薨《こう》ぜし後に、山前王《やまさきのおほきみ》、石田王《いはたのおほきみ》に代りて作るといふ」とある（山前王の父は忍壁《おさかべ》皇子）。これをもって、紀皇女は石田王の妻であったろうこと、石田王の没年との関係から奈良朝以前に没したであろうことが推定される。[26] この皇女はまた、前にも触れたように、巻十二に「昔聞くならく、紀皇女ひそかに高安王《たかやすのおほきみ》に嫁《とつ》ぎて嘖《ころ》はえたりし時に云々」の左注をもつ歌（巻十二・三〇九八）が伝えられる。奔放で恋多き皇女というイメージである。

さて当該の歌の題詞には、弓削皇子が紀皇女のことを一途に思う歌とあるのみである。だが、この一連の四首も、ある男女の恋のあり方の典型として仕組まれているかのようである。

## 三 ――1　吉野川に寄せる恋

四首の表現に沿って「思い」の内実を見ていこう。まず①は序歌とする理解（山田孝雄『万葉集講義』）で問題はない。その場合、「行く瀬の早み」の句について、「瀬が早いので」のように理由、原因を表わす意とするもの（澤瀉久孝『万葉集注釈』）、「早み」を名詞と見て、上二句を比喩的な序詞とするもの（山田『講義』・古典文学大系『万葉集』など）の二様の考えがある。「早み」を本来の理由、原因を表わす用法とすると、この句は「淀むことなく」以下にかかってゆくことになり、全体はいきおい譬喩歌（寓喩）的に解さざるをえないが（窪田空穂『万葉集評釈』などの理解）、それでは、急流たることを常とする吉野川に対して「淀むことなくありこせぬかも」と希求することになり、譬喩以前に、叙述の論理として成り立たない。第二句までを、吉野川の流れの速さを提示した序詞（景物の提示）と見れば、「しましくも」以下は男女の関係を指示することになり、譬喩歌と解する場合ほどには不自然さはない。つなぎ詞は第四句の「淀むことなく」であり、〈吉野川の早瀬は（ちょっとの間も）淀むことがない＝そのように停滞することなく、あなたの気持もあってほしいものだ〉の意となる。

これには諸注も指摘するように類歌が存在する。いったいに、恋の歌に表われるにヨドムの語は、何らかの障害により男の訪れが途絶えがちになることをいうのが一般的で、相手への思いがたゆむ（薄れる）意を表わすのは、わずかに次のような例のみである。[27]

**松浦川《まつらがは》七瀬《ななせ》の淀《よど》は淀むとも我《われ》は淀まず君をし待たむ**　（巻五・八六〇）

**玉藻刈る井堤《ゐで》のしがらみ薄みかも恋の淀める我《あ》が心かも**　（巻十一・二七二一）

前者は、松浦川の歌群における「娘等《をとめら》の更に報《こた》ふる歌」の一つで、「七瀬の淀」と対比して「我は淀まず」あなたを待ちましょうといい、後者は「井堤のしがらみ」（堰のしがらみ＝恋の障害の譬喩）が少ないので恋心もさめてきたという。この二例のヨドムは詠み手の側から相手への思いが薄れること（一途でなくなること）をいっている。ともかく、ヨドムことを歌う一〇首ほどの中で、その主語が「相手への思い」となる確実な例は、この二つである。

さて当該のヨドムは、男性の側から、吉野川の流れを比喩として、「淀むことなくありこせぬかも」と願っている。ヨドムが相手のもとに通う（訪れる）意に関して用いられる場合は主語が男性になるから、今の場合はそれには当たらない。かといって、このヨドムの主語が「二人の関係」であるとすると、〈我々の関係が淀むことなく続いてほしい〉というのではどこか他人任せの傍観的口吻となり、秘めたる恋の詠出としてはそぐわない感がある。この歌は、もともと相手の絶え間なき訪れを切望する、女性の立場からの歌であったものを、男性の立場から詠みかえられたものと見るのがよいのではなかろうか。詠みかえられた結果として、このヨドムは〈相手への思いが薄らぐ〉意を担うようになったのである。

ちなみに、澤瀉『注釈』に「前（一一）に吉野の作があり、これも実景に対して譬喩として用ゐられたもので、初二句を単なる序と見るのは、あたらない」とするのは、巻二のこの歌以前に、行幸先の吉野から額田王に歌を贈り贈答をなしていること（巻二・一一一〜一一三、一一三）との関連を述べているのであるが、同時にこの歌の発想、表現にその吉野が深く関係するとの想定であろう。

## 三 ——2　散る萩に寄せる恋

次に②については、類歌をめぐってやや錯綜した関係がある。同じく弓削皇子の作として、

**秋萩《あきはぎ》の上《うへ》に置きたる白露《しらつゆ》の消《け》かも死なまし恋ひつつあらずは**　（巻八・一六〇八）

があり、それは巻十の「秋相聞」にも作者未詳歌としてまったく同じ形で載っている（二二五四、寄露）。弓削皇子は、「〜ズハ〜マシ」の構文で組み立てられる二つの恋の歌の作者として記録されているのである。

「〜ズハ〜マシ」の形式を基にして反実仮想の構文で恋情のあり方を述べる歌には、おおよそ三つの型がある。(28)

ア　**かくばかり恋ひつつあらずは朝《あさ》に日《け》に妹が踏むらむ土にあらましを**　（巻十一・二六九三）(29)

イ　**住吉《すみのえ》の津守《つもり》網引《あびき》の浮《う》けの緒《を》の浮かれか行かむ恋ひつつあらずは**　（巻十一・二六四六）(30)

ウ　**秋の穂をしのに押《お》し靡《な》べ置く露の消《け》かも死なまし恋ひつつあらずは**　（巻十・二二五六）(31)

それぞれの歌は、恋の苦しさにさいなまれているくらいなら、相手にゆかりの物に同化してしまいたい

（ア）、物思うことのない物（者）になってしまいたい（イ）、いっそ死んでしまいたい（ウ）、という類型に属するのである。弓削の当該歌は、おそらくイの型に属するであろう。「（秋萩の）咲きて散りぬる花」とは、家持が「かくばかり恋ひつつあらずは石木にも成らましものを物思はずして」（巻四・七二二）と歌うように、物思うことのない存在（としての植物）をいう。ただ、

**長き夜を君に恋ひつつ生けらずは咲きて散りにし花にあらましを**　（巻十・二二八二）

があり、萩に置く露を序詞として「死なまし」という歌が他にもある（巻十・二二五八）ことからすれば、「咲きて散りぬる」には死のイメージがあるかも知れない。それにしても、明確に「死なまし」とはいわない点で、当該歌はイの範疇に入るといってよいと思う。諸注にも指摘するように、この歌には巻二の磐姫皇后歌群中にも、

**かくばかり恋ひつつあらずは高山《たかやま》の岩根《いはね》し巻きて死なましものを**　（巻二・八六）

という類歌がある。澤瀉『注釈』にこの二首の関係について、「磐姫皇后の御作と伝えるもの（八六）が既にあつた。さうした作が伝誦の間にいろいろ形をかへたので〜」と述べるが、むしろ「死」を明確にいう点で磐姫皇后歌の方が、性格としては新しいといえるであろう。[32]

三――3 海浜に寄せる恋

続く③は、羇旅歌《きりょか》の類型に立つ歌を恋の比喩に転じたものと見られ、独特のあり方をしている。玉藻を刈ることを歌うのは羇旅歌に多く、その内容は物珍しい旅先の景としての海人の行為であったり、旅人自らが物珍しさのために行う行為であったりする。そのなかで本歌とよく似た構成をもつのは、稲岡耕二『万葉集全注巻二』も指摘する次の二首である。

**時つ風吹くべくなりぬ香椎潟《かしひがた》潮干《しほひ》の浦に玉藻刈りてな** （巻六・九五八、小野老）

**時つ風吹かまく知らず阿児《あご》の海の朝明《あさけ》の潮に玉藻刈りてな** （巻七・一一五七、摂津作）

いずれも「時つ風」（定まった時分に吹く風）が吹かないうちに玉藻を刈ってしまおうと歌う。九五八歌は、天平五年十一月に大宰府の官人たちが香椎廟を参拝した折のもの、一一五七歌は羇旅の作であるから、共通して旅人が家づととして海草を刈ることをいっていると考えてよい。当該歌も、〈夕刻になると潮が満ちてくるだろうから、それまでに玉藻を刈り取ってしまおうよ〉というのであって、佐佐木信綱『万葉集評釈』・窪田『評釈』などに元来は行楽の歌とするように、趣旨は右に掲げた二首と何ら変わらない。

ところで、表現構造の上でよく似た右掲の歌を含めて、〈玉藻を刈ること〉を〈女性と契ること〉の比喩として捉えた事例は皆無である。つまり、この歌は羇旅歌の類型に立つ表現を、女性に寄せる思いの表現として捉えなおしているのであって、契沖（『万葉代匠記　精撰本』）がいうように、全体が譬喩歌なのである。(33) さらに澤瀉『注釈』は、「潮満ち来なむ」の句の比喩的意味について、「単に何らかの支障」とも、また、

**紀伊《き》の海の名高《なだか》の浦に寄する波音高きかも逢《あ》はぬ児故《ゆゑ》に**　（巻十一・二七三〇）

のような「聯《れん》想による人言の立つに喩へた」表現とも見られるという。具体的な段階や場面をいかに想定するかにより、さまざまな想像が可能ではあるが、この比喩としての含意は当該歌が四首の一連に置かれて初めて明らかになるのだといえよう。これも一種の詠みかえと認めてよい。本歌について稲岡『全注』は、「四首を現在見るように配列したのが編者によるとすれば、もともとは旅の歌であったことも考えられよう」としている。つまり羇旅歌の類型から比喩の恋歌への転換である。この第三首めも、その含む内実は新しいといえるであろう。また、このような既存の歌の位置づけ直しから、羇旅歌が譬喩性をともなって再解釈されていることがいえるならば、譬喩歌の生成という点でも興味深い問題を投げかける事例である。

## ◆三——4　湊に寄せる恋

最後の④は、第二句までの景物を比喩的に展開する序歌の形式をとる。「大船のたゆたふ（猶預不定）見れば」（巻二・一九六）とある事例に牽かれたためであろうか、「たゆたひ」を大船の揺れることと理解する注釈書が多いが、土屋文明『万葉集私注』に「大船の碇泊する港の水の揺れ動いて定まらぬごとく～」とする解（旧版による。新訂版では解釈を変えている）が顧みられてよい。[34] 語法からしても、〈大船の停泊する港がタユタフ（そのように）タユタヒ物を思い痩せた〉というのであるから、タユタフのは大船ではなくて港（の水）であるはずである。

その人への「物思ひ」のために痩せたという、「人の児（子）」とは何か。「広ク我手《わがて》ニ入ラヌ人ト心《こころ》得《う》ヘキカ」（『代匠記』精撰）、「人妻」のこと（鹿持雅澄『万葉集古義』）の両様の解に対して、澤瀉『注釈』は、

**あしひきの山川水《やまがはみづ》の音《おと》に出《い》でず人の児《こ》故《ゆゑ》に恋ひわたるかも**　（巻十二・三〇一七）

**息《いき》の緒《を》に我《あ》が息づきし妹《いも》すらを人妻なりと聞けば悲しも**　（巻十二・三一一五）

など「人の児」「人妻」を詠みこむ歌を検討して、「人の児」は「実質に於いては人妻と認めてさしつかへないと思はれるが、作者がはつきりと人妻と云はずに人の子と云つたところに『語の選択』が行はれ

てゐる」と指摘する。この恋は、まさに「人の児（＝人妻）」を対象とするそれであるがゆえに苦渋に満ちているのである。こうして一連は、四首めに至って初めて、この恋が人妻に対してのそれであることが明らかにされる。

また稲岡『全注』は、人麻呂歌集歌の

**千沼《ちぬ》の海の浜辺《はまへ》の小松根深めて我《あれ》恋ひわたる人の児故に**　（巻十一・二四八六）

と比べて、この歌が「心理的に繊細な印象を与えるものになっている」ことに触れ、「万葉集の第二期以後に、比喩的な枕詞も、心情の喩として微細な形容を生んでゆくが、弓削皇子のこの序歌は、おそらく人麻呂歌集の序歌などに学びつつ、技巧的に繊細さを加え、あらたな比喩を創出したものであったろう」と述べている。

こうして、密かな恋ゆえの深い独白は、大船による湊の波動のたゆたいという景物を「人の児」を一途に思う心の揺らぎに重ねた比喩表現として一連を締め括っている。

## 三──5　四首の構成について

この四首に連作的方法を指摘したのは『講義』である。『講義』は「四首を連ねて一意をなすこと」

は、巻一の人麻呂の「軽皇子、安騎野に宿らせる時」の歌の反歌（一・四六～四九）、巻二の磐姫皇后の歌（巻二・八五～八八）、それに今の場合があるとして、次のように指摘した。

而《しか》してこれら連作がいづれも四首なることはかの絶句四句の起承転結の法に傚《なら》へるものならむと思はる。しかも、この作はその法によく合せりとも思はれず、以前のものに比すれば劣れりとすべし。

四首の構成については、この指摘を展開させた伊藤博氏の論がある。(35) 伊藤博『万葉集釈注』では、起承転結の構成において巻二の磐姫皇后歌に似ていることを指摘した上で、「第一首は大和の『吉野』を、第三首は摂津の『浅香の浦』を持ち込むかと思えば、第一・二首は陸に、第三・四首は海に関しており、統一性がない。別々の歌を集めて組み立てて楽しんだのがこの四首なのであろう」として、仮託の内実にも言及している。他方、連作と認めない立場もあり（窪田『評釈』、武田祐吉『万葉集全註釈』など）、全体をどう読むかは微妙である。しかし、ひととおり見てきたように、〈物に寄せる恋〉としてまとめられた一連は、明らかに構成的である。

この歌群は、しばしば巻二冒頭を飾る磐姫皇后の四首の歌と比較される。詳しく考察する紙幅はないが、磐姫皇后歌を掲げよう（異伝などを省略してあげる）。

**磐姫皇后《いはのひめわうごう》、天皇《てんわう》を思ひて作らす歌**

**①君が行き日長《けなが》くなりぬ山尋《やまたづ》ね迎へか行かむ待ちにか待たむ**　（巻二・八五）

②かくばかり恋ひつつあらずは高山《たかやま》の岩根《いはね》し巻きて死なましものを　（巻二・八六）
③ありつつも君をば待たむうちなびく我《あ》が黒髪《くろかみ》に霜《しも》の置くまでに　（巻二・八七）
④秋の田の穂の上《うへ》に霧《き》らふ朝霞《あさがすみ》いつへの方《かた》に我《あ》が恋《こひ》止《や》まむ　（巻二・八八）

ここに示される恋は、ひたすら男性を待ち続ける恋である。君の長い不在に際して、「迎へか行かむ待ちにか待たむ」（①）と揺れ動き逡巡する思いをいい、待つ恋の苦しさに「高山の岩根し巻きて死なましものを」（②）と思い詰めはするが、結局、一転して「ありつつも君をば待たむ」（③）と思い返し、さて「いつへの方に我が恋止まむ」（④）とそれまでの三首を承けて、我が恋の行方を思いめぐらし慨嘆する歌で括る。ここにおける待つ思い（恋情）の揺らぎは、流れるような連続性をもって詠出されている。『講義』が「起承転結」の連作性を指摘して、以後大方の指示をえているところである。[36]

この歌群は、同時に記される異伝の分析など通して、後世の仮託と認められている。なにゆえにそのような仮託がなされたのかは、『記』『紀』に記される磐姫像と深く関わるであろう。仁徳後宮を背景とする多くの天皇の恋愛物語に登場する磐姫皇后は、とりわけ「嫉妬」の激しい、そして行動的な皇后として特徴的である。それが万葉の右の歌に見られるのは、ひたすら待ち続ける極めて受け身的な女性である。その一途に天皇を待つ皇后像は、一つの規範的なあり方として巻二「相聞」の巻頭に要請されたものではなかったろうか。天皇を思慕することにおいて情熱的であった磐姫に仮託されたひとつの「恋」のあり方が想定されてよいであろう。そしてこの四首は、連作的、構成的な歌群としてきわめて緊密で、統一的なあり方をもっている。

これに比べると、弓削皇子の四首は必ずしも完成度は高くはない。もっとも、水準をどのように定めるかによるが、四首は恋のあり方を歌う一連として構成されたものであることは動くまい。見てきたように、その内部で「思い」とは本来異なる方向の意味を持つ歌が、題詞により統括されることで、男の女に対する一途な「思い」（恋情）を歌ったものとして構成的、連続的に立ち上がってくるからである。おそらく、そのような構成意識の前では、「第一首に芳野川を詠み、第三四首に海辺を詠んで居て、作者自身に連作の意志はなかつたものといふべきである」（武田『全註釈』）とされる、地名や景物のばらつきなどは、問題ではなかったとすべきであろう。その点からは、澤瀉『注釈』がすべて比喩の方法をもつことを指摘するのは興味深い。第三首めは譬喩歌で、あとの三首は景物に心情を託して歌う寄物陳思である。つまり四首はそれぞれ「川」・「秋萩」・「玉藻」・「船泊まり」に寄せる恋の体裁をとっていて、その一連により「思」のあり方を多面的に示した歌群と位置づけることができるのである。

## 三――6　歌群の伝来

弓削皇子の四首は、確かにもと別々の伝来をもつ歌歌が統合され、一つの意図のもとに並べられたと見るのが自然であろう。『釈注』によれば、当該歌群は後の追補（巻二・一一七〜八の作者舎人皇子の没後、神亀のはじめ、七二四年頃）と見られる点でも仮託性が顕著であるという。

巻二の相聞・挽歌の部のそれぞれの御代の中での配列は、薨年が分かる皇室の人々についてはその薨年順を基準としているとされる。[37] ところが文武三年（六九九）没の弓削皇子のものと伝えられる当該歌群は、巻二・一一一〜一一三の同じ弓削皇子歌群から遠く離れて配されるばかりか、続く一一四〜一一六の但馬皇女歌群（七〇八年没）、一一七〜一一八の舎人皇子《とねりのみこ》歌群（七三五年没）の後に置かれている。この配列の齟齬は、本歌が「神亀のはじめ（七二四年頃）、巻一・二に追補が行われた折の補入」（『釈注』）と考えれば説明できる。

右のように巻二の編纂過程の一面が見えてくると、この歌群の伝来ないし形成、ことに弓削皇子という固有名と結んで束ねられる伝来のあり方にも推定の手掛かりが与えられる。つまり弓削皇子の歌群が組み込まれるに至る巻二相聞の編纂の意図が浮かんでくるであろう。川上富吉氏によれば、本歌群は額田王と弓削皇子、高市皇子薨去後の皇嗣問題における葛野王と弓削皇子の葛藤、但馬皇女とのスキャンダラスな恋を提供した穂積皇子の同母妹である紀皇女への弓削皇子の恋、さらにその紀皇女と高安王の恋などと絡んで「歴史的・時間的展開が意図されている」という。[38]

そのようななかで四首が担うもの、歌が連作的に構成された契機や意図は何なのであろうか。いいかえれば、弓削皇子（もしくは紀皇女）という固有名に刻み込まれた記憶である。弓削皇子については、病弱であり、事実早世していること、持統朝においては不遇であったらしいこと、持統崩御後の皇位をめぐって葛野王と弓削とに意見の対立があったこと（『懐風藻』葛野王伝）などが挙げられよう。例えば大津皇子の場合のように多くの資料に留められているわけではないが、人妻である皇女（異母妹）に激しい恋をした皇子としての記憶がそのひとつであったのだろう。それと関連しあって、あるいは恋多き女性であった紀皇女の側にも要因があるかも知れない。歌群を構成する意図とは、題詞に「弓削皇子、紀皇女を思ふ御歌四首」とあるごとく、弓削皇子がすでに人妻であった紀皇女を一途に思慕した、その「思い」のあり方を展開することである。歌々の個別の来歴についてともかく、整えられた形としての四首の歌群は、おそらく紀皇女に贈られることを想定したものではなくて、「紀皇女を思ふ」の題詞に呼応するような独詠として想定されたもののように思われる。[39]つまり四首は、磐姫の場合と異なる方向で、男の側から恋の一途さを表すものとして整えられたことになる。

四首の配列による連作的構成には、以上に見てきた一人の詠い手の歌を並べる形式の他に、二人（主として男女）の歌を交互に並べる形式もある。[40]これは、男女の唱和を基本とする相聞の形式を展開させたものである。それらに対して同一の詠み手による四首（あるいは複数歌群）の構成は、独詠による恋情表出の方法が意識される段階になってから形成されたものであろう。

## 四　おわりに

以上、本稿では複数の歌の配列によって「物語的」に読まれることを暗示している構成的歌群の若干の事例に即して、その恋情表現のあり方について考えてきた。そこには、秘められた恋や社会的規制から外れる恋に対する、万葉人の共感の眼差しが確かめられる。

そのような事件性のある、または反社会的な要素に満ちた恋を一連のものとして物語的に展開させようとするとき、対詠、唱和の形式による連続的構成や独詠の連続的構成などによって、時間の流動性や場面の立体性を提示する方法が工夫されたのである。

秘められた男女の恋や三角関係の恋が、常に物語的枠組みをもって構成されるというのではない。なにがしかの歌群を謂《いわ》れ（三角関係や禁忌に触れる密やかな恋）とともに並べようとするとき、そこに取り出される枠組みが見てきたような構成的な趣向であったのである。構成的に配列される歌群は、恋の思いや情感が表現として具体的に形成されてくる万葉集の恋歌の一面を、鮮やかに示しているといえるであろう。

注1　村田正博『万葉の歌人とその表現』第二章第五節（二〇〇三年、清文堂）。
2　川上富吉「但馬皇女と穂積皇子」（『萬葉集講座』第五巻、昭和四十八年、有精堂）。
3　伊藤博『萬葉集の表現と方法　上』第三章（昭和五十年、塙書房）。
4　伊藤博『萬葉集相聞の世界』（昭和三十四年、塙書房）。その後『萬葉集の構造と成立　上』第三章第三節「巻二磐姫皇后歌の場合」（昭和四十九年、塙書房）などでも言及されている。
5　都倉義孝「大津皇子とその周辺」（『萬葉集講座』第五巻、昭和四十八年、有精堂）。
6　品田悦一「大津皇子・大伯皇女の歌」（『セミナー万葉の歌人と作品』第一巻、一九九九年、和泉書院）。

7 小島憲之『上代日本文学と中国文学　下』(昭和四十年、塙書房)。

8 『日本古典文学全集万葉集』第一巻解説(昭和四十六年、小学館)。

9 一〇七・一〇八番の題詞での「石川郎女」が一〇九・一一〇番の題詞では「石川女郎」とあること。一〇七・一〇八番歌の用字法は他の巻二の場合に比べて特殊であること。助詞の表記が一〇七・一〇八番歌と他では異なることなどがいわれている(橋本達雄「大津皇子・大伯皇女の詩や歌は後人の仮託か」『国文学』二五—一四、昭和五十五年一一月。同「二人行けど行き過ぎ難き秋山」『専修国文』四四、平成一年二月。福沢健「大津皇子歌群の形成」『国学院雑誌』九〇—一、平成一年一月)。

10 村田右富美「万葉集の序歌一斑—巻二・一一〇番歌をめぐって—」(『日本文学』一九九一年一二月号)。

11 拙著『和歌の生成と機構』第三章第三節(一九九九年、和泉書院)。

12 川口常孝「『あかときつゆ』——大津皇子の生涯——」(『萬葉作家の世界』、昭和四十六年、桜楓社)。

13 他にも巻十六などにある。また、磐姫皇后歌群の八五番歌に関する巻二・九〇番の左注に「遂に竊《ひそ》かに通《たは》けぬ。乃《すなわ》ち悒懐《いふくわい》少しく息《や》む」(允恭紀二三年の引用)とあるのは、木梨軽皇子(太子)とその同母妹軽太娘皇女との関係を「密通」と捉えるのであるが、日本書紀の用字意識は万葉集のそれに共通している。

14 吉永登「大津皇子とその政治的背景」(『万葉—文学と歴史のあいだ』、昭和四十二年、創元社)。

15 伊藤博・前掲4(『萬葉集相聞の世界』)。

16 品田悦一・前掲6に同じ。

17 品田悦一・前掲6に同じ。

神武崩御後の当芸志美々命の反乱(神武記)、応神崩御後の大山守命の反乱(応神記)など。

18 前掲・都倉論も二首ずつの組であることを指摘する。ただしそこでは、これを独詠の方法と捉える。
19 拙著・前掲10に同じ。
20 神堀忍「『大船の津守が占』考」関西大学『国文学』五〇号、昭和四十九年。
21 山本健吉、池田弥三郎『万葉百歌』、昭和三十八年、中央公論社。
22 伊藤博『萬葉集の歌人と作品　上』第四章第二節（昭和五十年、塙書房）。
23 なお、この歌群については浅見徹氏の「但馬皇女の歌」（『セミナー万葉の歌人と作品』第一巻、一九九九年、和泉書院）に詳しい。
24 持統紀七年の春正月二日条に、「浄広弐《じゃうくわうに》を皇子長《みこなが》と皇子弓削《みこゆげ》に授けたまふ」とある。
25 吉井巌「弓削皇子」『天皇の系譜と神話　二』（昭和五十一年、塙書房）四三三頁。
26 稲岡耕二『万葉集全注　巻二』。なお、平舘英子氏は持統十年以前に没かとする（「天武天皇の皇女たち――四人の皇女を中心に――」高岡市万葉歴史館編『女人の万葉集』、二〇〇七年、笠間書院）八七頁。
27 巻十一・二七一二、巻十二・二九八八、同・二九九八、同・三一〇九など。
28 ズハ―マシの構文による歌の解については、小柳智一「『ずは』の語法―仮定条件句―」（『万葉』百八十九号、平成十六年七月）参照。
29 他に、巻四・五四四、同・七二六、巻二〇・四三四七など。
30 他に、巻四・七二二、巻十一・二七三三、巻十二・三二〇五など。
31 他に、巻十一・二六三六、同・二七六五、巻十二・二九一三など。
32 稲岡耕二「磐姫皇后の歌」（『万葉集を学ぶ』第二集、昭和五二年、有斐閣）。
33 『代匠記　精撰本』に「此歌ハ譬喩ナリ。夕塩ノ満来レハ、玉モノ刈ラレサルコトク、程過ナハ障

34 出来テ、逢カタキ事モ有ヌヘシ。塩干ノ程ニ玉藻刈ヤウニ、早逢ハヤトナリ」とする。

35 阿蘇瑞枝『万葉集全歌講義』がこの解を採る。澤瀉『注釈』は「口訳」に「大船の碇泊する港のやうに、ゆらゆらと心おちつかず物思ひに痩せた」としながら「訓釈」では「大船の碇泊する舟つき場、そこで大船がゆらゆらと水に動揺してゐるやうに、と次の『たゆたひ』につゞく譬喩的な序である」と説明する。

36 伊藤博『萬葉集の構造と成立上』(昭和四十九年、塙書房)、同『万葉集釈注』。

その後、伊藤博氏(前掲35)、稲岡耕二氏(前掲32)などにより詳細に展開されている。なお寺川真知夫氏の論(「磐姫皇后の相聞歌」『セミナー万葉の歌人と作品』第一巻、一九九九年、和泉書院)も諸問題を包括的に扱った詳論である。

37 清水克彦「作品の配列基準—万葉集巻二相聞の場合—」(『女子大国文』七一号、昭和四十八年)。

38 川上富吉「弓削皇子の歌」(『万葉集を学ぶ』第二集、昭和五十二年、有斐閣)。

39 影山尚之「弓削皇子の歌」(『セミナー万葉の歌人と作品』第三巻、一九九九年、和泉書院)。

40 例えば、巻四の「田部忌寸櫟子が大宰に任ずる時の歌四首」がある。舎人吉年(女)・四九二/櫟子(男)・四九三/櫟子(男)・四九四/吉年(女)・四九五の並びである。「柿本人麻呂の歌四首」(巻四・四九六〜四九九)は一人の詠い手になるが、構成的には男女の問答形式を内在させている。また四首の枠を外せば、巻二では、九六〜一〇〇の五首、巻二・一二三〜一二五などの三首の例がある。

〈付記〉

＊本稿は前後半でバランスを欠いた論述となっているが、これは弓削皇子の歌の解釈が一定しておらず、

その点に触れざるをえなかったことにもよる。なお、弓削皇子歌群の、一一九・一二一番歌の解については、別稿（「『弓削皇子思二紀皇女一御歌四首』の伝来」『同志社国文学』六八号、二〇〇八年三月刊）にも詳述した。

＊万葉集の引用は、基本的に『新編日本古典文学全集　万葉集』①〜④による。

# 旅の恋歌

関　隆司

## 一　はじめに

「旅の恋歌」とは、異郷の地で、本郷で待つ恋人や妻を思い慕う歌である。

現代の感覚で「旅の恋」と言えば、「旅先で誰かと恋に落ちる」と解釈する人が多いのではないか。しかし、古代語の「恋《こひ》」とは、基本的には「そこにいない者を恋（乞）ふ」気持ちであり、「恋歌」は今ここにその人がいない恋しさを詠んだものである。

一方、「たび」いう語彙を万葉集で調べてみると、本来居るべき場所（本郷）から離れている状態を指す言葉であることがわかる。したがって「旅の歌」とは、本郷を離れて異郷の地にいる者が詠んだ歌ということになる。そうであれば、当然「旅の歌」には、異郷の地の珍しい光景を見て詠んだ歌や、本郷で待つ恋人や妻を思い嘆く歌が多いのだろうと、容易に想像される。

ところが、万葉集には次のような変わった歌も存在する。

春日蔵首老の歌一首

焼津辺《やきづへ》に　我《わ》が行きしかば　駿河なる　阿倍《あへ》の市道《いちぢ》に　逢ひし児らはも　（巻三・二八四）

「焼津の辺りに　わたしが行った時に　駿河の国の　阿倍の市道で　見かけたあの娘よ」（新編古典全集）

という、たわいもない歌である。

春日老はなぜ焼津へ行ったのか、焼津へ行くときになぜ阿倍に寄ったのか、この歌はどこで詠まれたのかなどはまったくわからない。また、語彙の注釈と言っても、「阿倍」は駿河国の国府が置かれていた場所であるから、「阿倍の市」は、駿河国府近くで開かれたもので、駿河国を代表するものであっただろうと想像される、といった程度のことしか説明のしようがない。

ところが、国府近郊の市では歌垣が盛んに行われていただろうと推定し、作者は歌垣で素敵な女性と出会い、当然のように情を交わしたのだろうと想像は広がる。するとこの歌は、旅の途上でめぐり逢った異郷の人を恋い慕う歌となり、「旅の恋歌」と呼べるものになるのかもしれない。

巻六には次のような歌がある。

大納言大伴卿の和ふる歌二首（一首略）

大和道《やまとぢ》の　吉備《きび》の児島《こしま》を　過ぎて行《い》かば　筑紫《つくし》の児島　思ほえむかも　（巻六・九六七）

題詞に見える「大納言大伴卿」は大伴旅人のことで、大宰帥から大納言に転任して、大宰府から大和への帰路途上を想像しての歌である。「児島」という地名に誘われて、大宰府で出会った女性を思い出すかなあと未来を推定した歌であるから、「恋歌」とは言えないだろうが、この歌のように国司となって中央と地方を往復する途上で、本郷に残る恋人や妻ではなく、赴任地の女性を恋い慕う歌がたくさん詠まれたことは十分に想像されるのである。

ただ、万葉集中には右のような歌が他にはない。それは偶然なのかも知れないが、とりあえず右の二例のような作歌事情は特異なものとして、まずは、「旅の恋歌」の基本は「異郷の地にあって本郷に残る恋人や妻を恋い慕う歌」としておく。

果たして、万葉人はどのように「旅の恋歌」を詠んだのであろうか。

## 二 巻三「羈旅歌」歌群の恋歌

異郷の地にひとりあって、本郷に待つ恋人や妻を思う歌はたくさん詠まれたことだろうと、まずは想像される。

そこで、まず万葉集全二十巻のうち、題詞に「たび」を意味する「羈旅」という語句を含む歌を調べて見ると、巻三に収められた柿本人麻呂の「羈旅歌八首」は、異伝も含めて次のようにある。

柿本朝臣人麻呂が羈旅の歌八首

三津の崎　波を恐《かしこ》み　隠り江の　舟公宣奴嶋尓　（巻三・二四九）

玉藻刈る　敏馬《みぬめ》を過ぎて　夏草の　野島の崎に　船近付《づ》きぬ　（二五〇）

　一本に云はく「処女《をとめ》を過ぎて　夏草の　野島が崎に　廬《いほ》りす我《われ》は」

淡路《あはぢ》の　野島の崎の　浜風に　妹《いも》が結びし　紐吹き返す　（二五一）

荒たへの　藤江の浦に　すずき釣る　海人《あま》とか見らむ　旅行く我を　（二五二）

　一本に云はく「白たへの　藤江の浦に　いざりする」

稲日野も　行き過ぎかてに　思へれば　心恋しき　加古の島見ゆ　（二五三）

　一に云ふ「水門《みと》見ゆ」

燈火《ともしび》の　明石大門《おほと》に　入《い》らむ日や　漕ぎ別れなむ　家のあたり見ず　（二五四）

天離《あまざか》る　鄙の長道《ながち》ゆ　恋ひ来《く》れば　明石の門より　大和島見ゆ　（二五五）

　一本に云ふ「家のあたり見ゆ」

飼飯《けひ》の海の　庭良くあらし　刈り薦《こも》の　乱れて出《い》づ見ゆ　海人の釣船　（二五六）

　一本に云はく「武庫の海　船庭ならし　いざりする　海人の釣船　波の上ゆ見ゆ」

一首目の末二句は定訓がなく、歌全体の正確な解釈ができないが、「三津」という地名が見え、二首目以下「敏馬・野島・藤江・稲日野・明石・飼飯」などの地名が詠まれている。三首目には「妹」とあり、本郷をさす「家のあたり」「大和島」などの言葉がある。

また、「海人の釣船」や、二五二番歌のように旅ゆく自分が海人と見られてしまうのではないかと
いった表現もある。

しかしながら、「妹」という単語はあるものの、本郷で待つ妹を慕う歌はない。

そのことは、同じ巻三に収められた高市黒人の羇旅歌八首も同じである。

高市連黒人が羇旅の歌八首

旅にして　もの恋《こひ》しきに　山下の　赤《あけ》のそほ船　沖を漕ぐ見ゆ　（巻三・二七〇）
桜田へ　鶴《たづ》鳴き渡る　年魚市潟《あゆちがた》　潮干にけらし　鶴鳴き渡る　（二七一）
四極山《しはつやま》　うち越え見れば　笠縫の　島漕ぎ隠る　棚なし小船　（二七二）
磯の崎　漕ぎ廻《た》み行けば　近江《あふみ》の海　八十の湊《みなと》に　鶴さはに鳴く　（二七三）
我が船は　比良の湊に　漕ぎ泊てむ　沖辺な離り　さ夜ふけにけり　（二七四）
いづくにか　我が宿りせむ　高島の　勝野の原に　この日暮れなば　（二七五）
妹も我《あれ》も　一つなれかも　三河なる　二見の道ゆ　別れかねつる　（二七六）
一本に云はく「三河の　二見の道ゆ　別れなば　我が背も我も　ひとりかも行かむ」
早来ても　見てましものを　山背の　高の槻群《つきむら》　散りにけるかも　（二七七）

右の八首と異伝歌一首には、やはり、地名や「妹」などの単語は使われているのだが、本郷に残してきた恋人や妻を直接的にそのままに恋しくうたうものがない。そのことは、「旅の歌人」と呼ばれることの多い高市黒人の歌にも、直情的な表現を用いて本郷の妻を恋い慕う歌が一首もないことを思い起こさせる。

たとえば、持統上皇の吉野行幸に従駕した時に、妻の待つ「大和」を次のように詠んでいる。

**太上天皇、吉野宮に幸せる時に、高市連黒人が作る歌**

**大和には　鳴きてか来らむ　呼子鳥　象の中山　呼びそ越ゆなる**　（巻一・七〇）

しかし、二句までの「大和ではもう鳴いてから、こっちへ来たのだろうか」という表現が、吉野にいて本郷を恋い慕っているように想像させるだけで、直接的に妻を恋い慕っているわけではない。

高市黒人が「旅の歌人」と呼ばれるのは、残された歌のどれもが「旅愁」を感じさせるためであるが、それは「旅にして　もの恋しきに」（二七〇）、「島漕ぎ隠る　棚なし小船」（二七二）、「沖辺な離り　さ夜ふけにけり」（二七四）、「いづくにか　我が宿りせむ…この日暮れなば」（二七五）といった、独特の寂寥感が漂う表現があることによっているのである。

右に見たのは、巻三に収められたわずか二群の「羇旅歌」であるが、万葉集ではじめて現れる「たび」を主題とした歌群に、本郷に残してきた妻を恋い慕う歌が含まれていないことは注目されてよいだろう。

## 三 巻七「羇旅作」歌群の恋歌

巻七には、「羇旅作」という題詞のもとに集められた九十首の歌群がある。この歌群については、すでに阿蘇瑞枝氏の詳細な分析がある。(1) いま、阿蘇氏が「表現内容の面」から分類したものを掲げると次のようになる。

| | |
|---|---|
| 1叙景を中心とする | 十一首 |
| 2旅中の感慨をこめた叙景 | 五首 |
| 3旅中の風物に対する讃嘆 | 十六首 |
| 4著名な土地・風物に対する憧憬 | 三首 |
| 5特殊な風物に対する感動 | 三首 |
| 6思い出の景を回想する | 一首 |
| 7山名・地名に対する興味 | 三首 |
| 8旅中の心細さ辛さをうたう | 十三首 |
| 9家郷を偲ぶ | 八首 |
| 10山の名に触発されて妻への恋情をうたう | 四首 |

11妻への恋情をうたう　二首
12旅中の人を思いやる　二首
13大宮人をうたう。あるいは官人としての自負をうたう　五首
14土産として貝や玉を拾う　三首
15旅の守護神に対する祈誓にかかわる　二首
16相聞歌謡　九首

右の十六分類のうち、本稿にとって興味深いのは、「9家郷を偲ぶ・10山の名に触発されて妻への恋情をうたう・11妻への恋情をうたう」である。

9と11は、「家郷への思いをうたったものであるが、妻への恋情という表現であらわし得ない漂泊の思いがあると思われたので」分けたといい、10と7の違いは、10には妻への恋情が濃く表されており、7は「知的遊戯に近い」という。

数だけを見れば、本郷に待つ妻を思い慕う歌は、九十首中に十四首あるということになるのだが、うたわれている内容に問題が残されている。阿蘇氏の分類に従って十四首を掲げてみる。

9家郷を偲ぶ（八首）

足柄の　箱根飛び越え　行く鶴の　ともしき見れば　大和し思ほゆ　（一一七五）
朝霞　止まずたなびく　竜田山　船出しなむ日　我恋ひむかも　（一一八一）

妹が門　出入の川の　瀬を速み　我が馬つまづく　家思ふらしも　（一一九一）
白たへに　にほふ真土の　山川に　我が馬なづむ　家恋ふらしも　（一一九二）
沖つ梶　やくやくしぶを　見まく欲り　我がする里の　隠らく惜しも　（一二〇五）
若の浦に　白波立ちて　沖つ風　寒き夕は　大和し思ほゆ　（一二一九）
高島の　阿渡白波は　騒けども　我は家思ふ　廬り悲しみ　（一二三八）
娘子らが　放りの髪を　木綿の山　雲なたなびき　家のあたり見む　（一二四四）

10山の名に触発されて妻への恋情をうたう（四首）
妹に恋ひ　我が越え行けば　背の山の　妹に恋ひずて　あるがともしさ　（一二〇八）
我妹子に　我が恋ひ行けば　ともしくも　並び居るかも　妹と背の山　（一二一〇）
妹があたり　今そ我が行く　目のみだに　我に見えこそ　言問はずとも　（一二一一）
名草山　言にしありけり　我が恋ふる　千重の一重も　慰めなくに　（一二一三）

11妻への恋情をうたう（二首）
手に取るが　からに忘ると　海人の言ひし　恋忘れ貝　言にしありけり　（一一九七）
我妹子と　見つつ偲はむ　沖つ藻の　花咲きたらば　我に告げこそ　（一二四八）

一見してわかるように、9の「家郷を偲ぶ」と分類した歌は、「家・里・大和」が詠まれた歌であり、残る一一八一番歌も「竜田山」が大和国との境界であることを考慮すれば、阿蘇氏の分類は正しい。10は「妹背の山・名草山」という名前に刺激を受けた歌である。阿蘇氏は、歌作の契機は7と同じであるものの、妻への恋情が濃く表されているから別にしたと言うのだが、その7は、次のような歌である。

**背の山に　直《ただ》に向かへる　妹《いも》の山　事許せやも　打橋渡す**　（一一九三）

**娘子《をとめ》らが　織る機《はた》の上を　ま櫛もち　掻《か》上《か》げ栲島　波の間ゆ見ゆ**　（一二三三）

阿蘇氏の言う通り、これらの歌に妻への恋情はたしかにみられない。しかしながら、10の歌が妻への恋情が「色濃い」とも思えないのである。表現内容を分類すればたしかに阿蘇氏の分類通りなのだが、たとえば、「作歌契機」を主に考えて、「山名・地名に喚起された思い」として7 10を合わせても不都合はない程度の違いと言えるだろう。

残るのは、本稿にとってもっとも注目される11である。

問題とされるべきは、分類方法ではない。「妻への恋情をうたう」とされうる歌がわずか二首しかなく、しかも右に掲げたような内容の歌という事実である。

一一九七番歌は、「恋忘れ貝」を契機とする歌であって、その意味では「妹背の山」に触発された知的遊戯的な歌と同じ類のものであり、また、作者が男性とも言い切れない歌である。

一二四八番歌は、初句「我妹子と」の「と」を、一般的には「～として」と解釈して、沖つ藻が咲いたら「妻と見なして偲ぼう」という歌意にとっている。「妻と共に偲ぼう」と解釈することも可能ではあるのだが、どちらにしても「妻への恋情」というほどのものではない。「妻への恋情」は、あくまで分類上の表現であって、歌の表現として「妻を恋い慕う」歌はないと言ってよい。

さて、「羇旅歌八首」の柿本人麻呂・高市黒人は、万葉第二期の歌人で、二人は前後して歌を残している。巻七「羇旅作」の制作年代を確定するのは難しいが、二人の活動時期に近いものとして、巻九に「大宝元年辛丑の秋九月、太上天皇・大行天皇の紀伊国に幸しし時の歌」と題された十三首がある。この紀伊行幸時に詠まれた歌は、巻一や巻二にも収められており、万葉集の題詞を信じる限り、合計十六首が残されていることになる。しかしこの十六首にも、妻への思いが詠まれた歌がない。

阿蘇氏は、この歌群の分析も行なった上で、その延長上に万葉第一期、二期の羇旅歌を分析している。

第一期にも、やはり妻を恋い慕う歌はなく、巻一の五・六番歌二首が「家郷を偲ぶ」とされている。第二期は、「家郷を偲ぶ」歌が二十一首も数えられているのに対して、やはり妻を恋う歌はない。これらの家郷を偲ぶ歌は、「家し偲はゆ」（巻一・六六）、「大和恋ひ」（巻一・七一）など、恋人や妻を慕う気持ちは十分伝わる歌ではあるものの、やはり「妻に会いたい」などの直接的な表現はない。

## ◆四　巻十二「羇旅発思」歌群の恋歌

巻十二の「羇旅発思」五十三首と、それに続く「悲別歌」三十一首は、ともに旅を契機とした歌と考えられている。「悲別」にも、当然恋う気持ちが含まれるだろうが、主題が悲しい別れであるから、いまは「羇旅発思」五十三首を見ることにする。

「羇旅発思」は、前節までに見てきた「羇旅歌」や「羇旅作」と異なって「発思」とある。「思ひを発《おこ》す」と訓まれている。思いを起こすのであるから、直接的な表現がうたわれているはずである。

ここにはどのような「旅の恋歌」があるだろうか。

羇旅発思歌五十三首（三一二七―三一七九番歌）については、複数の研究者[2]によって次のような排列基準があるのではないかと指摘されている。

人麻呂歌集歌（三一二七―三一三〇）
正述心緒（三一三一―三一四三）
寄物陳思（三一四四―三一四七）
器物（三一四八・四九）
地象（三一五〇―三一七五）
植物（三一七六・七七）
天象（三一七八・七九）

右に見える「正述心緒」とは、物に託すことをせず直接に心情を述べる歌である。無論、右の排列基準は研究者が考えたものであって、万葉集の編者が本当にそういう理由で排列したのかどうかはわからない。それでも、旅にあって物に託さずに詠まれた心情とはどのようなものかを探る手がかりにはなるであろう。

その十一首は次の通りである。

月変へて　君をば見むと　思へかも　日も変へずして　恋の繁けむ　（三一三一）
な行きそと　帰りも来《く》やと　かへり見に　行けど帰らず　道の長手を　（三一三二）
旅にして　妹《いも》を思ひ出《い》で　いちしろく　人の知るべく　嘆きせむかも　（三一三三）
里離れ　遠からなくに　草枕　旅とし思へば　なほ恋ひにけり　（三一三四）
近くあれば　名のみも聞きて　慰めつ　今夜《こよひ》ゆ恋の　いやまさりなむ　（三一三五）
旅にありて　恋ふれば苦し　いつしかも　都に行きて　君が目を見む　（三一三六）
遠くあれば　姿は見えず　常のごと　妹が笑まひは　面影にして　（三一三七）
年も経ず　帰り来《こ》なむと　朝影に　待つらむ妹し　面影に見ゆ　（三一三八）
玉桙《たまほこ》の　道に出《い》で立ち　別れ来《こ》し　日より思ふに　忘る時なし　（三一三九）
はしきやし　然《しか》ある恋にも　ありしかも　君におくれて　恋しき思へば　（三一四〇）
草枕　旅の悲しく　あるなへに　妹を相見て　後恋ひむかも　（三一四一）

**国遠み　直《ただ》には逢はず　夢にだに　我《われ》に見えこそ　逢はむ日までに**　（三二四二）

**かく恋ひむ　ものと知りせば　我妹子《わぎもこ》に　言問《こと》はましを　今し悔しも**　（三二四三）

一見して気づくのは「君」と詠む歌が存在することである。全羈旅発思歌中には、右の三首の他にもう三首あり、六首を数えることができる。「君」とあれば、一般的には男性へ詠んだ歌のはずである。だからと言って作者が女性であるとは限らない。たとえば、三一三六番歌について中西進講談社文庫は、「男の官人の長上者への挨拶歌か、行幸供奉の官女の恋歌か。」と記しているように、男性から男性への社交辞令的な歌である可能性も十分ありうる。

そこで、全羈旅発思歌から男性が女性に対して詠んだとみなされる語彙を選んでみると、「妻」と「妹」が見つかる。ただし妻は一例しかない。しかもその歌は、

**鈴鹿川　八十《やそ》瀬《せ》渡りて　誰《た》がゆゑか　夜越《よご》えに越えむ　妻もあらなくに**　（三一五六）

というもので、待つべき妻がいないのに、誰のために夜の川を越えに越えて行くのかという嘆きである。妻がいない理由は、死亡説（賀茂真淵『考』など）と、単に待つ妻がいない（鴻巣盛廣『全釈』など）とみる説に大別されるが、どちらにしても、本郷の妻を恋い慕う内容ではない。

一方「妹」と詠んでいる歌は、全羈旅発思歌中に二十一首を数えることができる。そのうち、右の十

一首の中に含まれるのは、次の五首である。

旅にして　妹《いも》を思ひ出で　いちしろく　人の知るべく　嘆きせむかも　（三一三三）
遠くあれば　姿は見えず　常のごと　妹が笑《ゑ》まひは　面影にして　（三一三七）
年も経ず　帰り来《こ》なむと　朝影に　待つらむ妹し　面影に見ゆ　（三一三八）
草枕　旅の悲しく　あるなへに　妹を相見て　後《のち》恋ひむかも　（三一四一）
かく恋ひむ　ものと知りせば　我妹子に　言問はましを　今し悔しも　（三一四三）

直接的な「妹が恋しい」との表現は、やはり見られない。しかも、妹を「面影」に見る三一三七・三一三八番歌をのぞく三首のうちの二首は、「嘆きせむかも」（三一三三）「恋ひむかも」（三一四一）とあって、ともに未来の予想である。

また、三一四一番歌は「旅が悲しく思われる折から」妹に「出会って」とあり、この「妹」は、家で待つ妻とは考えられない。旅先の女性を指すのであろう。

三一四三番歌は、「このように恋い焦がれると知っていたら」、妹に「もっと親しく声をかけるのだった」という後悔が歌われていて、妹を本郷の妻と見なすのはためらわれる。新潮社古典集成本に「一夜を共にした遊行女婦を惜しむ歌」とあるのがわかりやすい解釈ではあるが、冒頭に触れた春日老の歌が、本当に歌垣で出会った女性を詠んだもので、当時そのような出会いが普通一般的なことであったと考えられるのであれば、「遊行女婦」とまで想定しなくてもいいのかも知れない。それはともかくも、正述心緒歌ではないかと考えられる歌の中に、直接的に本郷の妻を恋い慕う歌はないというのは興味深い。そこで、羈旅発思歌中の「妹」とうたわれたすべての歌を見てみると、

**いで我が駒　早く行きこそ　真土山　待つらむ妹を　行きて早見む**　（三一五四）
**我妹子に　またも近江の　野洲の川　安眠も寝ずに　恋ひわたるかも**　（三一五七）

このように地名に刺激を受けて作られた表現を見つけることはできる。また、旅先で目にした物などを使った歌も次のように三首確認できる。

**志賀の海人の　釣し燭せる　漁り火の　ほのかに妹を　見むよしもがも**　（三一七〇）
**漁りする　海人の楫の音　ゆくらかに　妹は心に　乗りにけるかも**　（三一七四）
**若の浦に　袖さへ濡れて　忘れ貝　拾へど妹は　忘らえなくに**　（三一七五）

どれも妹を思う気持ちはうたわれているのだが、妹に会いたいという気持ちをそのまま吐露しているとは言い難い。

右の事実から想像できることは、万葉人は、本郷に待つ妹を恋い慕う気持ちを直接的には歌に詠まれ

なかったということ、あるいは、そのような歌は残されなかったということである。歌を詠むということは、心情そのままをただそのままにうたうわけではないのだろう。

## ◆五 旅で歌を詠むこと

ところで、旅の歌の研究史によれば、万葉集の旅の歌にはある種のパターンが存在し、そのパターンを踏まえることによって「旅の歌らしさ」がもたらされているのだと言う。

その旅の歌のパターンは、次の三点である。

1自然を見てそれを讃える

2その土地の滅びたものを哀傷する

3本郷をしのぶ

1は、やがて「叙景歌」と呼ばれる歌に成長していく。2は「名所歌」「伝説歌」などと呼ばれる文芸に発展していく。

本稿が問題としているのは、3の「本郷をしのぶ」に含まれるはずの、異郷において本郷の恋人や妻を直接的に恋い慕う歌が、旅の歌としてまとめられた歌群の中に探しえないということである。

本郷の恋人や妻を直接的に恋い慕う歌が詠まれなかった、などと言うつもりはない。異郷の地で、本郷に残してきた恋人や妻を思い、切実な思いを歌にし、本郷に送った人々はたくさんいたはずである。

それにも関わらず、そういった歌が「羇旅歌」の中に容易に見つからないのはなぜか。それは、簡単に言ってしまえば、切実な嘆きの歌は「相聞歌」と見なされて、「羇旅歌」には分類されなかったということになるのだろう。

すでに梶川信行氏が指摘していること(3)だが、大伴家持に次のような歌がある。

**今よりは　秋風寒く　吹きなむを　いかにか一人　長き夜を寝む**　（巻三・四六二）

右の歌は、大和国に妻を残して赴任した越中国守家持の嘆き歌、などではない。妻をなくした嘆きの歌なのである。このような「一人を嘆く歌」は、「愛する者との別れを嘆く」という意味で、「人の死を嘆く歌」（挽歌）や「恋歌」（相聞）、そして「旅の歌」にも共通する、発想と表現なのであった。「羇旅歌」を集めた編纂者にとって、明らかに「旅の歌」であるとする基準は、地名が詠み込まれているといった明白な根拠以外には、すでに掲げた「自然を見てそれを讃える・その土地の滅びたものを哀傷する・本郷をしのぶ」といった基本パターンをもとに、阿蘇氏が分類したような特徴を示す歌たちを選び集めるしかなかったのではないだろうか。

その点に関して、人麻呂歌集歌を中心に論じた興味深い考察がすでにある。

## ◆六 人麻呂歌集の羈旅歌

巻十二の「羈旅発思」歌群について、伊藤博『万葉集釈注十一別巻』に次のような説明がある。

巻十二に旅の部を設けた根源も、またここにあるらしい。旅の歌々はもともと、大部分が巻十一・十二の原本に含まれていたと推測される。原本の編者たちは、詠物的な羈旅歌は巻七の「雑歌」に、季節を示す羈旅歌は巻十に、それぞれ切り出し、一方、相聞性の濃い羈旅歌は原本の「正述心緒」「寄物陳思」に収めた。だが、旅の歌には、羈旅発思など、相聞往来歌としてはやや特殊な歌を含んでいる。それで、天平十七年段階の編者たちは、巻十一・十二の原本から旅に関する歌を抜き出し、今日見る巻十二の旅の部を設定したものと思われる。

もっとも、旅の部を設定する口火となったのは、人麻呂集歌四首（三一二七〜三〇）であったらしい。起承転結の構成のもとに、いとしい妻と別れて旅にある男の無常の思いを述べ、正述心緒一首と寄物陳思三首との組み合わせによって成るこの一連は、「異本朝臣人麻呂歌集」を出典とする形跡が濃い。そこに、歌聖人麻呂に関する羈旅発思歌を発見した大伴家持ら編者たちは、おそらく昂ぶる気持を抑えきれなかったであろう。この喜びとかの根源とが結びあって、人麻呂集歌四首を冒頭に据える旅の部の設定を思い立ったのであろう。

右に、「相聞性の濃い羈旅歌」は編者の手によって正述心緒・寄物陳思に分類されてしまっているという。つまり、逆に言えば万葉集の「羈旅」の題詞のもとに集められた歌は、相聞性の濃くないものということになるだろう。
ところで、右にも触れられているように、巻十二「羈旅発思」の冒頭には柿本人麻呂歌集の歌が四首置かれている。実は、巻七「羈旅作」末尾にも、やはり柿本人麻呂歌集の歌が四首置かれているのである。それが右に言う巻七の雑歌に収めた「詠物的な羈旅歌」である。伊藤『釈注四』は次のように説明する。

巻十二の四首は、古今相聞往来歌集の一つである巻十二に収めるにふさわしく、強烈な妻恋しさが貫かれている。対して、巻七の四首は、妹背山讃歌を冒頭にしたり、羈旅歌の常である家づとの歌を収めたりしていて、相聞歌というよりはやはり羈旅歌の性格が強い。しかも、巻七「羈旅作」には、紀伊路の歌がおびただしい。巻七の四首は、羈旅の作ではあっても、羈旅での発思とは言えないのである。

その巻七・十二に収められた人麻呂歌集の羈旅歌は、次のようにある。

大穴道《おほあなみち》　少御神《すくなみかみ》の　作らしし　妹背の山を　見らくし良しも　（巻七・一二四七）
我妹子《わぎもこ》と　見つつ偲はむ　沖つ藻の　花咲きたらば　我に告げこそ　（一二四八）
君がため　浮沼《うきぬ》の池の　菱摘むと　我が染めし袖　濡れにけるかも　（一二四九）
妹がため　菅《すが》の実摘みに　行《ゆ》きし我《われ》　山道《やまぢ》に迷《まど》ひ　この日暮らしつ　（一二五〇）
度会《わたらひ》の　大川の辺《へ》の　若久木《わかひさぎ》　我《わ》が久《ひさ》ならば　妹恋《いもこ》ひむかも　（巻十二・三一二七）

我妹子を　夢に見え来と　大和道《やまとぢ》の　渡り瀬ごとに　手向《たむ》けそ我《あ》がする　（三一二八）
桜花《さくらばな》　咲きかも散ると　見るまでに　誰《たれ》かもここに　見えて散り行く　（三一二九）
豊国《とよくに》の　企救《きく》の浜松　ねもころに　なにしか妹に　相言《あひい》ひ始《そ》めけむ　（三一三〇）

早くから指摘されているように、一見して「旅の歌」とは思えない歌が含まれている。伊藤氏は、そのような指摘を顧みることなく、一首一首よりも、四首全体でのつながりを重視して、「原人麻呂歌集に〝羈旅歌〟としてこのようにまとめられていたのであろう」とする。近く、小野寛『万葉集全注十二』も、『釈注』を紹介して「この分け難い一連の歌群を口火としてこの旅の部が出来た。」としている。

右の八首すべては、いわゆる略体歌である。人麻呂歌集の略体歌に、「羈旅歌」あるいはそれに類するような題詞を想定できるのかどうかが問われる。巻七「羈旅作」歌群尾に置かれた四首は論外としても、巻十二「羈旅発思」の冒頭に据えられた四首については、「羈旅発思」という分類方法の典拠もさることながら、人麻呂歌集に「羈旅発思」という題詞が存在したと考えるのかどうかを含めて検討する余地が残されているように思う。

ただ本稿は、「旅の恋歌」という主題であるので、神野志隆光氏が、右の八首の表現を分析した上で、巻九に収められた人麻呂歌集非略体歌の「羈旅歌」の表現と比較して指摘したことを紹介するまでに留めておきたい。

巻九に収められた、人麻呂歌集非略体歌には、

名木河作二首

あぶり干す　人もあれやも　濡れ衣《ぎぬ》を　家には遣らな　旅のしるしに（一六八八）
荒磯辺《ありそへ》に　つきて漕がさね　杏人《ももきね》の　浜を過ぐれば　恋《こひ》しくありなり（一六八九）

名木河作歌三首

衣手の　名木の川辺を　春雨に　我《あれ》立ち濡ると　家思ふらむか（一六九六）
家人《いへびと》の　使ひにあらし　春雨の　避《よ》くれど我《あれ》を　濡らさく思へば（一六九七）
あぶり干す　人もあれやも　家人の　春雨すらを　間使《まつか》ひにする（一六九八）

と、題詞を持つ歌がある。これらの歌は、先に掲げた略体歌八首とは異なって、「家」と「旅」を対比させて表現している。旅の歌のパターンに即していると言ってもよい。

神野志氏は、このことに着目して次のようにまとめている。(4)

人麻呂に即していえば、略体歌と非略体歌との間で、「家」を主題的に浮上させて、「家」「家人」と「旅」・旅なる「吾」との対比の発想を明確にしつつ、歌における旅の主題化をたしかにしていくことが、人麻呂の展開としてあったというべきなのである、それは題詞をもつようになり、そこで旅の歌たることが表示されるようになるということと照応し不可分のもののはずである。

略体歌では、旅の歌が（その主題と領域が）いわばまだ民謡的な相聞の歌のなかに殆ど埋没しているというべきではなかろうか。さらにいえば、さきに見たような濾過をくり返して広がっていく相聞歌の層から脱却して、旅の歌の発想を確保しえている、とはいえないのが、略体歌における旅の歌のありようなのではないか。

これを、本論に都合のいいように流用させれば、旅で詠む歌は、恋人や妻を恋い慕う相聞的な表現よりも、旅の歌のパターンに沿ったものの方が「新しい」ということが言えるのではないだろうか。

ここで、「旅の歌人」と呼ばれる高市黒人の歌が、旅の歌のパターンから外れていることを想起しておきたい。黒人の代表歌とされる、

**旅にして　もの恋しきに　山の下　赤のそほ船　沖へ漕ぎ見ゆ**　（巻三・二七〇）

という歌は、本郷に待つ妻を恋しくうたうのではなく、漠然とした「もの恋し」という感情表現しかないのである。既出の、

**我が船は　比良の湊に　漕ぎ泊てむ　沖辺な離り　さ夜ふけにけり**　（二七四）
**いづくにか　我が宿りせむ　高島の　勝野の原に　この日暮れなば**　（二七五）

といった歌や、越中で伝誦されていたという、

**婦負《めひ》の野の　すすき押しなべ　降る雪に　宿借る今日《けひ》し　悲しく思ほゆ**　（巻十七・四〇一六）

という歌をみても、そこに表現されているものは、妻への恋しさなどではなく、「寂寥感」と呼ばれる漠然とした感懐なのである。そしてそれこそが、ただ単に旅の歌のパターンから外れているということなのではなく、高市黒人が後世の人に「旅の歌人」と呼ばれるに至るほど、新しい表現方法だったということなのではないだろうか。

逆に考えてみると、旅先において本郷に待つ恋人や妻を恋い慕う歌を詠むことは、古くから行われてきたことであり、万葉集の編纂者にとっては、新しく「羇旅歌」という題詞を立てて集めるような歌ではなかったということが言えるのかも知れない。

万葉びとが詠んだ多くの「旅の恋歌」は、万葉集の中では、作者未詳の相聞歌として散りばめられていると考えてよい。

注1　阿蘇瑞枝「万葉集羇旅歌の世界一、二」（『万葉和歌史論考』笠間書院、平成四年）

2　福田嘉樹「巻十一・十二論」（『万葉集講座』第六巻編纂研究篇　春陽堂、昭和八年）

次田真幸「万葉集の作者不明の歌の分類と排列」（『万葉歌人の詩想と表現』明治書院、平成元年）
3　村瀬憲夫「巻十二羈旅部の編纂」（『万葉集編纂の研究』塙書房、平成十四年）
　梶川信行「旅と歌」（古代文学講座5『旅と異郷』勉誠社、平成六年）
4　神野志隆光「羈旅歌覚書―人麻呂歌集をめぐって―」（『日本古代論集』笠間書院、昭和五十五年）

＊使用した万葉集は、新編日本古典全集本（小学館）であるが、巻十二については、『万葉集全注巻第十二』を参照した。

# 恋歌の表現

## ――人目と人言・夢・死と色――

清水　明美

### 一　はじめに

本稿では、恋歌の表現として〈人目《ひとめ》・人言《ひとごと》〉〈夢《いめ》〉〈死《し》〉〈色《いろ》〉などの表現を取り上げる。周知のごとく、『万葉集』には〈恋歌《こひうた》〉という部立はない。しかし、恋の内容を持つ歌は多い。その歌が収められている部立が何であれ、また、男女の間に取り交わされたものでなくとも、恋の表現を持つ歌は存在する。その大部分は「相聞歌《そうもんか》」に編纂されることも周知のことであるが、「相聞歌」に分類されていても、本当に贈答があったか確証が得られない歌もある。すべての歌に、取り交わした双方の歌が残されているわけではないからだ。むしろ片方の側だけが残されていることのほうが多い。恋の歌が、そのやりとりの双方を知らなくても、独立的に享受できることは言うまでもないが、このことを、もう一歩踏み込んで考えたい。

例えば、次のような歌群は、群としてまとめられている故に、かえって理解が難しい歌である。

大伴坂上郎女《おおとものさかのうえいらつめ》歌七首

①言ふことの　恐《かしこ》き国そ　紅《くれなゐ》の　色にな出《い》でそ　思ひ死ぬとも　（巻四・六八三）

②今は我《あ》は　死なむよ我《わ》が背《せ》　生けりとも　我《わ》に寄るべしと　言ふといはなくに　（巻四・六八四）

③人言《ひとごと》を　繁みや君が　二鞘《ふたさや》の　家を隔《へだ》てて　恋ひつつまさむ　（巻四・六八五）

④このころは　千歳《ちとせ》や行きも　過ぎぬると　我《われ》や然思《しかおも》ふ　見まく欲《ほ》りかも　（巻四・六八六）

⑤愛《うつく》しと　我《あ》が思ふ心　早川《はやかは》の　塞《せ》きに塞《せ》くとも　なほや崩《く》えなむ　（巻四・六八七）

⑥青山《あをやま》を　横ぎる雲の　いちしろく　我《われ》と笑《ゑ》まして　人に知らゆな　（巻四・六八八）

⑦海山《うみやま》も　隔たらなくに　何しかも　目言《めこと》をだにも　ここだ乏《とも》しき　（巻四・六八九）

伊藤博[(1)]は、「前半三首はすべて相手に呼びかける歌、後半四首はほとんどみずからの嘆きを述べる独詠歌であるうち、後半三番目の六八八の歌だけが相手に呼びかけ転換の機能を果たしていると読める」と構造を分析する。本稿は、歌群の構造分析をする立場をとらない。そもそも、歌群の一方を相手への呼びかけとし、また一方を独詠歌《どくえいか》と呼ぶのは、構造分析的ではあるが、作歌のあり方も、享受の様相も映していない点で不満が残る。

むしろ、この歌群の内容を読む時、内容的一貫性のなさに注目したい。①では、相手に、たとえ死んでも恋心を見せるなと禁止の要求をし、②では、しかし、私は死んでしまいそうだという。同じく②で、誰も、私に恋の成就を言ってくれないといいつつ、③では、「人言を　繁み」ゆえに逢えないのかと嘆く。②の歌には、別の解釈もあるが、その点は後述する。④・⑤では、逢いたいと願い、耐えられないと嘆きながら、⑥では、笑み交わして人に知られるなと、再び相手に軽率な振る舞いを禁止する。そして、⑦で再び反転して、逢えないことを嘆いている。そのように、この歌群は、歌ごとに反転した内容になっている。しかも、内容が反転しているにも関わらず、①言ふこと—②言ふといはなく—③人言—⑥人—⑦目言、①死—②死、③隔て—⑤塞く、①紅—⑥青、⑥青山—⑦海山と、歌句レベルでの連関がある。いま指摘した歌句の連関が、どこまで有機的な関係を持っているのか不明だが、この二つの条件を重ねると、これらの歌の間には、相手からの返歌があり、その返歌に関係歌句があり、さらにその歌句に関連づけつつ、切り返し的に歌のやりとりをおこなっているのではないかと推定できる。もちろん、作者である坂上郎女が、他の歌々では多彩で活発な交遊関係歌を取り交わしている状況も、この推定を補佐するだろう。坂上郎女歌群は、贈答歌の片側だけが残された結果として、ひとつの群になっている可能性が大きい。

『万葉集』全体に言えることだが、恋のやりとりを残す歌は、恋歌の一部にとどまる。そのことは、歌を取り交わした場合、よほど周到に手控えをしないかぎり、手元に残るのは相手から寄越したほうの歌になるわけだから、むしろ当然である。歌群という考え方は、編纂に利用した資料が、どのようなものであったかという経緯に関わる問題となる。歌が、そのような形であっても残されていくのは、一首を独立歌として読むことが可能だからであるが、それが群としてまとまってしまうと、構造体としては不自然さが露呈してしまう場合がある。そのような『万葉集』の編纂に関わる限界を、残された資料の限界と見る説にも妥当性はある。

ただし、それを歌群の構造として読もうとすると、恋歌が、読まれる直接の契機は無視されるし、また、「我と背（妹）」〈私とあなた〉という恋人同士の二人の世界を無化してしまうような点に不満が残る。

さらに加えれば、『万葉集』に残された現在の歌の姿を、完成された構造物として見る必然性も少ない。そうであったとしても、まとめて残すという、一種、荒っぽい収集作業のあり方を良しとする、享受のあり方があることも認めなくてならない。このような収集という享受のあり方が可能なのは、独立した歌として「恋歌」と理解できるからだ。

『万葉集』を目の前にして、人は恋の歌から何を感じようとするのか。また逆に、恋の歌に何を求めて収集するのか。収集と享受という場面での恋歌は、歌垣《うたがき》などを源流とする掛《か》け合《あ》いの世界とは断絶した所に求められ、歌のことば自体の問題として読み取るしかない。歌の言葉から立ち現れるのが、どのような恋人達の姿であるのか、恋の歌表現を考察するにあたって、本稿では、恋歌の世界を形成する〈歌語《かご》〉という観点から見ていく。

## 二 恋歌における「人」

まず、『万葉集』恋歌において、最も固定的イメージを持ち、歌語としての完成度が高いと思われる

「人言」と、それに近い言葉として使われる「人目」に注目する。両者を同時に言うときは「人目人言」の順で詠まれることが多い。

1　人言を　繁み言痛《こちた》み　逢はざりき　心あるごと　な思ひわが背子《せこ》　（巻四・五三八　高田女王）

2　人言を　繁みと　妹《いも》に逢はずして　心の中《うち》に　恋ふるこのころ　（巻十二・二九四四）

3　人言の　繁きによりて　真小薦《まをごも》の　同《おや》じ枕は　我《わ》はまかじやも　（巻十四・三四六四）

4　人目多み　逢はなくのみそ　心さへ　妹を忘れて　我《わ》が思はなくに　（巻四・七七〇　大伴家持）

5　心には　燃えて思へど　うつせみの　人目を繁み　妹に逢はぬかも　（巻十二・二九三二）

1・2・3の用例は、「人言」三十一例の中から、もっとも典型的な例をあげた。「人言」が「繁」しであることを忌避し、あるいは警戒して逢うことが出来ないと歌うものである。もちろん、逢うことが出来なくても、恋ふ、すなわち逢いたいと思う気持ちが深いことを言うための歌である。4・5にあげたように、「人目」にもほとんど同じ用例が認められる。

これが恋のうわさの、歌表現における一般的な歌いぶりだ。恋人達は「人言」によって引き裂かれることを恐れ、「人目」につくまいとする。ただし、実際のうわさが、いつも恋人達を引き裂くものであったわけではない。森朝男[2]は、これと正反対の例をあげて〈うわさ〉の構造をとく。

ア　今は我《あ》は　死なむよ我《わ》が背《せ》　生けりとも　我《わ》に寄るべしと　言ふといはなくに
（巻四・六八四　坂上郎女）

イ　愛《うつく》しと　我《あ》が思ふ妹は　はやも死なぬか　生けりとも　我《わ》に寄るべしと　人の言はなくに
（巻十一・二三五五）

ウ　あしひきの　山橘《やまたちばな》の　色に出でよ　語らひ継《つ》ぎて　逢《あ》ふこともあらむ
（巻四・六六九　春日王）

森朝男は、これらの歌をあげて、「うわさを恐れるのでなく、むしろそれに期待を掛けている」のであり、このような例が少数ながら確実に存在する点を重視する。アの例（先述の②と同じ）は、「我に寄るべしと言ふ」のが、「我が背」だと解釈し、「あなたは私に寄ると言ってくれない」とする説もあるが、イの歌を参考に、「生きていても、あなたが私に寄るだろうと、世間の人がいうわけではないのだから」と解し、本稿もこの説に首肯する。ウは、表情やしぐさなどを色に出すことによって、世間のうわさとなり、その力によって、二人が逢えることになるだろうと言っている。「語り継ぐ」は、普通、物語や名が世代を超えて伝わることに使われ、〈うわさ〉の意味に使われることはない。「語り継ぐ」には、価値が認められたといった意味がある。この歌で、〈うわさ〉の意味で「人言」が使われないのは、音数の問題というよりも、求めているうわさの質が、「人言」の持つ意味と離れているためではないだろうか。

歌には「人目」や「人言」が、いつも禁忌されるものとして現れる。しかし、それは歌語としての

「人目・人言」の意味であって、実際のうわさは、もっと流動的なものである。

エ　たくづのの　新羅《しらき》の国ゆ　人言を　良《よ》しと聞かして　問ひ放《さ》くる　親族兄弟《うがらはらがら》　なき国に　渡り来
まして……　（巻三・四六〇　坂上郎女）

オ　人言の　讒《よこ》しを聞きて　玉桙《たまほこ》の　道にも逢はじと　言へりし我妹《わぎも》　（巻十二・二八七一）

カ　けだしくも　人の中言《なかごと》　聞かせかも　ここだく待てど　君が来まさぬ　（巻四・六八〇　大伴家持）

エの例は、恋歌ではない。恋の歌ではないがゆえに、通常の「人言」とは異なった使われ方がされている。人のうわさで「良し」と聞いてやってきたと、新羅から渡来した尼の来歴を述べる。「人言」の例としては、禁忌を含まないという意味で唯一の例である。オは、「讒しを聞」いたのであるから、これはうわさの性格を、はっきりと悪いと表現する例である。悪いうわさを聞いたために、道で偶然会うことすらしたくないと、かたくなになった妹の態度への嘆きを詠む。古橋信孝[3]が言うように、わざわざ〈悪いうわさを聞く〉と言うのだから、反対の〈良いうわさ〉も実態としてはあるはずだ。カの「人の中言」は、解釈が難しい。「中傷」の意味[4]ととれば、現代語としてはすっきりするが、古代語として、そこまでの意味が「中言」にあるか疑問である。森朝男の言うように、恋の仲介役をするものの言葉としたほうが、歌句に素直だ。仲介者の言葉は、常に信用できるものではなく、むしろ二人の純粋な交歓を妨げる夾雑物になることもあるわけである。その場合、「人言」に悪意があるかどうかは、実はあまり関係がない。森朝男[5]はまた別の論で、正式な結婚前の男女は、〈善意のうわさ〉をも恐れると指摘し、恋は神婚《しんこん》に重ねられるゆえに、秘技として隠されていなければならないと説明する。したがって、「人の中言」も、恋歌においては、「人言」と同等である。しかし、本来のうわさは流動的であって、いつも二人に敵対するものではない。逆に、恋の仲立ちをしてくれるはずの使者がいう言葉が、二人を引き裂いていくこともある。ただ、歌表現として現われる時、それはいつも、二人と敵対するものとして位置づけられる。まさしく「歌語」としては、そのような意味を持つという事である。それは何故か。

古橋信孝[6]は、恋は、非日常＝神の側のものであるから、恋における「人」と「われ」の対立は、日常と非日常の対立と捉えられるが、その場合、「人」は、「人の側」であるとともに、共同体の幻想として「神の側」であるという二重性を持つという。同じように、多田一臣[7]は「『人目』『人言』には、聖俗の属性が二つながらに備わっていたことになる」と言う。また、斉藤英喜[8]は、

「歌垣」とは、共同体を離れた男女が出逢い、「恋」を成り立たせる場であった。と同時に、その場は、見知らぬ他人の目に晒され、噂にのぼるところでもある。ここにおいて、人目や人言が、恋を破綻させるものでありつつ、しかし、二人の恋の関係を成立させ、深めていく場でもあるという、アンヴィバレンツな位相が確認しえよう。

と説明する。この相反する「人」の位相を、統合的に捉えた論に多田みや子[9]がある。

「人」は「我」が作り出し、時としてその中に入り、また時に「我」を見る存在として現れる。本当は、誰も見てはいない。「人」は「我」の中に知覚として住んでいる。だからこそ、歌に「人」

を持ち出すとき「我」を存在化、表現できたという意識が「我」に芽生えるのである。

多田みや子の論は、「表現として発信する恋愛」のために、「人」が仮構されることを論じる。本稿が意識する「歌語」の問題としての「人目・人言」の構造を説明している。

「人言」に関わる研究史は、松田浩[10]がうまく整理している。恋歌の機能から説明すれば、「人」を〈二人〉の世界と対立させ、他人と対峙する〈二人〉の世界をくくり出す装置として働くのが「人言」の意味になろうし、習俗の問題として説明すれば、「人言」は、神の側から二人に向けられるものでありつつ、人と対峙する二人が神婚を幻想するものでもある。その中間点に「うた」の表現としてあるのが「人言」であるということになる。

本稿は、〈歌語〉としての表現を扱っている。したがって、多田みや子の論を恋歌における「人目・人言」表現の前提とする。万葉の人々は、「我」あるいは「我々二人」を、表現の上に現出させる方法として「人目・人言」を詠むのである。

## 三 人目と人言

以上のような前提を持ちながら、『万葉集』における「人目・人言」の例を、固定化した歌語の問題として、あらためて考えてみよう。歌語の上で、「人目・人言」がどのように扱われているのかそれを確認するためには、贈答・問答の形を確認しておく必要がある。独立歌として読める歌が、実際にどのように理解され、享受されているのかをはかるには、かえって逆に、問答のありかたを見るのが早く確実である。

「人目・人言」の歌は、使いに持たせる恋人への贈歌ともなるが、待つ歌への返歌としても成立する。また、「人目・人言」を忌避する歌には、それを回避するための方法が返歌として提示されることも多い。巻十二の「問答歌《もんどうか》」に配される一群は、万葉恋歌の一典型例として抽出できるだろう。

6 逢はなくは　然《しか》もありなむ　玉梓《たまづさ》の　使ひをだにも　待ちやかねてむ　（巻十二・三一〇三）
7 逢はむとは　千度《ちたび》思へど　あり通《がよ》ふ　人目を多み　恋つつそ居《を》る　（巻十二・三一〇四）
右の二首
8 うつせみの　人目を繁《しげ》み　逢はずして　年の経《へ》ぬれば　生《い》けりともなし　（巻十二・三一〇七）
9 うつせみの　人目繁くは　ぬばたまの　夜《よる》の夢《いめ》にを　継ぎて見えこそ　（巻十二・三一〇八）
右の二首
10 ねもころに　思ふ我妹《わぎも》を　人言《ひとごと》の　繁《しげ》きによりて　淀むころかも　（巻十二・三一〇九）
11 人言《ひとごと》の　繁《しげ》くしあらば　君も我《あれ》も　絶えむと言ひて　逢ひしものかも　（巻十二・三一一〇）
右の二首

6・7の問答は、「(私は) 使いさえも、待ちかねるのでしょうか」という女歌に、人目をはばかるために逢いに行けないと返す歌で、典型的な問答と言える。8のように「人目」が多くて逢えないと嘆く歌に対しては、同じように人に見られ、噂されることを恐れつつも、9のように、夢で会うことによる、いわば代替え案が示されることもある。同じように、人目が多いのならば、夢で会いに来て欲しいと詠む歌は、同じ巻十二・二九五八番歌などにもある。この場合「人言」や「人目」は、忌避されるものであるという認識はどの歌でも一致している。〈人に見られること〉〈人のうわさ〉になることは、恋する二人にとっての禁忌《きんき》であるという共通基盤があってこそ、次の段階として、「夢」の世界を仮構する歌表現が引き寄せられてくる。「夢」か、あるいはまた別の世界か、(11) この世ならぬ世界への逃避が幻想されるのが、恋歌表現における「人目」「人言」の行き着く先である。

**キ　人言《ひとごと》を　繁《しげ》み言痛《こちた》み　己《おの》が世に　いまだ渡らぬ　朝川《あさかわ》渡る**　（巻二・一一六　但馬皇女）

例えば、この但馬皇女《たじまのひめみこ》歌は、「朝川渡る」が何を意味するのかわからない。「朝川渡る」ことによって「人言を繁み」状態が、どのように回避されるのかわからないからである。「己が世に　いまだ渡らぬ」は、「今まで渡ったことのない」と解せるが、それを受ける「朝川渡る」が、女の身で、決断をし行為すると詠む意味と考えるところまでは諸注一致する。「朝川」は、暗闇にまぎれての行動(12)ととるか、「人言」を恐れるのをやめ、朝の明るさの中での行動(13)と取るか、説の分かれるところである。すなわち「朝川」が何を寓意するのか、はかりかねるのである。

ここは、「人言を繁み　言痛み」が、この世ならぬ世界での逢瀬を幻想させる装置として働くということを念頭に置いて、再解釈をとどめるべきではないだろうか。これは現代人にとって難解であるから、そうすべきであるという意味ではなく、但馬皇女の悲恋物語が語り継がれる段階においてもそうであったのではないかという意味である。もちろん、「己が世に　いまだ渡らぬ」も、他に類例のない強い決心を示す。しかし、その第四句までは、詞章を追うことによって論理的に了解できる解釈である。そして問題の第五句に歌は流れ込んでいく。「朝川渡る」は、集中二例、もう一例は、次の世代と言える坂上郎女が使うもので、「朝川渡る」を、「尼理《あまり》願挽歌《がんばんか》（巻四・四六〇）」において、「死」の隠喩として用いている。ただし、これは「朝川渡る」が、彼岸を幻想させる力を持つことの例にはなるが、「朝川渡る」は、いつも〈死〉だけを髣髴させるという保証にはならない。『万葉集』では、〈人言が激しいので死んでしまいたい〉と詠む歌はない。後述するが、「恋」そのものが「死」をもたらすものであったとしても、「人言」が「死」の理由になることはないのである。とすれば、「夢」と同等に、現実を乗り越えようとする歌であるのは確実であるから、「朝川」の彼岸には、「うつつ」ならぬ彼岸が幻想されるという解釈にとどめるべきなのだ。

　但馬皇女歌がいつも万葉名歌の一つとしてあげられるのは、実は「朝川渡る」が、「死」よりも「夢」よりも、固定的でない彼岸を幻想させるからである。その前提として、「人言」の強い禁忌性という、共通理解がある。もちろん、この歌は、悲恋物語とセットで享受されるべきものであったろうから、「人言」を避けなければならない理由も、物語上は明白ではある。その物語の上に、「人言」に対する共通理解があり、「己が世に　いまだ渡らぬ」という明白で強い表現があり、そこに「朝川渡る」の幻想が全体を覆う。「人言を　繁み言痛み」の当然さと、「朝川渡る」の非凡さ、いいかえれば固定的な像を結ばないままで隠喩として成立しうる、その組み合わせがこの歌の本領である。注目しておきたいのは、「人言」に対する、共通理解がなければ、「朝川渡る」の非凡さは、隠喩として機能できないことである。隠喩がいま以上に拡散してしまうからである。「人言」を忌避する恋人達は、この世ならぬ彼岸を幻想するのだという前提があってこそ、「朝川渡る」の隠喩が、享受者に美しく幻想されるのである。

先に示した問答歌の例に戻ろう。7・8・10などは、「人言の　繁」きことが詠まれる典型例だが、同じような歌に対して11では、一風変わった切り返しを行う。人言を理由に「逢いたいが出かけられずに居る」という男の歌に、女が「人言が激しい時には別れようと約束して逢ったのか」と嘆く歌と解される。「かも」が詠嘆と解されるが、その詠みぶりが、かえって「人言繁み」を男の方便に過ぎないと喝破し、糾弾するかのような詠みぶりになっている点、目をひく。正面から、相手の言うことに異を唱える点では、恋歌としての要素よりも、むしろ問答としての掛け合い的意味合いが強く感じられる。が、それはそれとしてこの歌の場合、「人目」「人言」が禁忌であることを前提としつつ、それを、「人目・人言」を恐れ回避しようとする心と、我の恋心の対立を描くことこそ、「我」の「恋」との関係を際だたせる手段である。この歌では、相手を非難しているというよりも、「人言」に臆されない「我」をより強く表現した事になる。それが詠嘆という形に表われている。

恋の相手との対峙する形で詠まれれば、問答の色彩が色濃く出るのは当然だ。しかしこの時に、男女の対立とだけ読んで、そこにとどまってしまうと、恋を詠むという「恋歌」の原理的説明は出来なくなるのではないか。伝達手段であることを一時的に捨てて、「私はどのような恋をしているのか」、あるいは「私達がどのような恋人であるのか」を描くのが恋歌とするならば、「人目・人言」を含む「人」は、「我」をくくり出す装置として機能するという意味で重要な歌語であった。「我」あるいは「我々」が、「人目」「人言」とどのように対峙するのかを見ていくことが、「どのような恋を描くのか」という恋歌表現の問題に深く関わることに注意しておきたい。

今は、問答歌を例にしたので、相手との対立の中で描き出された恋の問題となることも多かったが、「我」を詠むためには、「我」の中での葛藤、「人目・人言」とどのように関わるかについて、むしろ考えられなければならない。

次に、「我」中に起こる葛藤をとおして「人目・人言」を考えるために、〈夢〉や〈死〉〈色〉にかかわる表現を取り上げたい。

## 四 「夢」

『万葉集』における「夢《いめ》」は、恋歌に多く使われるが、恋歌に限って使われているわけではない。早くに西郷信綱[14]が、「夢」が「うつつ」と区別されない、もうひとつの「うつつ」である古代的感覚を指摘している。恋歌においては、むしろ〈夢占《いめうら》〉の観念が優先されて表現される。『万葉集』には、「夢にし見ゆる」という定型句がある。

12 真野《まの》の浦の　淀《よど》の継橋《つぎはし》　心ゆも　思へや妹《いも》が　夢《いめ》にし見ゆる　（巻四・四九〇　吹茨刀自）
13 わが思《おも》ひを　人に知るれや　玉《たま》くしげ　開《ひら》き明《あ》けつと　夢《いめ》にし見ゆる　（巻四・五九一　笠女郎）
14 間《あひだ》なく　恋ふれにかあらむ　草《くさ》まくら　旅なる君が　夢《いめ》にし見ゆる　（巻四・六二一　佐伯東人妻）
15 網児《あご》の山　五百重《いほへ》隠《かく》せる　佐堤《さで》の崎　小網《さで》延《は》へし子が　夢《いめ》にし見ゆる　（巻四・六六二　市原王）
16 み空行く　月の光に　ただ一目《ひとめ》　相見し人の　夢《いめ》にし見ゆる　（巻四・七一〇　安都扉娘子）

「夢に見ゆる」の例を、巻四から抽出した。13だけが「夢占」を直接詠んでいる。まずは「夢にし見ゆる」ものが「人に知られたのか」という現実を予見させ、それを恐れる態度を見せる。この歌は二十四首の歌群の中にあり、直前の歌には「わが名告らすな」とあるから、内容として続いている。12・14・16に端的なように「夢であなたが見えた」と詠むことは、私の思いが深いという現実の証左となる。「夢」は、〈夢占《いめうら》〉を基軸に持ち、「夢にし見ゆる」は神意を詠むことである。同時に、「夢の逢い」は、「神の側」で逢ったという幻想が重ねられていることでもある。「夢にし見ゆる」と歌い収めて終息する歌は、恋が達成されたことを示すと言え、その意味では、「夢」と「うつつ」は同等である。

しかし、それは決して同じではない。万葉集の「夢」は〈夢解《いめと》き〉をも要求するからである。先に、「我」の思いの深さを言う歌として12・14・16を挙げたが、一方、「夢に見える」と詠むことは、古代的な意味には「あなたの恋が深いから私が夢に見た」とする考え方があったという。

17　夜昼《よるひる》と　いふわき知らず　我《あ》が恋ふる　心はけだし　夢《いめ》に見えきや　（巻四・七一六　大伴家持）

18　朝髪《あさかみ》の　思ひ乱れて　かくばかり　なねが恋ふれそ　夢《いめ》に見えける　（巻四・七二四　坂上郎女）

このように、少数派だが、夢を見たのは相手が恋をしているのだという例がないでもない。夢を見るのは、「私の思いが深いからだ」とする説明と、「あなたが恋に苦しむからだ」とする説明が、同時並行的に、『万葉集』のなかにあるのは間違いない。「あなたが恋に苦しむからだ」という歌が、少数派なのは、恋歌の内容に適合しにくいからだろう。18の例も、恋歌であることは間違いないが、同性同士のしかも、母から子への起居《ききょ》を問う挨拶歌である。ただし、「夢で逢いに来て欲しい」と詠むものは多いので、「相手が深く恋してくれていれば夢に見える」という考え方があることは確かだろう。相反する二つの意味があるのは、万葉恋歌の「夢」が、〈夢占〉の解釈であるからだ。夢が現実を占うものであるという論理を経て、恋歌における「夢」と「現《うつつ》」は等価のものとなるのである。そうであるから、恋歌において「現《うつつ》」と「夢」が比較されるとき、「夢にだに」と、その段階は明確に分けられる。

19　現《うつつ》には　更《さら》にもえ言はじ　夢《いめ》にだに　妹が手本《たもと》を　まき寝《ぬ》とし見ば　（巻四・七八四　大伴家持）

20　現《うつつ》には　逢ふよしもなし　夢《いめ》にだに　間《ま》なく見え君　恋に死ぬべし　（巻十一・二五四四）

21 現《うつつ》には　直《ただ》には逢はず　夢《いめ》にだに　逢ふと見えこそ　我《あ》が恋ふらくに
（巻十二・二八五〇）

先に挙げた9でも、「人目繁し」現実は、「夢」によって回避されようとする。20では、「逢ふよし」のないことと、「死ぬ」ことを二つながら回避するための策が「夢」であった。いわば代償行為として「夢」は描かれていく。人目を避けるため、そして「わが恋」を終熄させるために、「夢」が提案される例は他にもある。

22 人の見て　言咎《ことどが》めせぬ　夢《いめ》にだに　止《や》まず見えこそ　我《あ》が恋止《や》まむ
或る本の歌の頭《かみ》に云く、「人目多み　直《ただ》には逢はず」
（巻十二・二九五八）

この「夢」と「現《うつつ》」の段差の先にあるものが、以下のような覚醒である。

23 夢《いめ》の逢ひは　苦しかりけり　おどろきて　掻《か》き探《さぐ》れども　手にも触れねば
（巻四・七四一　大伴家持）

24 現《うつつ》にも　今も見てしか　夢《いめ》のみに　手本《たもと》まき寝《ぬ》と　見れば苦しも
或る本の歌の発句《はっく》に云《い》く、「我妹子《わぎもこ》を」
（巻十二・二八八〇）

25 愛《うつく》しと　思ふ我妹《わぎも》を　夢《いめ》に見て　起きて探るに　なきがさぶしさ
（巻十二・二九一四）

23・25は、『遊仙窟《ゆうせんくつ》』「少時《しはらくありて》坐睡《いなからまとろして》。即夢ニ見ツ十娘。驚キ覚メテ攬《かひさぐるに》レ之ヲ。忽然ト空セリレ手ヲ。心ノ中悵快ト、復夕何ソ可キレ論《あげつらふ》。余カリ因テ詠テ曰、夢ノ中ニ疑ニヒツ是レ實《まことかと》一。覺メテ後ニ忽ニ非スレ眞ニ」[15]からの翻訳とされているが、外国文学の流入が、即日本人の意識を変革したわけではなく、もとからの表現論理を半歩すすめたものが、この「夢の逢ひ」に対する否定だろう。内田賢徳[16]は、夢に関わる表現を整理し「現の否定とその代償という断絶において現実と関わる夢という把握」があり、やがて「観念的な在り方へと移って行く」と、夢の歌の流れを説明する。

恋歌にとって「夢」という歌語は、幾層かの段階ごとに現れるものであったが、「現《うつつ》」とは断絶しているが故に、「人言」という社会の回避を可能にする方法であった。もちろん〈夢占〉を基軸としているが故に、〈神婚〉を幻想させるものでもあるのだが、〈神婚〉とは、〈秘する恋〉だから、「人」という社会と対峙するものである。「恋」は「夢」の世界で〈神婚〉と重ねられ、〈神婚〉と重ねられるが故に、「人目・人言」という社会と対峙しなければならなかった。そこでふたたび「夢（神の世界）」での逢いが求められるのである。両者は、パラレルな関係にあり、そのどちらもが、歌の表現として立ち現れてくる。

## 五　「死」と「色に出づ」

前章で取り上げた「夢」という世界に対し、「死」はもっとも究極の意味で「現《うつつ》」と断絶した彼岸であるのは当然のことだ。に見てきたように、「死」という歌語は、物語歌の数例と「尼理願挽歌《あまりがんばんか》（巻四・四六〇）」の例をのぞけば、すべて恋歌における用例である。森朝男(17)は、『万葉集』の「恋」と「死」は、記紀物語での概念を継承し、呼応関係を示すと言う。さらに大津皇子《おおつのみこ》関係歌や「泣血哀慟歌《きゅうけつあいどうか》（巻一・二〇七〜二一六）」をはじめとする個々の歌の位置にも、「悲恋と死の文芸の伝統」を読み取る。また、「うわさ」に関わる歌に関して森朝男は、以下のように説明する。

恋は一人の内心または二人の関係を社会全体と対決させることだから、その対決は続ける限り死に接近していくほかにない。こういいかえてもよい。恋は反社会的行為であり、すなわち犯しである、と。……（中略）……

恋は、突き進めば社会の指弾を浴び、諦めれば募る恋情に苦しまねばならない。どちらを選んでも死が待つ。恋は、進むも退くも遂に死に至るほかにない情熱なのである。

この説明で、恋と死との関係はほぼ尽くされていると考えるが、用例をもとに、二・三付け加える。

そもそも、「恋死」とは、どういうことであったろうか。森淳司(18)によれば、「恋死」の用例は、天平初旬から、十数年の間に集中的に用例が見られ、近畿民謡圏や中下級官人の歌にもおおく、世間に広く、しかも集中して流行した表現であるという。巻の偏りは、どの歌句より鮮明で、確かに天平以降に流行した気配がある。

Ⅰ　恋にもそ　人は死にする　水無瀬川《みなせがは》　下《した》ゆ我《あれ》痩《や》す　月に日に異《け》に　（巻四・五九八　笠女郎）

II　よそ目にも　君が姿を　見てばこそ　我《あ》が恋止《や》まめ　命死なずは　一に云ふ、「命に向ふ我が恋止まめ」（巻十二・二八八三）

森淳司も、これらの例をあげて「命と恋は対応する」と説明する。そのように見れば、伝説歌に登場する伝説の娘子たちが、何故入水しなければならなかったのかも納得できる。恋に埋没していくことは死に至る危機だが、また一方で、ことが表面化し、社会の中に暴かれた時にも、死が待ち受けているのであった。したがって、そのどちらともを回避しなければならない。もちろん、そんなことは不可能だ。現実的な婚姻形態を言うのではない。正式に披露される婚姻以前の「恋」は、そのようなものとして幻想される。そのことこそが「恋」であるということである。「恋がやむ」のは、相手に逢っている間だけであり、離れてある二人は、いつも命の危機を幻想する。そのように表出されるのが、「恋死」なのである。

二人の森に論じられた恋を、総論すれば、「命に対応する恋は、もう一方で社会とも対決する。それは、「我」と「我々」が社会と対決することであり、命（死）と対決することであった」とまとめることができる。その狭間で、「我」と「我々」は、あるいは、「私とあなた」とは、どのように表出しうるだろうか。

いささか直接的すぎるが、ここで「色に出づ」ことを取り上げる。恋歌において「色に出づ」とは、顔色だけではなく、袖を振るなどのしぐさを含め、心が表に現れることを言う。単に「色」の用例ならば、相手の、もしくは我の心のあり方を色にたとえることもある。その場合、色は「赤」で表されることが多く、または「白」で表象される。(19)

III　山吹の　にほへる妹《いも》が　はねず色の　赤裳《あかも》の姿　夢《いめ》に見えつつ　（巻十一・二七八六）

森朝男は、「穂に出づ」「にほふ」も関連語とし、思いがうすれることが「うつろふ」のも、「恋することが色づくこと」であるから、「歌ことばの世界では、かく恋は徹底して〈色〉なのである。」と説明している。以下、「色に出る」と詠む歌の例を挙げる。先にウとして、春日王の「色に出でよ」という歌（巻四・六六九）をあげたが、色に出せ、あるいは出したいと詠むうたは、ウが唯一の例である。

IV　臥《こ》いまろび　恋ひは死ぬとも　いちしろく　色には出《い》でじ　朝顔が花　（巻十・二二七四）

V　色に出でて　恋ひば人見て　知りぬべし　心の中《うち》の　隠《こも》り妻《づま》はも　（巻十一・二五六六）

VI　あしひきの　山橘《やまたちばな》の　色に出でて　我《あ》は恋ひなむを　逢ひ難《かた》くすな　（巻十二・二七六七）

VII　隠《こも》りには　恋ひて死ぬとも　み園生《そのふ》の　韓藍《からあゐ》の花の　色に出でめやも　（巻十二・二七八四）

VIII　暁《あかとき》の　朝霧隠《あさぎりごも》り　かへらばに　なにしか恋の　色に出でにける　（巻十二・三〇三五）

IX　恋しけば　袖も振らむを　武蔵野《むざしの》の　うけらが花の　色に出《づ》なゆめ　（巻十四・三三七六）

冒頭①における坂上郎女の例（巻四・六八三）もそうであったが、Ⅸのように「色に出す」ことを禁止する歌もある。森朝男は、これが女歌であることを重く見て、神婚が幻想され「隠り処《こもりどころ》」の内にある巫女の姿にある〈恋〉の原型を指摘する。

Ⅴ・Ⅷは、淡々と詠んでいるように見える。Ⅴ「色に出せば、人が知るであろう、心の中に秘めた隠り妻よ」、Ⅷ「夜明けの霧に隠していたのに、かえって、どうして色にでてしまったのだろう」。当然のこととして抑圧された恋心は、いつの間にか外へ出ようとし、外へ漏れ出てしまうのだ。であるから、Ⅶ「たとえ恋死にすることになっても、はっきりと色には出すまい」とくり返し誓われる。

しかし、恋自体が、色づくことだと認識される、このような表現性からは、前提的に「色に出て」しまうものが恋であることがわかる。かくて〈人に知られてはならない恋〉は、色として認識されて「色に出」てしまう。外に出ようとするものを抑圧するという方法で隠された恋は、人の命を死に至らしめる。そのせめぎ合いが表現を成り立たせている。そしてついに「色に出て」しまった時に、Ⅵには、第五句で異同があり、「逢ひ難くすな」を「人目難みすな」とするものもある。もし「人目難みすな」であるとしても、「人目を恐れるな」と呼びかける男歌である。これと同等のものとして、春日王のウ「色に出でよ」もあったろう。「隠り妻」である女歌が「色に出るな」と禁止することの裏返しとして、「色に出でよ」と歌う男歌となる。「逢ひ難みすな」であっても、いささか弱くはなるものの、「逢うことを恐れるな」とは、要するに人目を忍ぶことを否定することにつながっていくだろう。これは、男女のせめぎ合いと言ってもよい。

恋歌の本質は、案外このようなところにある。『万葉集』の恋歌は、「相聞歌」であり「問答歌」であることが多い。そのように、伝達の機能を持っていることが、かえって恋歌の表現の問題を不分明にしている。もう一度Ⅳの歌を見てみよう。「色には出でじ」と、本当に思っているならば、歌などに残すことも、ましてそれを相手に渡すことも慎むべき行為である。それを歌にしなければならないのは、どうしてなのか。まさに「我」の中におこる抑圧とのせめぎあいを表出することそのものが恋歌の目的なのである。

そのせめぎ合いの表現こそ、「我」と「我々」を表現し、「恋」を表現することにほかならない。

## 六 むすび

『万葉集』の恋歌表現は、定型的なものが多い。その定型の中に、いくつかのパターンがあるように見える。しかしパターン分析からは、古代の論理性が見えてこないことがある。そして必ず「例外」が発生してしまうことも大きな欠点となる。「歌語」という観点から見たとき、歌のことばが持つ論理性に気づくことが出来る。さらに、恋歌という『万葉集』にはないジャンルを設定することで、歌を機能からではなく、目的から説明出来るのではないかと考えた。

同一歌語を見ていくと、一見正反対の内容を持つ例が、それぞれ、まとまった数の類歌を持っている。二種の内容は、無関係の解釈がそれぞれの都合によって群をなしている訳ではない。同じ論理を経て、パラレルな関係としてせめぎ合っているのである。ある時は「我」の中でおこる抑圧を表現し、表現するという行為自体が抑圧から離れる行為であり、また、男女が、それぞれの役割を担って相手を抑圧しつつ、抑圧から解放していく、あるいは解放されていく、その過程を描くのである。

「恋歌」の表現は、究極のところ「我」を表現しようとする。それは「孤悲《こひ》」と表記されることもある「恋」の宿命的側面でもある。その「我」は、どのようにして表現することが可能かという問題設定があると仮定すれば、それは「我」の中で対立する葛藤を描くことになる。だから、歌の内容は、行為に反することがある。例えば「色に出すまい」と詠まれれば、その「歌を詠む」という行為は、内容に反するのである。また男女は、「恋」をはさんで対立しながら、「人」という社会と対峙することによって幾層ものせめぎ合いが発生していく。そのせめぎ合いを歌にすることが、表現行為である。以上の事柄を、恋歌の代表的歌語である「人目・人言」「夢」「死」「色」を使って述べた。

注1　伊藤博『萬葉集釈注』（一九九六年二月　集英社）

2　森朝男「恋のうわさ」『恋と禁忌の古代文芸史—日本文芸における美の起源』（二〇〇二年十一月　若草書房　初出『犬養孝博士米寿記念論集　萬葉の風土・文学』一九九五年　塙書房）

3　古橋信孝『万葉集を読みなおす　神謡から〝うた〟へ』（一九八五年一月　NHKブックス）

4　中西進『万葉集』講談社文庫　など、多くの注釈書が「中傷」と解する。

5　森朝男「古代社会における恋愛と結婚」『古代和歌の成立』（一九九三年五月　勉誠社　初出は『ことばの古代生活誌』一九八九年　河出書房新社）

6　注（3）におなじ

7　多田一臣「隠り妻と人妻と」（『万葉歌の表現』一九九一年七月　明治書院　初出は『国語と国文学63-11』）

8　斉藤英喜「人目・人言と歌垣―万葉相聞歌論のために―」（『森淳司博士古稀記念論集　萬葉の課題』一九九五年二月　翰林書房）

9　多田みや子「万葉集・恋歌における『人』の意味」（『古代文学の諸相』二〇〇六年一月　翰林書房　初出は『上代文学』76）

10　松田浩「万葉の『人言』―尼理願挽歌を起点として―」（『日本文学』647　二〇〇七年五月）

11　ここで「神婚」を幻想することを考慮すれば、「神の世界」ということになろうが、今は、万葉の表現を問題とするので、曖昧なままとどめた。

12　澤瀉久孝『萬葉集注釋　巻第二』（一九五八年四月など）

13　稲岡耕二『萬葉集全注　巻第二』（一九八五年四月など）なお「朝川渡る」の研究史は、この本に詳しい。

14　西郷信綱『古代人と夢』（一九七二年五月　平凡社）

15　本文は、『江戸初期無刊記本　遊仙窟本文と索引』蔵中進編（和泉書院　一九九五年四月）によった

16　内田賢徳「『見る・見ゆ』と『思ふ・思ほゆ』―『萬葉集』におけるその相関―」（『萬葉』115　一九八三年十月）

17　森朝男「恋のうわさ」『恋と禁忌の古代文芸史―日本文芸における美の起源』（二〇〇二年十一月　若草

書房　初出は『万葉史を問う』美君志会編一九九九年　新典社）

18　森淳司「万葉の相聞―「恋死」をめぐって―」（『万葉集相聞の世界　恋ひて死ぬとも』一九九七年　雄山閣出版）

19　この点については、森朝男「色に出づ」『古代和歌と祝祭』（一九八八年五月　有精堂）に詳しい。ほかに森朝男「いろ」『古代語を読む』（一九八八年一月　桜楓社）がある。

＊萬葉集本文は、『新日本古典文学大系　萬葉集』岩波書店を用いたが、適宜、表記を改めたところがある。

# 歌垣をめぐって

岡部隆志

## 一 日本の歌垣と中国少数民族の歌垣

万葉集の背景となる七・八世紀の時代、男女が恋愛や結婚を目的に歌を掛け合う歌垣が日本の各地で行われていたのはほぼ間違いないと思われる。ただ、歌垣の具体的な様相についてはよくわからない。筑波山の歌垣をレポートしたような高橋虫麻呂の歌（巻九・一七五九）があるが、だいたいの様子は摑めるとしても、詳しくはわからない。

万葉の相聞歌の中には歌垣を踏まえているのではないかと言われている歌がある。あるいは、相聞歌そのものの発生を歌垣から説明しようとする論も多い。むろん、実際の歌垣で掛け合われていた歌が、そのまま万葉の歌になったというものでないことは共通した理解であるにしても、その影響関係を論じる時、歌垣の歌がそのまま記録されたというレベルから、歌垣的な文化を背景にしているといった程度にまで、影響云々の論じ方の幅は広い。

確かに歌垣文化は日本の古代社会にあった。その歌文化と文字で書かれた万葉集という歌集の中の歌とのつながりや断絶をどのように論じたらいいのか、実は、そのもっとも肝心な点が、歌垣について論じて行くときの大きな課題になっている。

その理由の一つはなんと言っても、日本の歌垣の実態がよくわからないからである。歌垣の研究者はだから実態を出来るだけ明らかにしようと、掛け合いの要素が残る各地の民謡や祭り等を参考にしながら論じてきた。また、中国西南の少数民族に歌の掛け合い文化の在ることが知られるようになり、日本の歌垣を論じる際には少数民族の歌の掛け合いを参考とすることが多くなってきた。しかし、日本各地の民謡や祭りでの歌の掛け合いはあるとしても数が少なく、そこから歌垣の実態を再構成するほど内容や規模において充分なものではなかった。

中国西南地域の歌垣文化については中尾佐助の提唱した照葉樹林文化論以来、アジアの共通文化として注目されてきたが、概要が紹介されるのみで、その詳細の実態となるとなかなか明らかにはならなかった。中国の少数民族は、二十年前は未開放地域や貧困地域にあり政治的な力が働いて調査が困難であったということもあった。

筆者は、一九九七年から中国雲南省を中心に少数民族特に白族の歌垣文化を調査しているが、ここ十年ほど、少数民族の歌垣調査はかなり進展してきた。中国の改革開放政策が少数民族居住地域にまで及び、歌垣調査がしやすくなってきたのと、日本の側の歌垣研究者に少数民族の歌垣文化の実態を詳細に調査記録しようという機運が高まり、またビデオ等の撮影機器が小型化し調査記録が容易になってきたという事情がある。

中国西南地域に居住する幾つかの少数民族で行われている歌の掛け合いを中国では「対歌」というが、その実態を調査するにつれ、日本の歌垣を再構成するのにふさわしいモデルになることがわかってきた。従って、本稿では、中国西南の少数民族の「対歌」文化を一つのモデルにしながら、日本の歌垣を考察していくという方法を取りたい。現在、その方法が日本の歌垣の実態を明らかにするもっとも確かな方法だと思うからである。

本稿では中国の少数民族文化の「対歌」を「歌垣」と呼ぶことにする。従って、本稿で扱う歌垣文化は、アジア的な歌の掛け合い文化という視野を含むものでもある。むろんそのことは中国西南地域の少数民族による歌垣文化が日本のそれと同じだということではない。アジア的な視点から見ればそこには共通項があり、その起源においてどこかにつながりのあることは確かであろう。それはそれで別個に研究されるべき重要な課題であるが、ここでは、あくまで、歌というより本質的な問題を扱いたい。歌垣の歌も万葉集の歌も同じ歌であるという視点に立ちたいということである。さらに言えば、中国少数民族の歌も、日本の歌垣の歌も万葉集の歌も同じであるという視点である。

いたずらに歌の概念を広げていくということではなく、歌を掛け合う時の〝歌〟において、歌というものの本質的なあり方にまで視野が及べば、歌の内面の問題として、歌の比較は充実したものになろうと思うからである。

## ◆二 白族の歌垣

日本の歌垣について論じる前に、白族の歌垣の概要を述べておこう。中国雲南省に居住する少数民族、白族が豊かな歌垣文化を持っていることは、工藤隆の報告によって知られるようになり、筆者も工藤隆と共に調査に加わり、その成果として『中国少数民族歌垣調査全記録1998』が出版された。その後、工藤隆『雲南省ペー族　歌垣と日本古代文学』、岡部隆志「続る歌掛け」等の、長時間にわたる掛け合いの記録とその翻訳資料の刊行によって、白族の歌垣については、同じように歌垣文化を持つ他の少数民族よりかなり詳しく知られるようになってきた。

歌垣を盛んに行っている地域では、歌を掛け合う歌垣行事は、かなり広範な地域から人々の集まる大規模なものから、近くの十二、三の村の人たちの集まる小規模のものまで幾つかある。歌垣には、現在では主に歌を楽しみに来る者がほとんどで、既婚者が多い。だが、中には、恋愛の相手や結婚の相手を探す目的で参加する未婚の男女もいる。歌の掛け合いは、知らぬ者同士が最初から互いが恋愛関係にあることもしくはそうなっていくことを前提に歌うのである。いわば、歌の上で恋愛を演じるのであるが、当然、その掛け合いが続いて、その恋愛が本当の恋愛になるということもあり得るというわけである。

歌は白語によって歌われ、八句で一首。八句の音数の基本形は、七七七五・七七七五で、一、二、四、六、八句の最後の音を同じくし（韻）、メロディーは一句と二句の組み合わせを一塊りにした定型の旋律があり、それを四回繰り返す。ひとつの歌の長さはだいたい三十秒から四十秒程度である。

歌を掛け合う白族の男女

歌の内容は即興であるが、ある決まったパターンがあり、その決まりの中で、洗練された言葉、例えば、詩的な比喩を用いて歌うのがうまい歌い手ということになる。男女のどちらかが歌いかけ、互いに気に入れば歌の掛け合いが続くことになるが、今まで見た掛け合いの長さは、平均一時間から二時間といったところであった。長いもので六時間という掛け合いが記録されている（工藤隆『雲南省ペー族　歌垣と日本古代文学』）。一晩続いた例などもあるという。勝ち負けという考え方はあるようで、歌い続けられなくなったら負けになる。ただし、ほとんどは、どちらかが歌い疲れ、自然に別れていくというのが多い。男女はそれぞれグループ同士で来る場合が多く、その中の一人が歌を掛け合い、連れはその歌の掛け合いをじっと聞いている。

以上がだいたいの概要であるが、白族の歌垣が興味深いのは、歌垣の基本的な定義とも言える、恋愛や結婚を目的にした男女の歌の掛け合いがそのまま確認できることにある。その意味で、白族の歌垣では、時には、歌の掛け合いが男女の間の駆け引きや闘いといった性格を帯びて真剣なものになる。この白族の歌垣が、古来の伝統をそのままの形で継承しているものなのかどうかは今後の研究を待たなければならないが、古代社会の歌垣であっても男女が恋愛や結婚を目的に歌を掛け合うとしたらこんな風に歌い合うはずだ、という合理的な推測は成り立つはずであり、少なくとも、現在の白族の歌垣はその推測に耐えうる要素を抱えたものである。その意味で、日本の古代の歌垣を考える上でも貴重なモデルと言える。

## ◆三◆ 歌垣の実態

日本の歌垣資料からはいったい歌垣の実態はどのように見えてくるだろうか。白族の歌垣を参考にしながら、歌垣の実態を考えてみる。まずは、日本の歌垣の主な資料をあげてみよう。

A常陸国風土記・筑波郡
それ筑波岳《つくはやま》は、高く雲に秀《ひい》で、最頂《いただき》は西の峯崢《みねさか》しく嶸《たか》く、雄《を》の神と謂ひて登らしめず。唯、東の峯は四方磐石《よもいはほ》にて、昇り降りは峡《けは》しく屹《そばだ》てるも、其の側に泉流れて冬も夏も絶えず。坂より東の諸国の男女、春の花の開くるとき、秋の葉の黄づる節、相携《たづさ》ひ駢闐《つらな》り、飲食《をしもの》を持ち来て、騎《うま》にも歩《かち》にも登臨《のぼ》り、遊楽《たの》しみ栖遅《あそ》ぶ。其の唱にいはく。

筑波嶺に　逢はむと　いひし子は　誰が言聞けば　神嶺《かみね》　あすばけむ

筑波嶺に　廬《いほ》りて　妻なしに　我が寝む夜ろは　早やも　明けぬかも

詠へる歌甚多くして載車《のす》るに勝《た》へず。俗《くにひと》の諺にいはく、筑波峯の会《つどひ》に娉《つまどひ》の財《たから》を得ざれば、児女《むすめ》とせずといへり。

B常陸国風土記・香島郡
古《いにしへ》、年少き僮子《うなゐ》ありき（俗《くにひと》、加味乃乎止古《かみのをとこ》、加味乃乎止売《かみのをとめ》といふ）。男を那賀《なか》の寒田《さむた》の郎子《いらつこ》といひ、女を海上《うなかみ》の安是《あぜ》の嬢子《いらつめ》となづく。ともに、形容端正《かたちきらきら》しく、郷里《むらざと》に光華《かがや》けり。名聲《な》を相聞きて、望念《ねがひ》を同存《おなじ》くし、自愛《つつし》む心滅《うせ》ぬ。月を経、日を累ねて嬥歌《うたがき》の會《つどひ》（俗《くにひと》、宇太我岐《うたがき》といひ、又、加我毘《かがひ》といふ）邂逅《たまさか》に相遇《あひあ》へり。時に、郎子歌ひけらく

いやぜるの　安是《あぜ》の小松に　木綿《ゆふ》垂《し》でて　吾を振り見ゆも　安是《あぜ》小島はも

嬢子、報へ歌ひけらく

潮《うしを》には　立たむと言へど　汝夫《なせ》の子が　八十島隠り　吾を見さ走り

便ち、相語らまく欲ひ、人の知らむことを恐りて、遊《うたがき》の場《には》より避け、松の下に隠りて、手携はり、膝を役《つら》ね、懐を述べ、憤りを吐く、（略）偏へに語らひの甘き味に沈《おぼ》れ、頓《ひたぶる》に夜の開けむことを忘る。俄かにして、鶏鳴き、狗吠えて、天暁《そらあ》け日明かなり。ここに、僮子等、為むすべを知らず、遂に人の見むことを愧《は》ぢて、松の樹と化成《な》れり。郎子を奈美松《なみまつ》と謂ひ、嬢子を古津松《こつまつ》と称ふ。

C摂津国風土記逸文

摂津の国の風土記に曰く、雄伴《をとも》の郡、波比具利岡《はひぐりおか》。此の岡の西に歌垣山あり。昔者《むかし》、男も女も、此の上に集ひ登りて、常に歌垣を為しき。因りて名と為す。

D筑波嶺に登りて嬥歌会《かがひ》をせし日に作れる歌一首　併せて短歌

鷲の住む　筑波の山の　裳羽服津《もはきつ》の　その津の上に　率《あとも》ひて　未通女壮士《をとめをとこ》の

行き集ひ　かがふ嬥歌《かがひ》に　人妻に　吾も交らむ　わが妻に　他《ひと》も言問へ
この山を　領《うしは》く神の　昔より　禁《いさ》めぬ行事ぞ　今日のみは　めぐしもな見そ
言も咎むな　（巻九・一七五九）

反歌

男の神に雲立ちのぼり時雨ふり濡れ通るともわれ帰らめや　（一七六〇）

右の件の歌は、高橋連虫麻呂の歌集の中に出づ。

E清寧天皇記

平群臣の祖、名は志毘臣《しびのおみ》、歌垣に立ちて、其の袁祁命《おけのみこと》（顕宗天皇）の婚はむとしたまふ美人《をとめ》の手を取りき。其の嬢子《をとめ》は菟田首等《うだのおびとども》の女、名は大魚《おほうを》なり。爾に袁祁命も亦歌垣に立ちたまひき。

F武烈天皇即位前紀

是に、太子《ひつぎのみこ》（武烈天皇）…影媛《かげひめ》を聘《あと》へむと思ほして、媒人《なかだち》を遣して、影媛が宅に向はしめて会はむことを期《ちぎ》る。影媛、會《いむさき》に真鳥大臣《まとりのおほおみ》の男鮪《こしび》に奸されぬ。…太子の期りたまふ所に違《たが》はむことを恐りて、報《かへりことまう》して曰さく、「妾望《やつこねが》はくは、海柘榴市《つばきち》の巷《ちまた》に待ち奉らむ」とまうす。…果して期りし所に之《ゆ》きて、歌場《うたがき》の衆《ひとなか》に立たして、〔歌場、比をば宇多我岐と云ふ〕影媛が袖を執《とら》へて、たちやすらひ従容《いざな》ふ。

G続日本紀　聖武天皇天平六年（七三四）二月一日
天皇、朱雀門に御して歌垣を覧《みそなは》す。男女二百四十余人、五品已上の風流《みやび》有る者、皆その中に交雑《まじ》る。正四位下長田王《ながた》、従四位下栗栖王《くるす》、門部王、従五位下野中王等を頭とす。本末《もとすゑ》を以て唱和し、難波曲《なにはぶり》・倭部曲《やまとべぶり》・浅茅原曲《あさぢはらぶり》・広瀬曲《ひろせぶり》・八裳刺曲《やつもさすぶり》の音を為す。都の中の士女《をとこをみな》をして縦《ほしきまま》に覧せしむ。歓《よろこび》を極めて罷《や》む。歌垣を奉れる男女らに禄賜ふこと差《しな》有り。

H続日本紀　称徳天皇宝亀元年（七七〇）三月二十八日
葛井《ふぢい》・船《ふね》・津《つ》・文《ふみ》・武生《たけふ》・蔵《くら》の六氏の男女二百三十人、歌垣に供奉る。その服は並に青揩《あおすり》の細布衣《たへのころも》を著、紅の長紐《ながひも》を垂る。男女相並びて、行を分けて徐《おもむろ》に進む。歌ひて曰く。「少女《をとめ》らに　男立ち添ひ　踏み平らす　西の都は　万世《よろづよ》の宮」といふ。その歌垣に歌ひて曰く。「淵も瀬も　清く爽けし　博多川　千歳を待ちて　澄める川かも」といふ。哥の曲折毎に、袂《たもと》を挙げて節《ふし》を為す。その余の四首は並に是れ古詩なり。復煩《わづら》はしくは載せず。時に五位已上と内舎人と女孺《にょじゅ》とに詔して、亦その歌垣の中に列《つら》らしむ。歌、数闋《すうくゑつ》訖りて、河内大夫従四位上藤原朝臣雄田麻呂已下、和儛《やまとまひ》を奏る。六氏の哥垣の人に、商布二千段、綿五十屯を賜ふ。

A～Hのように、古事記・日本書紀、続日本紀、風土記、万葉集には、歌垣という行事のことや、そこで歌われた歌が出てくる。また歌垣とは出てこなくても、風土記には、泉や温泉などの湧く神聖な場所で男女が集まり歌を歌ったという記述がいくつかある。これらの資料から、少なくとも八世紀の日本各地では、恋愛や結婚を目的に男女がある特定の場所に集まり恋の歌をやりとりする歌垣という行事が行われていたことがわかる。

この歌の掛け合いの呼び方としては、常陸国風土記「童子女松原《うなゐ》」伝承の記事に、「嬥歌の會」と出てくるが、その注に「ウタガキ」「カガヒ」という訓み方を記している。また「遊の場」を「ウタガキのニハ」と訓んでいる。万葉集巻九・一七五九には「かがふ嬥歌《かがひ》」とある。摂津国風土記逸文には「歌垣山」が出てくる。古事記の清寧天皇記には、志毘臣と袁祁命とが大魚という女性を取り合う場面では「歌垣に立ちて」歌を掛け合うとあり、また、日本書紀のほうでは、「歌場の衆に立たして」とあり、「歌場」に「ウタガキ」という訓みを与えている。また続日本紀の聖武天皇天平六年の記事に「天皇、朱雀門に御いまして歌垣を覧す」とある。

このように見ていくと、歌垣の呼び方は、「カガヒ」「ウタガキ」と呼ばれていて、字も決まっていなかったようだが、次第に「歌垣」という字に統一されていったと思われる。歌垣の意義については、「嬥歌」は中国『文選』の「魏都賦」に出てくる言葉で、歌いながら踊り跳ねる歌のことを言う。野蛮さを象徴する意味で用いられているらしく、地方の野蛮な文化へのニュアンスを持つ言葉を、日本の知識人が日本の歌垣の風習を呼ぶのにあてはめたということらしい。この野蛮さというニュアンスを理解していたとするなら、当時の中央官人がどのように歌垣を見ていたかがわかってこよう。つまり、中央にはないエキゾチックな風俗として歌垣は見なされていたということかも知れない。

「歌垣」という言葉は、歌を掛け合うことから、歌掛けが変化したものであるという説があるが、一方、「人垣をなして、多くの歌によって争いが行われた、ここに呼称成立の一因があったのである」(高橋六二「垣の歌争ひ」)というように、歌を掛け合う場に「垣」が出来たからだとする説、あるいは、垣に囲われた場そのものが歌を掛け合う場としての意味を持っていた、という説があるが、「垣」を歌の場とする説を支持したい。

歌垣は男女が集まって歌を楽しむ場であるが、当然、未婚の男女が結婚や恋愛を目的に歌を掛け合ったはずである。常陸国風土記に「筑波峯の会に娉《つまどひ》の財《たから》を得ざれば、児女《むすめ》とせずといへり」とある。少なくとも結婚相手を探す場であるという理解があったことわかる。ただ、高橋虫麻呂の筑波山歌垣見聞記といった趣の万葉集の歌(巻九・一七五九)には、「人妻に吾も交らむ　わが妻に他も言問へ」とあるから、既婚の男女も交じっていたようだ。実態として、婚姻の秩序の及ばない性の解放があったのかどうかは、いろいろ議論のあるところだが、この場合は、「ここで謳歌されているのは、歌掛けの群衆がごったがえすこの集会そのものの盛況ぶりであって、神意への言及もそうした文脈でなされているのである」(品田悦一「短歌成立前史」)ということであろう。実態は、恋愛を楽しむためとか、歌を楽しむため、ということだと考えたい。

当然、既婚の男女が配偶者以外の異性と恋歌を交わすのは社会の秩序から逸脱する行為だから「この山を領く神の昔より禁めぬ行事ぞ」と、神から許されていることだとわざわざことわっているわけである。

白族の歌垣では既婚の男女が歌の掛け合いに来るケースが多く、その場合歌の上での恋愛を楽しむということになる。聞き書き調査では、夫婦が歌垣に来る場合には、会場に入ればお互い独身であるように振る舞うということであった。また家に帰っても歌垣のことは話題にしないという。歌の掛け合いの祭は夜を徹して行われるから、性的な交渉に及ぶ場合もあり得る。そのようなときに出来た子どもは神から授かった子として育てるということである。また、子どものいない夫婦が子を授かるために来ることもあるという。このようなケースが歌垣の中でどのような意味を持つかはよくわからない。白族の歌垣を何度も調査をしているが、そのような事例に出会ったことは今のところない。ただ、だからといってあり得ないという話ではなく、そのようなケースが起こり得、起こりえた場合の納得の仕方が、神の側に委ねる説明方法としてある、ということは確認できる。

歌垣が性的な交渉を一つの目的にしていたという論理は従来から言われてきていることである。来訪神と土地の精霊との問答に歌垣の起源を見る折口信夫は、その問答が神と土地の乙女との関係（性的な交渉）になっていくことを想定する。また土橋寛は歌垣を春の予祝儀礼とみて、男女の性的交渉が豊穣に結びつくことを述べる。中西進の『万葉集全訳注』（講談社）の巻九・一七五九の「嬥歌《かがひ》」の注にも「歌垣は元来春の野遊びまたは秋に行なわれた行事で歌のかけ合い、性の交歓があり、水のほとりで催された」とある。

ただ、筑波山等の歌垣をこのような性の交歓まで含めた予祝儀礼として認めることについてはここでは留保しておきたい。歌垣の場が日常を反転させる場であることはその通りであり、その非日常的な場が、農耕予祝と結びつくという論理もまたあり得ることである。

しかし、白族の歌垣では歌垣自体が日常の秩序を解放する機能を持っていることは確認できたが、その解放性が、農耕予祝のような幻想に結びつくことは確認できていない。むろん、今後の調査によってはないとは言えないが、現時点で言えることは、日常の秩序を逸脱する行為があったとしても、歌垣は、それを許容する論理が作り得る場であるということだけである。

性的な交歓が農耕予祝幻想に結びつくとする論理は、果たしてそのまま歌垣における性的な交渉に当てはまるのだろうか。むろん、起源の問題であるとするならそれはそれで一つの説明として納得はできる。が、七・八世紀の日本のリアルな歌垣の問題であるとしたとき、性的な交渉自体が歌垣の場でそれほど大きな意味を持ちえていたかどうかは疑問である。というのは、筑波山の歌垣では「詠へる歌甚多くして載車《のす》るに勝《た》へず」とあるように、歌垣は歌を歌う場であって、その歌は歌垣の場から日常としての社会にまで広く知られるものであったはずだ。つまり歌垣における歌は社会に開かれた（伝わる）ものであった。だから、資料の中に歌が記載されているのであり、万葉集の歌におそらくは影響を与えているのである。

それは、歌垣が非日常の場である一方で日常性としての社会的な場でもあったということである。そこでの男女の掛け合いの歌は大勢の耳目に開かれていたはずである。歌というのは、声であって、その声は男女の当事者だけでなく観客である第三者にも聞かれるものである。例えば白族の歌垣では、歌垣での悪口歌はすぐに共同体で評判になるという。また、そこでの観客が二人の恋の証人になるという。

つまり、声による歌には公開性がある。それが歌垣における歌の性格であり、そのことは日本の歌垣でも同じであったろう。

歌垣が、そういった公開性を持つ歌によって男女の関係が成立する場であるということを考えれば、男女の性的な交渉が歌垣のメインテーマであるとは言えないのではないか。従って、歌垣の解放性が、そのような性の交歓を意味するものとまで言い切ることにはためらいがある。その意味で「人妻に吾も交らむ　わが妻に他も言問へ」を、そのような性的交歓までを含むものだする見方に対して、疑問視せざるを得ないのである。

中国西南の幾つかの少数民族では歌垣のような場だけではなく、山仕事をしながら恋歌を掛け合う場合がある。つまり、恋歌の掛け合いは、労働の場でも掛け合われることがあるということだが、むろん、だから、歌や恋そのものが非日常性を持たないということではない。ただ、聖なる空間でしか歌垣は成立しないといった観念は必ずしも成立していないということである。むしろ、日常の隙間をぬって人々は恋歌を楽しんでいるのである。別の言い方をすれば、日常の隙間の中に、歌や恋という非日常性を巧みに持ち込みそれを楽しんでいると言うことである。

日本においても日常のなかで恋歌の掛け合いを楽しむことはあったはずだ。

**多麻川に曝す手作さらさらに何そこの児のここだ愛しき**　（巻十四・三三七三）

**稲舂けば皹《かか》る吾が手を今夜もか殿の若子が取りて嘆かむ**　（巻十四・三四五九）

以上の歌などは一種の労働歌であると考えられるが、掛け合いであったかどうかは別として、このように日常の中で恋歌を堂々と歌うことの一つの例であろう。

そのように、恋歌は秘儀的な場所でのみ流通するわけではなく、日常の中にも恋歌が飛び交うということはあり得た。それは歌というものが、日常と非日常の区別に制御されない自在さを持つということではないか。歌は、日常の労働の世界に非日常を持ち込み、そして、非日常の歌垣の中に例えば「娉《つまどひ》の財《たから》を得ざれば、児女《むすめ》とせず」といった世俗的な日常を持ち込むのである。

筑波山の歌垣はそのような歌の力が大いに発揮されていた場所ではなかったろうか。その筑波山の歌垣で、「人妻に吾も交らむ　わが妻に他も言問へ」といった非日常性が高橋虫麻呂によってレポートされたことは、むしろ、筑波山の歌垣の非日常性が世間に対して喧伝されうるものとして強調されていたということではないか。

筑波山の歌垣は「坂より東の諸国の男女」が出会う場であった。この「坂」を通説のように足柄の坂だとするとかなりの広範囲から筑波山の歌垣に人々が集まっていたことがわかる。いずれにしろ「諸国の男女」とある。地域の小規模の歌垣でなかったことは確かである。これだけより広い地域から人を集めるためには、筑波の神の信仰圏の広がりも当然必要だが、この歌垣の祭り自体が未婚の男女のみならず多くに開かれていることも必要である。未婚の男女だけの出会いの場とするなら、筑波山を中心とした限られた村落地域の婚姻圏の範囲に参加者は限定されるだろうからである。つまり、婚姻という目的以外の要素をも抱え込んで、既婚者を含めた男女、それは歌を楽しむために来る老人だっていたであろうが、そういう老若男女が広く集う祭であるからこそ遠方からも人々は集まったのである。「諸国の男女」が集まるということ自体、歌垣はすでにいくつかの共同体間の小さな祭りではなくなっている。在地首長層や国家との関連も解き明かされなければならないが、ここは品田悦一氏の言うように（前出）、歌垣の根底には、首長によって体現される共同体統合の原理とは別の原理があるのであって、つまり、共同体の外側に広がる（ある範囲の中でという条件付きだが）ものだからこそ、諸国に広がり得る。ただし、広がれば当然、祭りの性格はある程度変化しよう。その変化を「俗化」と呼ぶなら、筑波山の歌垣は「俗化」した歌垣だったとも言える。「俗化」とは、祭りというものが本来持つ秘儀的な性格が薄らぎ、日常にも開かれたイベント的要素の強まることだとすれば、「人妻に吾も交らむ」といった非日常性が都人によって強調されているということ自体、逆に非日常性が薄らいでいる「俗化」した様相を伝えていると言ってもいいだろう。

日常の秩序の解放といっても、それは誰もが未婚の男女を装って恋愛を楽しみ歌を楽しむ、という程度のことであったと思われる。見知らぬ男女が出会って、歌で恋愛をする。その時の歌での恋愛とはまずはほとんどが演技的なものであったはずだ。本来の歌垣のそういった歌のあり方をおさえておかないと、歌垣があまりにも日常の秩序を直接解放する空間に見えてしまう。むろん、中には、歌の上での恋愛が性的な交渉やあるいは不倫にまですすむ男女もあったであろうが、仮にそういうことがあったとしても、それは付随的に生じる事態であって、そのことが目的なのではなかった。ただし、それを許容する論理として「禁めぬ行事ぞ」が機能していたということではなかっただろうか。

## 四 歌垣の中の歌

歌垣で歌われる歌とはどのようなものであったろうか。資料のA（常陸国風土記・筑波郡）B（常陸国風土記・香島郡）にある歌でもわかるように、歌われる歌は短歌謡であり、歌の音数律は定型であったと考えられる。そして歌の旋律は誰もが即興で歌うのであるから、ある歌垣に集う地域においては同一の旋律であったろう。メロディが違えば歌を掛け合うことは難しくなる。このことは、白族の歌垣でも確認している。

短歌謡であるからこそ即興で歌の掛け合いが可能となる。しかも、それは長さと音数律の決まった定型でなくてはならない。言わば定型という器が安定しているからこそそこに即興で言葉を入れていくことができるのである（川田順造『聲』）。短歌謡の歌が歌の歴史において隆盛を極めるのは、このような掛け合いという歴史があるからだということはもっと注目されていいことである。

ただそうすると資料のABでは音数律が違う、これはどういうことだろうか。資料Aの筑波山の歌垣の歌は次のようなものである。

**筑波嶺に　逢はむと　いひし子は　誰が言聞けば　神嶺《かみね》　あすばけむ**

五・四・五・七・三・五であるが、資料B「香島郡」は次のような歌が記載されている。

いやぜるの　安是《あぜ》の小松に　木綿垂《ゆふし》でて　吾を振り見ゆも　安是《あぜ》小島はも

こちらは五・七・五・七・七であって、資料Aとは違う。記載の歌が実際その地の歌垣での歌であるとすれば、同じ常陸国であっても地域によっては音数律は違うということになろう。実は、白族の歌垣でも、地域によってメロディが違ったり音数律が違ったりすることがある。筑波郡と香島郡とでは本当に音数律が違うのかどうかこれだけの資料で判断するのは難しいが、少なくとも、同一ではない音数律の歌が記載されているということは、地域によって歌の音数律は必ずしも同一ではないということを意味している。歌の音数律やメロディはその地域の文化であるとすれば、その文化はそれほど均質ではないということである。

ただ、万葉の歌はBの資料の歌と同じ五・七・五・七・七である。記紀歌謡から万葉へという流れもそうだが、多様な音数律の文化がやがて一つの定型の文化へと収斂していった。それは、地域の多様な歌文化が国家による地域を統合した普遍的な歌文化に影響され、地域性を脱したより普遍的な形式になっていくということであろう。巻十四の東歌も、本来は資料Aのような音数律を含んでいた可能性があるが、ほとんど五・七・五・七・七であるのは、やはり、歌の形式においてすでに地域性を脱しているということであろう。

次に歌の内容であるが、歌垣で歌われる歌は、男女が恋愛という関係を構成するそれぞれの局面を内容とするものである。一般的にそれを恋歌という場合もあるが、その内容は、例えば「恋しい」という心情を訴えるものとは限らない。
歌垣の掛け合いを彷彿させる万葉の歌として例えば次のようなものがある。

久米禅師の石川郎女を娉ひし時の歌五首

み薦刈る信濃の真弓わが引かば貴人《うまひと》さびていなと言はむかも　（禅師　巻二・九六）

み薦刈る信濃の真弓引かずして強ひざる行事《わざ》を知ると言はなくに　（郎女　九七）

梓弓引かばまにまに依らめども後の心を知りかてぬかも　（郎女　九八）

梓弓弦緒《つらを》取りはけ引く人は後の心を知る人そ引く　（禅師　九九）

東人《あづまひと》の荷向《のさき》の篋《はこ》の荷の緒にも妹は心に乗りにけるかも　（禅師　一〇〇）

大伴宿禰の巨勢郎女を娉ひし時の歌一首

玉葛実ならぬ樹にはちはやぶる神そ着くといふならぬ樹ごとに　（一〇一）

巨勢郎女の報へ贈れる歌一首

玉葛花のみ咲きて成らざるは誰が恋ひにあらめ吾が恋ひ思ふを　（一〇二）

以上は巻二の相聞歌に納められているが、いわゆる「切り返し」の歌である。相手を「恋しい」と歌うわけではなく、むしろ、相手の言葉を疑い相手を試すような歌を返していく。資料E「清寧天皇記」の志毘臣《しびのおみ》と袁祁命《おけのみこと》との歌の掛け合いも、切り返しである。折口信夫が、来訪神と土地の精霊の問答は来訪神の言葉を土地の精霊が切り返したりもどくところに特徴があるとし、それが歌垣の掛け合いに発展したと述べていることを受け、歌垣の掛け合いの本質はこの「切り返し」にあると論じられてきた。

起源としての「切り返し」論はともかくも、確かに、古代和歌の贈答歌の大きな特徴として「切り返し」はあり、それが歌垣に由来するという想定は肯定できるものである。だが、それだけで掛け合いの歌がわかったことになるのかというと必ずしもそうではない。

「清寧天皇記」の志毘臣《しびのおみ》と袁祁命《おけのみこと》との歌の掛け合いは、「闘《かが》ひ明して」とあるから、一晩掛け合いを持続していたことがわかる。白族の歌垣でも他の少数民族の歌垣でも、掛け合いを始めるとまず一時間は持続し、長ければ一晩続くという例がある。つまり、お互いが数首ずつ歌い合って終わるものではないのである。歌垣の掛け合いとは、そのように長時間持続するものだ、ということをまず確認しておくべきだろう。これは歌垣の歌のあり方として当然であって、歌垣は歌を歌うことにおいて成立する祭りであるということである。歌の掛け合いを持続させることに歌い手の意識はまず集中する。

とした場合、歌の内容は、果たして「切り返し」だけで持続するものであろうか。「清寧天皇記」の場合は、男同士が一人の女性を取り合う、相手を歌で組み伏せる闘争性を最初から前提にした掛け合いだから、一晩歌で「切り返し」ていたという想定もできなくはない。が、男女の恋愛や結婚を目的にした掛け合いはどうであろうか。一晩「切り返し」ているのだろうか。そんなことはあり得ないだろう。

筆者は「続る歌掛け」という論で白族の長時間にわたる歌の掛け合いを記録し、それを分析した。また工藤隆も『雲南省ペー族　歌垣と日本古代文学』で六時間にわたる掛け合いを記録しそれを分析している。これらの分析によれば、白族の歌の掛け合いでは、男女は、相手を思う歌を歌い合いながらも、相手を疑ったり、試したりする歌を掛け合う。時には悪口も入り、そうかと思うと熱烈に相手を思う歌を歌う。整理すれば、確かに「切り返し」もあり、「相思相愛」もある。「悪口」もあり「誘い」もある。実態としては、それらの要素が何度も掛け合いの中で繰り返されるというものであった。

分析すればこういうことである。見知らぬ男女が出会い歌の上で掛け合いをする。歌を掛け合うことを承知したということは、歌の上で恋愛することを同意したことであり、従って、最初からお互いが恋愛関係にあることを歌の上で演じていく。だから、最初から、あなたに逢いに山を越えて来たというような熱烈な歌い方をするのである。

そのような愛情の確認は当然続かない。歌の上で相手の探り合いが始まる。例えば、家に来ないかと誘えば、あなたには奥さんあるいは夫がいるのではと切り返す。名前や村を聞いても本当のことは教えない。するとまた私たちは愛し合っているという歌い方になり、愛情の確認が続く。そうして、また相手の探り合いになったり、いろんな話題が歌の上で繰り広げられる。このように、歌の内容には、愛情の確認や、誘い歌や、相手を試す歌やいろんなパターン（辰巳正明『詩の起原』）があり、そのパターンを即興で臨機応変に繰り返しながら、掛け合いを持続していくのである。「切り返し」は勝ち負けを伴う駆け引きであり、それはそれでスリリングな歌の楽しみではあるが、当然、そんなに長続きするものではない。一方、愛情の確認だけでも歌は続かない。

この白族の掛け合いの仕方が他の少数民族の掛け合いにも適応できる普遍性を持つものかどうかはこ

れからの研究課題であるが、少なくとも、掛け合いが持続するための論理として考えれば、納得できるものだろう。歌の上で恋愛を演じながら、協調と対立を繰り返しながら長時間歌を掛け合い、相手の心を探っていく、ということである。長時間歌えば、歌の言葉やその技術に、歌い手に関する基本的な情報、住んでいる村や家族のこととか、教養や人格まで現れてしまう。その時の歌の内容は、一つのパターンではないということである。筆者は、白族のこの多様な歌のあり方を、互いに愛情を確認するように歌う協調の歌い方と、切り返しのように相手を試したり探ったりするような対立の歌い方の二つに別け、その二つが混在しながら、掛け合いは持続していくと分析したが、この二つの歌のあり方は、日本の歌垣にも適応出来るのではないかと思っている。

## 五　万葉集における協調と対立

掛け合いにおける「対立と協調」という働きは、歌を持続するための相反する二つの機能であり、それはアンビヴァレンツな働きということができる。対立すれば協調し、協調すれば対立するというように、白族の歌の掛け合いを追っていくと、その働きはアンビヴァレンツなものであることがわかる。つまり、歌垣では、距離を縮めて親密な関係を作ろうとする掛け合いと、相手に反発したりからかったりと互いの距離を離そうとする掛け合いが混じり合うのである。それは、対立する関係の距離を縮めようとする働きと、近づきすぎる関係の距離を離そうとする相反する働きを持つということである。恋愛や結婚という大きな流れでは互いの距離を縮めていくというストーリーが成り立つが、歌の掛け合いという次元では、むしろ、互いの距離を適度に調整しながら掛け合いを持続していくように進行する。つまり、ある完結した展開を避けるように耐えず関係を流動化させていくのである。これが、歌垣における歌の掛け合いの特徴といっていいものだろう。

ただし、この対立と協調のアンビヴァレンツな働きを確認するためには、掛け合いを長時間追い続けなくてはならない。掛け合いを短く分断して確認すれば、そのどちらかの掛け合い歌の要素が強調されることになる。

こう考えていったとき、歌垣の掛け合い歌から万葉の歌へという一つの道筋が見えてこないだろうか。

例えば万葉の贈答歌の「切り返し」は、長時間持続する掛け合いの「協調と対立」する要素の一側面を切り取ったものだということである。近づきすぎる距離を離そうとする掛け合いの面である。それなら、もう一つの側面、離れすぎた距離を親密な距離に近づけようとする協調する掛け合いの要素は万葉の歌にはないのであろうか。いや、むしろ、万葉のほとんどの恋歌はそのように歌われているのではないか。

**磐姫皇后の、天皇を思ひて作りませる御歌四首**

**君が行き日《け》長くなりぬ山たづね迎へか行かむ待ちにか待たむ**　（巻二・八五）

かくばかり恋ひつつあらずは高山の磐根し枕きて死なましものを（八六）
ありつつも君をば待たむ打ち靡くわが黒髪に霜の置くまでに（八七）
秋の田の穂の上《へ》に霧《き》らふ朝霞何処辺《いつへ》の方に我が恋ひ止まむ（八八）

湯原王の娘子《をとめ》に贈れる歌二首　志貴皇子の子なり
表辺なきものかも人はしかばかり遠き家路を還す思へば（巻四・六三一）
目には見て手には取らえぬ月の内の楓《かつら》のごとき妹をいかにせむ（六三二）
娘子の報へ贈れる歌二首
ここだくも思ひけめかも敷栲《しきたへ》の枕片去る夢に見えける（六三三）
家にして見れど飽かぬを草枕旅にも妻とあるが羨《とも》しさ（六三四）
湯原王のまた贈れる歌二首
草枕旅には妻は率たれども匣《くしげ》の内の珠をこそ思へ（六三五）
わが衣形見に奉《まつ》る敷栲の枕を離《さ》けず巻きてさ寝ませ（六三六）
娘子のまた報へ贈れる歌一首
わが背子が形見の衣妻問にわが身は離けじ言問はずとも（六三七）
湯原王のまた贈れる歌一首
ただ一夜隔てしからにあらたまの月か経ぬると心いぶせし（六三八）

娘子のまた報へ贈れる歌一首
わが背子がかく恋ふれこそぬばたまの夢に見えつつ寝ねらえずけれ　（六三九）
湯原王のまた贈れる歌一首
はしけやし間近き里を雲居にや恋ひつつをらむを月も経なくに　（六四〇）
娘子のまた報へ贈れる歌一首
絶ゆと言はば侘《わび》しみせむと焼太刀のへつかふことは幸くやあが君　（六四一）
湯原王の歌一首
吾妹子に恋ひ乱れたり反転《くるべき》に懸けて縁《よ》せむとわが恋ひそめし　（六四二）
中臣朝臣宅守と狭野茅上娘子との贈答の歌
あしひきの山路越えむとする君を心に持ちて安けくもなし　（巻十五・三七二三）
君が行く道のながてを繰り畳ね焼き亡ぼさむ天の火もがも　（三七二四）
わが背子しけだし罷らば白妙の袖を振らさね見つつ思はむ　（三七二五）
この頃は恋ひつつもあらむ玉匣明けてをちより術なかるべし　（三七二六）
右の四首は、娘子の別に臨みて作れる歌
塵泥《ちりひぢ》の数にもあらぬわれ故に思ひわぶらむ妹が悲しさ　（三七二七）
あをによし奈良の大路は行きよけどこの山道は行きあしかりけり　（三七二八）
うるはしと吾が思ふ妹を思ひつつ行けばかもとな行きあしかるらむ　（三七二九）

恐みと告らずありしをみ越路の手向に立ちて妹が名告りつ　（三七三〇）

右の四首は、中臣朝臣宅守の上道《みちたち》して作れる歌

「磐姫皇后の、天皇を思ひて作りませる御歌四首」は、「待つ歌」であって、歌垣の掛け合い歌とは違うように思われる。が、この歌は、明らかに離れてしまっている男女の互いの距離を縮めようとしている歌と見なすことができよう。この場合、相手が目の前にいる歌垣の掛け合いと違って、相手が「不在の対象」であるというだけである。その意味で、ここでは贈答歌というより独詠歌的性格になっている。

湯原王と娘子との贈答歌は、歌垣的な掛け合いの要素が強い。「切り返し」というよりは、むしろ距離の開いた互いの関係を近づけようとする協調の歌い方になっている。これは、娘子が湯原王の妻によって湯原王との距離が大きく開いてしまった存在だからで、歌（六三四）の中に湯原王の正妻のことが出てくることがそれをよく示している。つまり、湯原王と娘子との間には正妻が入り込んでいる。従って、互いの距離が離れてしまっているので、ここでは、互いの距離を近づけようとする歌い方が可能になっている。こういう場合は、「切り返し」はないのである。

この離れた距離を縮めるという歌のあり方は旅の歌において典型的に現れる。例えば「中臣朝臣宅守と狭野茅上娘子との贈答の歌」などがそうである。旅の場面での贈答歌では互いを「思ふ」歌になる。これは、旅自体が互いの距離を離しているために、歌はその距離を縮めるように働くからである。従っ

て、このような旅によって引き裂かれた男女の歌は相手を思いやる熱烈な恋歌になる。

以上のように見ていくと、歌垣の掛け合いの協調と対立という二つの相反する歌の働きは、それぞれに別個に万葉歌の中に見いだせることがわかる。歌垣のなかで醸成された恋の歌は、臨場感溢れる長時間の掛け合いというあり方を失ったが、貴族や官人の心情を表象する和歌文化として継承されていったという見方は可能だろう。歌垣の掛け合い歌の、距離をとろうとする対立のほうは「切り返し」歌として、掛け合いの要素をとどめて取り入れられ、距離を縮めようとする「協調」の方は、旅の歌やあるいは「不在の対象」を待つ歌として独詠歌的性格を強めていったのである。

## 六 終わりに

本稿では、古代日本の歌垣の実態を白族の歌垣調査を踏まえて明らかにしてきたつもりである。その歌垣における恋歌が万葉集にどのように受けつがれていったかについても論じたが、それは、あくまで、歌垣における歌とは何かという歌のあり方の考察を介しての見通しである。

おそらく、これからもアジアの歌文化、特に歌を掛け合う文化の調査が進み、アジア的な視点から、歌を掛け合う意味やそこでの歌の働きが解明されていくに違いない。日本の歌垣もまたアジアの歌文化であり、アジアの歌の掛け合い文化そのものである。そういった意味で、日本の歌垣研究は今後よりアジア的なまなざしから解き明かされてくるであろうし、そうでなければならないと考えている。そういう試みの後に、日本の歌垣の固有さや普遍性が浮かび上がり、日本の和歌研究を一段と推し進めるであろう。

＊万葉歌の引用は、中西進『万葉集　全訳注原文付』（一）〜（四）講談社文庫による。

参照論文及び著書
工藤隆・岡部隆志（共著）『中国少数民族歌垣調査全記録1998』大修館書店、二〇〇〇年
工藤隆『雲南省ペー族　歌垣と日本古代文学』勉誠出版、二〇〇六年
手塚恵子『中国江西壮族歌垣調査記録』大修館書店、二〇〇二年
遠藤耕太郎『モソ人母系社会の歌世界調査記録』大修館書店、二〇〇三年
岡部隆志「繞る歌掛け」『共立女子短期大学紀要四十九号』二〇〇六年一月
岡部隆志「歌垣の歌の論理」『声の古代』工藤隆編　武蔵野書院、二〇〇二年
高橋六二「垣の歌争ひ」『想像力と様式』古代文学会編　武蔵野書院、一九七九年
折口信夫「万葉集の解題」『折口信夫全集』第一巻　中央公論社
土橋寛『古代歌謡と儀礼の研究』岩波書店　一九六五年
渡邉昭五『歌垣の研究』三弥生書店、一九八一年
中西進『万葉集　全訳注原文付』（一）〜（四）講談社文庫
品田悦一「短歌成立の前史・試論―歌垣と〈うた〉の交通―」『文学』岩波書店、一九九八年六月号

関和彦『風土記と古代社会』塙書房、一九八四年
川田順造『聲』筑摩書房、一九八八年
辰巳正明『詩の起原』笠間書院、二〇〇〇年

# 忘れ草

## ——忘れ草と中国古典——

川﨑　晃

万葉びとは心の憂い、とりわけ恋の憂いを忘れるために、忘れ草や忘れ貝などに託したという。このような俗信が古来日本にあったか否かはひとまず置くとして、万葉歌では八世紀前後に詠まれるようになる。中国の漢詩文にある「萱草《けんそう》」・「諼草《けんそう》」（忘れ草）に学び、その効果が期待できないことがわかっているが故のやるせなさを、和歌作品に表現するまでに昇華させた。本稿では万葉集の作品としての忘れ草に影響を与えた中国古典について、いささか知見を述べてみたい。

### 一　忘れ草と醜《しこ》の醜草《しこぐさ》

大伴宿祢家持が坂上家の大嬢に贈る歌二首〈離絶《りぜつ》数年、また会ひて相聞往来す〉

萱草《わすれぐさ》　吾下紐尓《あがしたびもに》　著有跡《つけたれど》　鬼乃志許草《しこのしこぐさ》　事二思安利家理《ことにしありけり》　（巻四・七二七）

大伴家持が坂上大嬢に贈った二首の歌のうちの一首である。題詞脚注に「離絶数年、また会ひて相聞往来す」とあり、一端途絶えていた家持と大嬢の関係が旧に復した天平十一年（七三九）六月の「忘妾悲傷歌」（巻三・四六二）以後の作とされる。

萱草《けんそう》は『和名類聚抄《わみょうるいじゅうしょう》』所引『兼名苑《けんめいえん》』に「萱草、一名忘憂」とあり、また同書所引『漢語抄《かんごしょう》』に「和須礼久佐」とある。「和須礼久佐《わすれくさ》」はすなわち「忘れ草」、ユリ科のカンゾウ、その変種のヤブカンゾウなどの総称とされる。夏、ユリに似た橙赤色の花をつける。高岡市万葉歴史館の「夏の庭」のカンゾウもこの時季になると美しい花をつける。憂いを忘れにおいでいただきたい。

家持の歌は、忘れ草というのだから、この熱い思いを忘れることができるかと思って下紐につけてみたが、馬鹿な馬鹿草め、名前ばかりで少しも恋しさを忘れることができない、といった意になろうか。「鬼乃志許草《しこのしこぐさ》」とシコの語を繰り返して萱草（忘れ草）の効果のなさを罵倒しているが、効果がないことがわかっているが故の自嘲的な表現で、結局、恋慕の情の強さを歌いあげたことになる。類歌として

萱草《わすれぐさ》　吾紐尓著《わがひもにつく》　時常無《ときとなく》　念度者《おもひわたれば》　生跡文奈思《いけりともなし》　（巻十二・三〇六〇）

萱草《わすれぐさ》　垣毛繁森《かきもしみみに》　雖二殖有一《うゑたれど》　鬼乃志許草《しこのしこぐさ》　猶恋尓家利《なほこひにけり》　（巻十二・三〇六二）

がある。いずれも作者未詳の歌である。このうちの三〇六二番歌は七二七番歌と同様に、歌中に「萱草」と「鬼乃志許草」の語が詠み込まれている。

「鬼乃志許草」の「鬼」字は旧訓では「オニ」と訓まれたが、澤瀉久孝氏は賀茂真淵『萬葉考』以後「シコ」と改訓されるようになったとされ、[1] 小野寛氏はそれより遡って荷田信名《かだののぶつな》『万葉童蒙抄《どうもうしょう》』に「シコ」と訓まれているとされている。[2]

『日本書紀』の訓注では、神代紀上「醜女」の注に「此を志許賣《しこめ》と云ふ」（一書第七）、孝徳紀大化五年条三月庚午〔二十六日〕条の高田醜雄の「醜」の注に「此をば之渠《しこ》と云ふ」とあるように、「醜」をシコと訓んでいる。「醜」に鬼字を充てるのは醜女を黄泉の鬼とすることに由来するとする説もあるが、[3] 本居宣長が『古事記伝』六之巻で「鬼ノ字を、於爾乃と訓るは非なり、こは醜ノ字の偏を略《ハブケ》るか」と指摘しているように、[4]「醜」の偏をはぶいて鬼と通用させているのである。「鬼」は「醜」と通用の文字として「シコ」と訓まれたとみるのが妥当であろう。

「シコ」は「けがらわしく、うとましいさま」（『時代別国語大辞典上代編』）の意味である。鬼字をシコとする例は『万葉集』では他に「鬼乃益卜雄《しこのますらを》」（巻二・一一七　舎人皇子）、「鬼之四忌手乎《しこのしこてを》」（巻十三・三二七〇）がある。

**ますらをや　片恋《かたこひ》せむと　嘆けども　鬼乃益卜雄《しこのますらを》　なほ恋ひにけり**　（巻二・一一七）

舎人皇子が片思いを嘆くみずからを自嘲的に「鬼乃益卜雄《しこのますらを》」と詠んでいる。

さし焼《や》かむ　小屋之四忌屋尓《をやのしこやに》（小屋《をや》の醜屋《しこや》に）　かき棄《す》てむ　破《や》れ薦《ごも》を敷きて　打ち折らむ　鬼之四忌手乎《しこのしこてを》（醜《しこ》の醜手《しこて》を）　さし交《か》へて　寝《ぬ》らむ君故《ゆゑ》　あかねさす　昼はしみらに　ぬばたまの　夜《よる》はすがらに　この床《とこ》の　ひしと鳴るまで　嘆きつるかも　（巻十三・三二七〇）

焼いてしまいたい「小屋《をや》の醜屋《しこや》に（汚らしい小屋に）」、捨ててしまいたい破れ薦を敷いて、「打ち折らむ　醜《しこ》の醜手《しこて》（へし折ってやりたい汚らしい手）」を差し交わして共寝しているだろうあなた（君・夫）、と嫉妬・憎悪の念からシコを繰り返して恋敵の手を罵倒している。しかし、恋敵に罵声を浴びせたものの、恋敵と共寝している「君」を想い、悶々と嘆いている自分がある。

シコの繰り返しは「醜の醜草」、「醜の醜手」の二例、いずれも草、手を激しく罵《のの》しる語法である。

ところで、家持の父・大宰帥《だざいのそち》大伴旅人にも「萱草」の歌がある。

萱草《わすれぐさ》　吾紐二付《わがひもにつく》　香具山乃《かぐやまの》　故去之里乎《ふりにしさとを》　忘之為《わすれむがため》　（巻三・三三四）

「帥大伴卿の歌五首」のうちの四番目の歌である。旅人が大宰帥として下向したのは神亀四年（七二七）の末、帰京したのは天平二年（七三〇）の末と推定されることから、この間の作ということになる。旅人が忘れ草を下紐につけたのは、恋ではなく、忘れがたい故郷を忘れんがためであった。末句「忘之為」は従来「不忘之為」とされ、「不忘之為《わすれぬがため》」と訓まれていたが、忘れないように忘れ草をつけるというのは誰もが不信であった。澤瀉氏は『類聚古集《るいじゅうこしゅう》』に「王心之為」とあることから、元は本文に「忘之為」とあったと解し、「忘之《わすれむが》為《ため》」と改字、改訓した。(5) 広瀬本に「忌之為」とあることも澤瀉説の妥当であることの傍証となろう（『校本萬葉集　別冊二』）。(6)

冒頭に掲出した家持の七二七番歌は漢籍教養の上に立つ父旅人の三三四番歌や、三〇六〇番・三〇六二番歌を学んだ作品とされている。(7) 小島憲之氏は、歌中の「萱草」と「鬼乃志許草」について、これを帯びると恋の憂いを忘れるという「萱草《けんそう》」と、これを服すると憂いを忘れるという「鬼草《きそう》」とが同時に用いられていることから、『毛詩』などにみられる「萱草」と『山海経《せんがいきょう》』にみられる「鬼草」とを同時ににおわせた万葉人の文字上の戯れと推測されている。(8) そこで次に忘れ草と中国古典の関係をみていこう。

## 二　『文選』にみる萱草

### 『文選』の萱草

六世紀前半（五二〇年代末）、梁の昭明太子（蕭統《しょうとう》）が編纂した六朝文学の詞華集に『文選《もんぜん》』三十巻がある。大宝令の注釈である「古記」によれば、学令5経周易尚書条の本注に「文選・爾雅亦読」とあったと推測され、『文選』、『爾雅《じが》』は任意履修ではあったが、既に副教材とされていたことが知られる。

また、進士科の試験では『文選』上帙から七帖（七問）出題されることになっており（考課令72進士条）、

「帖」についての「古記」の注釈があることからも『文選』が大宝令の段階で読まれていたことは誤り無い。

無注本『文選』三十巻は七世紀には将来されていたと推測されており、顕慶三年（六五八）に成立した李善注『文選』六十巻も八世紀には官人の教養として普及していたことはつとに知られるところである。[9] また、出典の研究からは七世紀末には舶載されていたとされている。

この『文選』に「萱草」の語が二例見える。

**1、消レ憂非二萱草一、永懐寧夢寐。**

《憂を消すこと萱草《けんそう》に非ず、永く懐《おも》ふ、寧ろ夢寐《むび》においてせんと。》

（『文選』巻三十一、雑体詩三十首のうち、潘岳「述哀」）

潘岳《はんがく》（二四七〜三〇〇）、字を安仁《あんじん》といい、給事黄門侍郎に任ぜられたことから潘黄門とも呼ばれた。美しかった亡き妻を思い悲しみを述べ、妻を思う憂いを消し忘れようとしたが、萱草（忘れ草）では効き目がなく、かえって夢にでも逢いたいと懐うといった一節である。

**2、豆令二人重一、楡令二人瞑一、合歓蠲レ忿、萱草忘レ憂、愚智所二共知一也。**

《豆は人をして重からしめ、楡《にれ》は人をして瞑《ねむ》らしめ、合歓《ねむ》は忿《いかり》を蠲《のぞ》き、萱草《けんそう》は憂ひを忘れしむるは、愚智《ぐち》の共に知る所なり。》

（『文選』巻五十三、嵇康「養生論《ようせいろん》」）

嵇康《けいこう》（二二四?〜二六三）は阮籍《げんせき》と並び称される竹林の七賢を代表する人物であり、『晋書』巻四九・嵇康伝に「養生論」を執筆したことがみえる。「養生論」は禁欲と服薬とによる長生術を説いた論述である。右の一節では、豆は人の身体を重くし、楡は人を眠くさせ、合歓は怒りを除き、萱草は憂いを忘れさせるということは、賢愚に拘わらず、誰でも知っていることだと述べている。

李善《りぜん》注には、「萱草」の語や「合歓蠲レ忿、萱草忘レ憂」の文に『毛詩《もうし》』衛風《えいふう》・伯兮《はくけい》や『神農本草《しんのうほんぞう》』を引用する。

**①焉得二諼草一、言樹二之背一。**《焉《いずくん》ぞ諼草《けんさう》を得て、言《わ》れは之を背《はい》に樹《う》えん》（『毛詩』衛風・伯兮）

**②諼草令二人忘一レ憂。**《諼草は、人をして憂を忘れしむ。》（『毛萇《もうちょう》詩伝』〔『毛伝』〕）

『毛詩』（宋代に『詩経』と称される）は中国最古（商末〜春秋）の歌謡集で、五経の一として日本にも六世紀には百済から船載されていたと推測される。『毛萇詩伝』は毛萇の注釈である。

衛風・伯兮は出征した夫（伯）を思う妻の心情を述べた詩で、忘れ草を探しだして、裏庭に植えて憂いを忘れたいとうたう。『毛詩』では「萱草」は「諼草」と表記されているが、「萱」と「諼」の語の関係については、唐の陸徳明《りくとくめい》の『経典釈文《けいてんしゃくもん》』に「諼《けん》、本又作レ萱《けん》」とあるように通用の文字であり、「萱草」と「諼草」は同一と観念された。

**③合歓蠲レ忿、萱草忘レ憂。**（『神農本草』）

李善が『神農本草』に嵆康「養生論」と同一の文があるとするのが注目されるが、李善によると『養生経』にも同文があるという。『養生経』は恐らく李善が「養生論」の冒頭部分で引用している『天老養生経』のことであろうが、佚書であり成立年代などは不明である。この『(天老)養生経』には上・中・下三ランク分類の中薬で、体力を養う養性の薬物として、「合歓《ねむ》は忿《いかり》を蠲《のぞ》き、萱草《けんそう》は憂ひを忘れしむ」とある。

さて、『神農本草』は本草書（薬物に関する書）である。梁の陶弘景《とうこうけい》（四五六〜五三六）が当時流布していた『神農本草』（恐らくは『隋書』経籍志にみえる宋の雷斅《らいこう》の「神農本草四巻　雷公集注」）と『名医別録《めいいべつろく》』とを併せて作った『神農本草経』三巻、さらにそれに自注を加えた『神農本草経集注』七巻（以下『本草集注』と呼ぶ）が知られる。[10]

そこで森立之らによる復元本『本草集注《ほんぞうしっちゅう》』四（草木・中）合歓の項をみると、[11]本文には「合歡蠲レ忿、萱草忘レ憂」の文はないが、注に「嵆康養生論亦云」としてこの文が引用されているのである。この点は後述するが注意される。

ともあれ、中国では早く『毛詩』に諼草（萱草）は憂いを忘れさせるという俗信がみられ、嵆康の「養生論」にも道教的な長生術に関する関心から採られている。嵆康が「愚智《ぐち》の共に知る所なり（常識）」とする由縁はこうしたところにあるのだろう。

「諼草」の例も『文選』に一例ある。

3、**感激生二憂思一、諼草樹二蘭房一**。《感激して憂思《いうし》を生じ、諼草を蘭房《らんばう》に樹《う》う。》

（『文選』巻二十三・阮嗣宗「詠懐十七首」の第二首、『玉台新詠』巻二）

阮嗣宗《げんしそう》（二一〇〜二六三）は阮籍《げんせき》のこと、嵆康と並ぶ竹林の七賢を代表する魏の著名な詩人であり、嗣宗は字である。この詩は『文選』に続く詞華集、六世紀後半の『玉台新詠《ぎょくだいしんえい》』にも収載されている。[12]阮籍は仙女さえも感激して恋に悩み、その憂さを忘れようと忘れ草を閨《ねや》に植えた、とよんでいる。

また、類語として『文選』巻二十四、贈答二陸士衡《りくしこう》「贈二従兄車騎一《従兄の車騎に贈る》」には「忘帰草」が見える。

**4、安得二忘帰草一、言樹二背與一レ衿、斯言豈虚作。思鳥有二悲音一。**
《安《いづく》んぞ忘帰《ばうき》の草を得て、言《わ》が背《はい》と衿《きん》とに樹《う》ゑん。斯《こ》の言《げん》は豈《あに》に虚作《きよさく》ならんや、思鳥すら悲音《ひいん》有り。》

陸士衡（陸機）の「忘帰草」という表記は、後述するように①『毛詩』衛風や②『毛伝』を踏まえた「諼草」の別表現である。

『文選』に見える「萱草」、「諼草」及びその類語が用いられている詩文は、2の嵆康「養生論」を例外とすれば、いずれも『毛詩』衛風《えいふう》・伯兮《はくけい》を下敷きにしているといえる。

**萱草と旅人**

大伴旅人の作品の特徴として『文選』の利用と老荘的言辞があげられる。旅人の三三四番歌については「萱草」の語が用いられていることから、『毛詩』衛風・伯兮や『文選』嵆康《けいこう》「養生論《ようせいろん》」が典拠に求められている。「萱草」の表記が嵆康「養生論」に依拠するとすることに異論はない。しかし、作品に与えた影響力からするならば『文選』巻二十四、贈答二・陸士衡《りくしこう》「従兄の車騎に贈る」に着目すべきであろう。

前述した大伴旅人の歌は恋の憂いを忘れるためでなく、故郷への熱い思いを忘れるためであった。旅

人の望郷の念をよんだ歌趣は、晋の陸士衡《りくしこう》の「従兄の車騎に贈る」の詩趣と通うものがある。(13)

陸士衡の名は機、士衡は字である。六世紀初頭に成立した鍾嶸《しょうこう》の『詩評』（のち宋代に『詩品』と称される）に「陸の才は海の如く、潘の才は江の如し」と評されたように、陸機は西晋を代表する詩人として前掲1の潘岳と並び称された。大伴池主は家持宛の書翰で、家持の文才を誉めて「潘江陸海」に比すべきと書いている（巻十七・三九七三序）。

陸士衡（陸機）の「従兄の車騎に贈る」は、故郷にいる従兄陸曄《りくよう》を思慕して作った作品である。その一節が前掲4であり、「安《いづく》んぞ忘帰《ぼうき》の草を得て、言《わ》れは背《はい》と衿《きん》とに樹《う》ゑん。斯《こ》の言《げん》は豈《あに》に虚作《きょさく》ならんや、思鳥すら悲音《ひいん》有り」とある。古人は郷愁の念、故郷への慕情を忘れるために忘帰の草を身近に植えたいと言ったが、それは虚言で、鳥すらも故郷を思い哀しげに鳴くといった意である。「忘帰草」という表記は、陸機が『毛詩』衛風《えいふう》・伯兮《はくけい》を踏まえて、「諼草」から創り出した詩趣にふさわしい表記である。旅人はこの「忘帰草」を用いず「萱草」を用いた。持統・文武朝に普及した恋の憂いを忘れることができるという「忘れ草」の俗信の知識をベースに、「萱草（忘れ草）」の語を用いることにより、恋する女性への情念が断ちがたいことを想起させつつ、故郷への思いが断ちがたいこと、望郷の念がいかに強いかをよんだものであろう。また、既に指摘されているように、旅人の歌に「紐につく」とあるのは「従兄の車騎に贈る」に「背と衿」とあることからの発想かと思われる。(14)

ところで、忘れ草が詠み込まれた最古の歌は「柿本人麻呂歌集」中の歌とされる。

**我屋戸《わがやどは》　甍子大草《いらかしだくさ》　雖レ生《おひたれど》　恋忘草《こひわすれぐさ》　見未《みるにいまだ》レ生《おひず》**

**我がやどは　甍しだ草　生ひたれど　恋忘れ草　見るにいまだ生ひず**　（巻十一・二四七五）

恋の苦しみから逃れる術のないことを戯笑的によんだ略体歌の歌である。人麻呂と漢文学、あるいは「人麻呂歌集」と漢文学の関係については、『文選』の影響が指摘されている。右の歌の「忘れ草」は唯一例である「恋忘草」と表記されているが、『毛詩』や『文選』に見える「萱草」や「諼草」の翻訳語であろう。

人麻呂歌集の成立が八世紀前後とされていることからすると、忘れ草を身につけると心の（恋の）憂いを忘れることができるという俗信は、この頃普及しはじめたとみられる。[15] その背景として、一つには『毛詩』や『文選』などの文学的知識、また加えるに医学的・本草学的な、あるいは道教的な関心があったと考えられる。

### 本草集注と萱草

九世紀末に成立した藤原佐世《すけよ》の『日本国見在書目録《にほんこくげんざいしょもくろく》』には『神農本草』七巻が掲載されているが、陶《とう》弘景《こうけい》の『神農本草経集注』（『本草集注』）七巻にあたる。延暦六年（七八七）五月戊戌［十五日］、典薬寮はこれまで使用してきた陶弘景の『本草集注』（『続日本紀』には『集注本草』とある）に代えて『新修本草《しんしゅうほんぞう》』を使用したいという申請を提出し、許可されている（『続日本紀』）。このように『本草集注』七巻は奈良時代に典薬寮の教科書として使用されていたが、さらに遡って藤原京の時代にも利用されていたであろうことが、藤原宮跡出土薬物木簡の、内裏東外郭の大溝ＳＤ一四五出土木簡に「本草」「本草集注」（73号）、「本草集注上巻」（74号）などと記された木簡があることから推測される。[16]

前述のごとく『本草集注』七巻の注には嵆康『養生論』の「合歡蠲レ忿、萱草忘レ憂」の文が引用されており、嵆康『養生論』の一文は『文選』、『本草集注』両書に収載されていたことになる。八世紀前後に憂いを忘れさせる「萱草（忘れ草）」の俗信が普及した背景には、『毛詩』や『文選』など文学ばかりでなく、医学的・本草学的（道教的）分野からの関心も寄せられたとみられる。こうしたことが相俟って効果がない故の効果的修辞として、忘れ草が和歌作品の世界に昇華していったものと思われる。旅人と医術に通暁した吉田宜との交流は（巻五、吉田宜書簡）、そうした契機を端的に語るものである。

## 三　怪力乱心の書『山海経』

小島憲之氏は「鬼草《しこぐさ》」の語に『山海経』にみえる「鬼草《きそう》」の知識が重ねられているとされる。

**5、又北三十里曰牛首之山、有レ草焉。名曰二鬼草一。其葉如レ葵而赤茎、其秀如レ禾、服レ之不レ憂。**

（『山海経』中山経）

《又北三十里を牛首《ぎうしう》の山と曰ふ。草有り。名《なづ》けて鬼草《きさう》と曰ふ。其の葉は葵《き》の如くにして赤茎《せきけい》、其の秀《しう》（花、あるいは穂）は禾《くわ》（稲・麦など）の如し。之を服すれば憂えず。》

6、**焉得二鬼草一、是樹是秇、服レ之不レ憂。**（『山海経圖贊』）
《焉《いづく》んぞ鬼草《きそう》を得ん。是の樹、是の秇《ね》、之を服すれば憂えず。》

「鬼草」も「萱草」と同様にこれを服すれば憂いを忘れさせるという。小島氏は『出雲国風土記』の述作に『山海経』の影響がみられることから、『山海経』は奈良時代に読まれていたとされる。

そこで、次に奈良時代の『山海経』の受容の様相を探っていくが、まずは『山海経』についてみておこう。

**『山海経』**

『山海経』はあまり馴染みの無い書であるが、古代史では「倭」関係記事が記載されることで知られる。

**蓋国在二鉅燕南倭北一。倭属レ燕。**《蓋国《がいこく》は、鉅燕《きょえん》の南、倭の北に在り。倭は燕に属す。》
（『山海経』海内北経）

強大な燕、その南に蓋国、さらにその蓋国の南に倭が位置し、倭は燕に属すという。「蓋国」は不詳であるが、「鉅燕」は中国東北地方に強大な勢力をもった燕をさし、燕の強大さを語るのであろう。

『山海経』には右のような(ア)山川道程位置など地理的記事のほかに、(イ)各地の物産・異物など、(ウ)原始風俗（祭祀巫医など）・故事伝説などが記載されている。[17]

伊藤清司氏によれば、『山海経』は野獣や猛禽が跳梁し、蝮蛇が横行する恐ろしい「野生の空間」、「非人間的世界」、「外なる世界」を対象とした書であった。[18] それゆえに、中国の目録学においても、その分類に苦慮することになる。

『山海経』は漢代になってその存在が確認できる。『史記』大宛《だいえん》列伝第六十三に「太史公曰……至二禹本紀・山海経所レ有怪物一。余不二敢言一也《禹本紀《うほんぎ》・山海経に有る所の怪物に至りては、余敢えて言はず。》」とあり、論賛《ろんさん》（論評）から司馬遷《しばせん》が『山海経』を読んでいたことが知られるが、司馬遷は『禹本紀』や『山海経』を怪力乱神の書、怪異珍奇の書として斥けたのである。

その後、前漢の末に劉向《りゅうきょう》・劉歆《りゅうきん》（改名して劉秀《りゅうしゅう》）父子が書の体裁を整えた。『漢書』芸文志《げいもんし》・形法家に「山海経十三編」とみえる。『漢書』では相術（相地・風水）の書とされたのである。[19]『後漢書』巻七十六循吏列伝《じゅんりれつでん》・王景伝には、治水に功績のあった王景が『山海経』を賜与された記事がある。その後、晋代に卜筮《ぼくぜい》・天文・五行に通じた郭璞《かくはく》が注序をつけた。『晋書』郭璞伝に「注二三蒼、方言、穆天子伝、山海経及楚辞、子虚・上林賦一十萬言、皆伝二於世一。《『三蒼《さんそう》』、『方言』、『穆《ぼく》天子伝』、『山海経』及び『楚辞《そじ》』、「子虚・上林賦」に注すること十万言、皆な世に伝わる。》」（『晋書』巻七十二郭璞伝）とある。

また、『隋書』経籍志《けいせきし》・史部地理類には「二十三巻〈郭璞注〉」、『旧唐書』経籍志の史部地理家に「十八巻〈郭璞撰〉」、『新唐書』芸文志の史部地理類に「郭璞注二十三巻」とみえる。このように『隋書』以後は一貫して地理書とされたが、のちの清代の『四庫全書総目提要』では小説家類とされている。な

お、吉川忠夫氏は『山海経』に不老不死に関する事象の記述が随処に認められることを指摘されている。(20)

一方、『日本国見在書目録』では土地家に分類され、「二十一巻〈郭璞注、見十八巻〉」とある。分類からいえば、梁の阮孝緒《げんこうしょ》の『七録』(『廣弘明集』巻三)が土地家に分類したのに倣ったもので、相地(風水)的要素と地理的要素とを合わせた分類となっている。

また『山海経圖讃』については『隋書』経籍志や『旧唐書』経籍志に「山海経圖讃二巻〈郭璞撰〉」、『新唐書』芸文志に「山海経圖讃二巻」とあるように、郭璞が図讃を作った。陶淵明の「山海経を読む」十三首の第一首には「流観二山海図一」《流《あまね》く山海の図を観《み》る》の句があり、淵明が「山海経図」を見ていたことが知られるが、それが郭璞の『山海経圖讃』であったかは確証がない。この『山海経圖讃』については、『日本国見在書目録』にも「山海経賛二巻〈郭璞注〉」と「山海経圖賛一巻」とがみえるが、郭璞「山海経圖讃二巻」とは書名、巻数が異なる。「山海経賛二巻〈郭璞注〉」は「山海経圖讃二巻」の誤りであるのか、あるいは「山海経圖賛一巻」が「山海経圖讃二巻」の誤りであるのか、明確にしえないが、いずれにしても「山海経図」が将来されていたことは誤りなかろう。

一〇世紀末の『枕草子』には「清涼殿《せいりやうでん》の丑寅《うしとら》(北東)の隅の、北のへだてなる御障子《みさうじ》には、荒海のかた、生きたる物どものおそろしげなる、手長足長などをぞかきたる。上《うへ》の御局《みつぼね》の戸を押し開《あ》けたれば、常に目に見ゆるを、にくみなどして笑ふ。……」(二一「清涼殿の丑寅の隅の」)とある。(21)障子《しょうじ》(衝立《ついたて》)に荒海の様子や手長足長の人が描かれており、女房たちが嫌がって大きな青い瓶《かめ》を据えて目隠しにしたという。この障子絵は『山海経』の長臂《ちょうひ》国（手長、海外南経）・長股《ちょうこ》国（足長、海外西経）の人を描いた「山海経図」によるとみられており、(22)珍奇を求める王朝社会の好奇心がうかがえる。

## 四　奈良時代における『山海経』の受容

さて、『山海経』は『日本国見在書目録』に記載されているので、ひとまず九世紀末までには将来されていたことが知られる。そこで次に奈良時代における『山海経』の受容の様相を、残存する僅かな史料から探ってみたい。

### （1）『令集解』の引書

まずはじめに、令の注釈を集大成した『令集解《りょうのしゅうげ》』をみてみよう。『令集解』には『山海経』の本文や郭璞注が引用されていることが知られる。『令集解引書索引』に負いながら(23)該当部分を挙げておく。

（ア）職員令集解27鼓吹司条

**伴云、**（中略）**山海経曰、東海中有㆓流波山㆒。有㆑獣如㆑牛。蒼身而无㆑角、出㆓入水㆒則必有㆓風雨㆒。其光如㆓日月㆒。其聲如㆑雷。其名曰㆑夔。黄帝得㆑之、以㆓其皮㆒作㆑鼓。聲聞㆓五百里㆒、以威㆓天下㆒。**

《伴に云はく、……山海経に曰はく、「東海の中《うち》に流波山《りゅうはざん》有り。獣有り牛の如し。蒼身《そうしん》にして角無《つのな》し。水に出入すれば則《すなは》ち必ず風雨有り。其の光は日月の如く、其の声は雷の如し。其の名を夔《き》と曰ふ。黄帝《こうてい》之を得て、其の皮を以て鼓《つづみ》を作り、声五百里に聞え、以て天下に威《ゐ》す」と。》

右は「鼓吹」についての注釈である。今、伴記が引用する『山海経』の該当部分を通行本によって示すと(24)

東海中有二流波山一。入レ海七千里。其上有レ獣。状如レ牛、蒼身而無レ角、一足。出二入水一則必風雨。其光如二日月一。其聲如レ雷。其名曰レ夔。黄帝得レ之、以二其皮一為レ鼓。橛以二雷獣之骨一、〈雷獣即雷神也。人面龍身、鼓二其腹一者。橛猶レ撃也〉、聲聞二五百里一、以威二天下一。

（『山海経』巻十四「大荒東経」。〈 〉内は郭璞注）

《東海の中《うち》に流波山《りうはざん》有り。海に入ること七千里。其の上に獣有り。状は牛の如く、蒼身《そうしん》にして角《つの》無く、一足なり。水に出入すれば、則ち必ず風雨あり。其の光は日月の如く、其の声は雷の如し。其の名を夔《き》と曰ふ。黄帝《こうてい》之を得て、其の皮を以て鼓《つづみ》を為《つく》り、橛《う》つに雷獣の骨を以てするに、〈雷獣は即ち雷神なり。人面龍身、其の腹を鼓《こ》する者なり。橛《けつ》は猶ほ撃のごときなり〉声五百里に聞え、以て天下に威《ゐ》す。》

とある。通行本『山海経』では、夔《き》は一本足の獣で、その皮で造った鼓（夔鼓《きこ》）の音は遠くまで響きわたったというが、伴記が引用した『山海経』の文では、傍線部及び郭璞注が省略される一方、「則必風雨」の部分に「有」字が補われており、「一足（一本足）」であることは省略されている。伴記は『山海経』を引用するに際して「山海経に曰く」と「曰」字を用いており、間接的引用を示唆している。(25)『令集解』の注釈には、六世紀に梁の顧野王《こやわう》が編纂した部首引き辞書である原本系『玉篇《ぎよくへん》』が多く利用されていることが明らかにされているが、『玉篇』の引用としてはやや長いという感がある。また『玉篇』

の引用に際しては、注では書名に「云」、「曰」字をつけるが、本文では書名に「云」、「曰」字をつけないという特色も指摘されている。(26)「伴記」に「山海経曰」とあることは『玉篇』以外の、類書などからの引用の可能性が高い。

『文選』巻第五・呉都賦の李善注に

山海経曰、東海中有レ獣如レ牛。蒼身無レ角一足。入レ水則風、其聲如レ雷。以二其皮一冒鼓、聞二五百里一。
名曰レ夔。

とある。しかし、伴説の方が『山海経』通行本に近く、李善注『文選』所引『山海経』を典拠とすることはできない。『芸文類聚《げいもんるいじゅう》』や『初学記』でも確認できないことからすると、あるいは『修文殿御覧《しゅうぶんでんぎょらん》』などに拠るのであろうか。

（イ）戸令集解20造帳籍条

**釈云、……山海経、犎《びん》状如レ牛。**《釈に云はく……『山海経』に「犎《びん》の状は牛の如し」と。》

戸令20造帳籍条の「親《みずか》ら形状を皃《み》（貌）て」についての注釈である。

『山海経』通行本には

曰二黄山一、……有レ獣焉。其状如レ牛而蒼黒、大目。其名曰レ犎《びん》。（『山海経』巻二「西山経」）
《黄山《こうざん》と曰ふ。……獣有り。其の状は牛の如くにして蒼黒《そうこく》、大目なり。其の名を犎《びん》と曰ふ。》

とある。令釈に引用される『山海経』の引用文を、通行本と比べると、通行本の文章を「犎《びん》の状は牛の如し」と要約している。直接『山海経』を参照した上での要約とも考えられるが、参考にした書物に既にこのような文があった可能性が高い。残存する原本系『玉篇』では確認できないが、引用した『山海経』の書名に「云」、「曰」をつけない点や『山海経』の簡潔な要約引用といった点からすると『玉篇』に拠ったとみられる。

（ウ）逸文軍防令集解、備戎具条

**a、釈云、郭璞注山海経曰、麁者為レ礪也。野王案。所三以磨二刀刃一者也。**

《釈云はく、郭璞《かくはく》注山海経に曰く、「麁《そ》は礪《れい》たり」と。野王案ずるに刀刃を磨く所以なり。》

逸文のため令文の何という語の注か不明である。令釈は「郭璞注山海経に曰く」と書名に「曰」をつけて引用しており、間接的引用を示唆する。そこで、引用文を見るに「野王案」とあることから、これが『玉篇』からの引用であることが知られる。原本系『玉篇』をみると、「礪」について「力制反、山海経、崦嵫多礪砥、郭璞曰、磨石精者為レ砥、麁者為レ礪。野王案、所二以磨一レ刀者也」とあり、一箇所「刀刃」と「刀」の異同があるが、『玉篇』の引き写しであることが判明する。

**b、古記云、山海経、崦嵫山多二礪砥一、郭璞曰、磨石也。精者為レ砥、麁者為レ礪。**

《古記に云はく、山海経に「崦嵫山《えんじざん》に礪砥《れいし》多し。郭璞曰く、磨石《ませき》なり。精は砥《し》たり。麁《そ》は礪《れい》たり」と。》

「古記」は天平十年（七三八）頃成立した大宝令の注釈書である。『山海経』という書名に「云」、「曰」

を記さず、引用文を続けている。『山海経』通行本には

崦嵫山……〈洧盤之水出崦嵫山〉。其中多砥礪《しれい》〈磨石也。精為砥、麁為礪也。〉

《崦嵫山《えんじざん》……〈洧盤《ゆうばん》の水は崦嵫山より出づと〉。其の中に砥礪《しれい》多し〈磨石なり。精を砥と為し、麁を礪と為す。〉》

（『山海経』巻二「西山経」、〈 〉内は郭璞注）

とある。通行本に「砥礪」とあるのを、古記引用『山海経』は「礪砥」とし、また通行本が郭璞注をいきなり記すのに対して、古記が「郭璞曰」としているのは右の原本系『玉篇』「礪」の文とまったく同一である。a令釈、b古記、いずれも原本系『玉篇』を引き写していたことが確認できる。また、『山海経』の古いテキストでは、通行本と異なり、郭璞注は「郭璞曰」の形式をとっていたことがうかがえる。

以上、『令集解』に引用される『山海経』を見てきたが、原本系『玉篇』に依拠した間接的利用は確認できたものの、『山海経』を直接参照して引用したとみられる例は確認できない。

（2）出雲国風土記

小島憲之氏は『出雲国風土記』の水系・産物多種の記載や注の形式に、『山海経』の文辞、文章形式と類似する部分があることを指摘されている。[27] 例えば、『出雲国風土記』の「……等之類、至多、不レ可レ尽レ名……」（島根郡）、「……等之類、至繁、不レ可レ尽レ称……」（同）の記載と『山海経』の「多二怪蛇一、多二怪木一、不レ可二以上一。」、「多レ水、無二草木一、不レ可二以上一。」（『山海経』南山経）とを比較して、『山海

経』との関係は否定できないとされた。しかし、小島氏のこの指摘に対し、清水茂氏は『山海経』の「不可以上」は「多二怪蛇一、多二怪木一、不レ可二以上一。《怪蛇《くわいだ》多く、怪木《くわいぼく》多し。以《もつ》て上《のぼ》るべからず。》」、「多レ水、無二草木一、不レ可二以上一。《水多く、草木無し。以《もつ》て上《のぼ》るべからず。》」とあるように「以て上るべからず」（その山へのぼれない）という意味なのであって、『出雲国風土記』の表現と結びつける余地はないとされるのである。(28) ちなみに『出雲国風土記』には「……等之類、至多、不レ可レ尽レ名《……等《ども》の類《たぐひ》、至《きはま》りて多《さは》にして、名を尽《つく》すべからず。》」、「……等之類、至繁、不レ可レ尽レ称《……等《ども》の類《たぐひ》、至《きはま》りて繁《さは》にして、称《な》を尽すべからず。》」とある。小島氏は文章形式を重視され、筆者も旧稿では水系の記載形式などに『山海経』、『水経注』などとの類似を認め、小島氏の指摘に賛同したが、(29) 確かに清水氏の指摘されるように明確に出典としうる文辞は確証し得ない。

（3）「山海経」木簡

平城京跡出土「二条大路木簡」の中に「山海經」と記しているとみられる木簡がある。(30)

・山□〔海カ〕經曰大［　　］
・［　］皆□〔莫カ〕炊□

（『平城宮発掘調査出土木簡概報（二十二）』）

この木簡は二条大路南端を走る東西溝から出土した。東西溝ＳＤ五一〇〇から出土した紀年木簡は天平三年（七三一）から天平十一年（七三九）にかけてのものであり、この木簡もその時期のものと考えられる。

この木簡の表面第二字目は判読しがたいが、『概報』が推定するように「海」字とみれば、「山海經」と釈読できる。「海」として誤り無ければ、天平期における『山海経』への関心を証するものといえる。木簡の裏面が『山海経』と関わるか否かは不明である。

ところで、「山海経に曰く」という書き出しは、前述の令の注釈の文章形式と同じであり、間接的引用によるものとみられる。一例を挙げれば『芸文類聚』の「海外西経」を引用した次のような部分が参照されよう。

山海経曰、大楽之野、夏后啓、於レ此舞二九代馬一。（巻六地部・野）

《山海経曰く、大楽《たいがく》の野、夏后《かこう》（夏の王）の啓《けい》、此に於いて九代馬を舞はしむ》

山海経曰、大楽之野、夏后啓、於レ此乗二両龍一。（巻九十六鱗介部・甜）

従って、この木簡は、直接『山海経』に拠ったものではなく間接的な引用文といえよう。

ここでは、『令集解』引書、『出雲国風土記』、平城京跡出土木簡と限られた史料の遺存例から、奈良時代の『山海経』受容の様相を垣間見た。その結果、『山海経』を直接的利用した確証は得られず、天平以降に間接的に利用されていたことが知られる。おおよそ珍異、珍奇な物に対する博物学的好奇心からの間接的利用といえるかと思われる。

旧稿では天平期の好奇心に溢れた博物学的関心の背景には、和銅六年（七一三）五月二日の地誌（風土記）撰進の詔以来の地誌への関心の高まりがあったと考え、万葉歌にみえる「鬼草《しこぐさ》」もそうした背景を負った『山海経』の「鬼草」を踏まえたものと考えたが、残念ながらそのような考えは諦めなければならない。

以上、万葉集に見る忘れ草の俗信と中国古典の関係についてみたが、中国古典に見る「萱草（諼草）」の俗信は、八世紀前後に『毛詩』や『文選』などの文学的知識のみならず、本草学・医学（道教的関心）の知識が相俟って普及し、効果が期待できない故の自嘲的な修辞として用いられた。「萱草」と併用された「鬼草」も『山海経』の知識が重ねられたのではないかとみられたが、奈良時代に『山海経』が読まれた確証がなく、間接的な知識としての余地はあるものの可能性は乏しい。

注1 澤瀉久孝『萬葉集注釋』巻第四（中央公論社、一九五九年）五三一頁。
2 小野寛『萬葉集全注』巻十二（有斐閣、二〇〇六年）三六四頁。
3 例えば武田祐吉『萬葉集全註釈（三）』（角川書店、一九五六年）三七四〜三七五頁。
4 『古事記伝』（本居宣長全集、第九巻、筑摩書房、一九六八年）二六一頁。
5 澤瀉久孝「古写本の誤りを超えて」（『女子大国文』一九五六年）、同『萬葉集注釈』巻第三（中央公論社、一九五八年）
6 伊藤博『萬葉集釈注』二（集英社、一九九六年）一七四頁にも同様の指摘がある。
7 例えば澤瀉久孝『萬葉集注釈』巻第十二（中央公論社、一九六三年）一七五頁、伊藤博『萬葉集釈注』六（集英社、一九九七年）六五四頁など。

8 小島憲之「萬葉集の文字表現」(『上代日本文学と中国文学(中)』塙書房、一九六四年)八〇二〜八〇三頁。

9 東野治之「奈良時代における『文選』の普及」、同「平城宮出土木簡所見の『文選』李善注」(いずれも『正倉院文書と木簡の研究』塙書房、一九七七年)

10 岡西為人「集注本草解題」(『本草経集注』別冊、南大阪印刷センター、一九七三年)、及び赤堀昭「敦煌本『本草集注』解説」、櫻井謙介・小林清市「『本草集注』関連資料考異」(いずれも上山大峻責任編集『敦煌写本本草集注序録・比丘含注戒本』法蔵館、一九九七年)

11 小嶋尚真・森立之ら重輯、岡西為人訂補『本草経集注』全七巻・原寸影印版(南大阪印刷センター、一九七三年)

12 『玉台新詠』には「萱草」の他に「萱草の枝」、「萱枝」がある。

13 大浜真幸氏は旅人の三三四番歌について、①『毛詩』衞風や②『毛伝』の例を挙げ、「忘れ草」は漢籍に由来する表現とされているが(「旅人の望郷歌」『大伴旅人・山上憶良(一)』セミナー万葉の歌人と作品・第四巻、和泉書院、二〇〇〇年)、「萱草」の表記は嵇康「養生論」に依拠したと推測される。また作品に与えた影響力からするならば、新日本古典文学大系『萬葉集』巻第三(岩波書店、一九九九年)が陸機「贈二従兄車騎一」を挙げるのに賛同する(三〇一頁、三三四語注)。

14 澤瀉久孝『萬葉集注釈』巻第三(中央公論社、一九五八年)。新日本古典文学大系『萬葉集』巻第三(岩波書店)、三三四語注、三〇一頁など。

15 伊藤博氏は人麻呂歌集の成立が八世紀前後とみられることから、「忘草の信仰も、多分、持統、文武朝のころ普及しはじめた舶来信仰」とされ、忘れ貝も「忘草から思いついた萬葉人独特の信仰」とされている（伊藤博「忘草」『萬葉集相聞の世界』塙書房、一九五九年）。伊藤氏が「信仰」とする点は適切ではない。忘れ貝・恋忘れ貝は『万葉集』に各五首、計一〇首。

16 奈良県教育委員会『藤原宮』（一九六九年）、『木簡研究』五（一九八三年）。『本草集注』の受容については、和田萃「薬猟と本草集注―日本古代における道教的信仰の実態―」（『日本古代の儀礼と祭祀・信仰』中、塙書房、一九九五年）、増尾伸一郎「〈雲に飛ぶ薬〉考」（『万葉歌人と中国思想』吉川弘文館、一九九七年）丸山裕美子「年料雑薬の貢進と官人の薬（諸国論薬条・五位以上病患条）―藤原宮出土の薬物木簡―」（『日本古代の医療制度』名著刊行会、一九九八年）などを参照した。

17 小島憲之「風土記の成立」（『上代日本文学と中国文学（上）』塙書房、一九六二年）

18 伊藤清司「山川の神々―『山海経』の研究―」（一）～（三）（『史学』四一ノ四・四三ノ一）、同『中国の神獣・悪鬼たち―山海経の世界―』（東方書店、一九八六年）

19 坂出祥伸氏は『漢書』芸文志が『山海経』を相術書とみたのは、「万物の形はそれがもつ気と呼応している」という観念にもとづく書物と考えられていたからではないか、とされている（『「気」と道教・方術の世界』角川選書、一九九六年）。

20 吉川忠夫『古代中国人の不死幻想』（東方書店、一九九五年）

21 松尾聡・永井和子『枕草子』（新編日本古典文学全集18、小学館、一九九七年）による。

22 京都御所に現存する荒海障子は、江戸時代に土佐光清が描いたもので、平安時代以来の伝統を負って描かれたとみられる。絵の右上色紙形には『山海経』に依拠した長臂国、長股国の賛文があるという（真保《しんぽ》亨「唐絵と倭絵」、上原昭一・王勇編『芸術』日中文化交流史叢書7、大修館）。なお、松田稔『「山海経」の基礎的研究』（笠間書院、一九九五年）では、この荒海障子の出典を『太平記』としているが、直接的典拠は『枕草子』である。

23 戸川芳郎・新井榮藏・今駒有子編『令集解引書索引』（汲古書院、一九九〇年）

24 『山海経』は清の畢沅《ひつげん》校注『山海経新校正』により、郝懿行《かくいこう》『山海経箋疏』を底本とする前野直彬『山海経・列仙伝』（全釈漢文大系33、集英社、一九七五年）、高馬三良《こうまみよし》他訳『抱朴子、列仙伝・神仙伝、山海経』（平凡社、一九七三年）を参照とした。

25 東野治之「律令と孝子伝—漢籍の直接引用と間接引用—」（『日本古代史料学』岩波書店、二〇〇五年、初出二〇〇〇年）、同「古代人が読んだ漢籍」（池田温編『日本古代史を学ぶための漢文入門』吉川弘文館、二〇〇六年）。東野治之氏は「古記」が典籍を引用するに際して「云」によるものは直接典籍を参照して引用する場合、「曰」によるものは間接的引用の場合とされている。氏も述べられているように、その他の注釈においても一応の目安とできよう。

26 東野治之、前掲注25「古代人が読んだ漢籍」。

27 小島憲之「風土記の成立」（『上代日本文学と中国文学（上）』塙書房、一九六二年）

28 清水茂「日本漢文学史研究の二、三の問題」（『文学』三三ノ一〇号、岩波書店、一九六五年）

29 拙稿「古代史雑考二題—山海経と越中・能登木簡—」（『高岡市万葉歴史館紀要』第一〇号、二〇〇〇年三月）。

30 奈良国立文化財研究所『平城宮発掘調査出土木簡概報（二十二）—二条大路木簡一—』（一九九〇年五月）

＊『万葉集』は新編日本古典文学全集『萬葉集』（小学館）によった。

＊『文選』は『文選』（芸文印書館）により、新釈漢文大系『文選』（明治書院）を参照した。

**（補注1）** 奈良時代の『山海経』受容に関わる論考として、桐本東太・長谷山彰「『山海経』と木簡―下ノ西遺跡出土の絵画板をめぐって―」（慶應義塾大学『史学』七〇ノ二、二〇〇一年二月）がある。出土した曲物の底板に描かれた絵画を『山海経』海内西経に見える人面蛇身の窫窳《あつゆ》とその窫窳を貳負《じふ》と共謀して殺害したために処刑された（貳負の臣の）危危を描いたものとされ、また絵画板の制作年代は奈良時代に遡る可能性があるという。参照されたい。

**（補記）** 筆者は旧稿で、「鬼草」の語が『山海経』の「鬼草」に典拠をもつとする小島憲之氏の見解を、奈良時代の『山海経』の受容の様相を探り検証しようと試みた。旧稿では、小島氏の『出雲国風土記』の水系・産物の記載や注の形式に『山海経』の文辞、文章形式と類似する部分があるという指摘に依拠して論を進めたが、拙稿をお読みくださった東野治之氏から、私信にて小島氏の見解に対して清水茂氏の厳しい批判があることをご教示いただいた。旧稿は不十分な点が多く、この機会に改めて奈良時代における『山海経』の受容に重点を置き「忘れ草」について再考を加えた。東野氏に感謝申し上げたい。

# 編集後記

『水辺の万葉集』から『女人の万葉集』までの十冊で第一期を終え、あらたに「高岡市万葉歴史館論集」を進めるにあたり議論をくり返した。『古今和歌集』にはじまる勅撰和歌集におさめられた歌の大部分を季節の移り変わりを詠んだ歌と「恋」にまつわる歌が占めていることが示すように、和歌の伝統はこの二種類の歌に集約して捉えることができる。これはけっして『古今和歌集』にはじまる伝統ではなく、その源流は『万葉集』にある。そこで、第二期の一冊目となる今回は、この二種類のうち「恋」を取り上げてテーマとすることになった。

『万葉集』のなかで「恋」にまつわる歌は「相聞」に分類されている。この「相聞」に分類された歌は約一七五〇首で全歌の約四〇%にあたることから、『万葉集』を考えるうえでは重要なテーマだと言える。物語めいた部分を持つ初期万葉の相聞歌や最初の大作とも言える「石見相聞歌」を残した柿本人麻呂、さらに「古今相聞往来歌類」とされる巻十一・巻十二におさめられている人麻呂歌集の歌から、「恋」にまつわる歌を多く残した後期万葉の大伴坂上郎女や大伴家持の歌まで、「相聞」に分類されている歌は多種多様にわたる。また相聞特有の表現としての「人目・人言」や「恋死」や、旅先で詠んだ歌に見える相聞的表現も重要な問題である。さらに、「相聞」の源流としての「歌垣」が今なお残る中国少数民族をめぐる考察も加えた。

今回も国文学・歴史学の分野で第一線に立つ先生方のご協力を得ることができた。ご多忙にもかかわらずご執筆いただいた先生方に深謝申し上げたい。また、このたびも編集の労をお執りいただいた笠間書院の大久保康雄氏に厚く御礼申し上げる。

来年度の十二冊目は『四季の万葉集』と題し、もうひとつの和歌の伝統である「季節」をめぐる歌について探ってみたい。どうぞご期待ください。

平成二十年三月

「高岡市万葉歴史館論集」編集委員会

# 執筆者紹介（五十音順）

**池田《いけだ》三枝子《みえこ》**　一九六三年東京都生、慶応義塾大学大学院修了、実践女子大学教授。『万葉集一〇一の謎』（共著・新人物往来社）、『女流歌人　額田王・笠郎女・茅上娘子人と作品』（共著・おうふう）ほか。

**大浦《おおうら》誠士《せいじ》**　一九六三年香川県生、東京大学大学院修了、椙山女学園大学国際コミュニケーション学部教授、博士（文学）。「『無心所著歌』から見る和歌世界」（『文学』六巻四号）、「有間皇子自傷歌の表現とその質」（『萬葉』一七八号）ほか。

**小野《おの》　寛《ひろし》**　一九三四年京都市生、東京大学大学院修了、駒澤大学名誉教授。高岡市万葉歴史館館長。『新選万葉集抄』（笠間書院）、『大伴家持研究』（笠間書院）、『孤愁の人大伴家持』（新典社）、『万葉集歌人摘草』（若草書房）、『上代文学研究事典』（共編・おうふう）、『萬葉集全注　巻第十二』（有斐閣）ほか。

**岡部《おかべ》隆志《たかし》**　一九四九年栃木県生、明治大学大学院修士課程修了、共立女子短期大学教授。『中国少数民族文化調査全記録１９９８』（共著・大修館書店）、『古代文学の表象と論理』（武蔵野書院）ほか。

**川上《かわかみ》富吉《とみよし》**　一九三七年東京都生。中央大学大学院博士課程単位取得退学。大妻女子大学文学部教授。『万葉歌人の研究』（桜楓社）・「『詠雙六頭歌』考—『萬葉集』巻十六、三八二七番歌について」（『大妻国文』38）ほか。

**川﨑《かわさき》　晃《あきら》**　一九四七年東京都生、学習院大学大学院修士課程修了、高岡市万葉歴史館学芸課長。『遺跡の語る古代史』（共著・東京堂）、「聖武天皇の出家・受戒をめぐる臆説」（『政治と宗教の古代史』所収、慶應義塾大学出版会）ほか。

**駒木《こまき》　敏《さとし》**　一九四二年福島県生、同志社大学大学院修士課程修了、同志社大学教授。『古代文学と民話の方法』（笠間書院）、『和歌の生成と機構』（和泉書院）ほか。

**清水《しみず》明美《あけみ》**　一九六四年埼玉県生、日本大学大学院博士後期課程満期退学、日本大学准教授。『万葉集相聞の世界　恋ひて死ぬとも』（共著・雄山閣出版）、「大伴家持の『思恋』-歌語獲得の方法としての漢語の受容」（『日本文学』第四七巻一号）ほか。

**新谷秀夫**《しんたにひでお》　一九六三年大阪府生、関西学院大学大学院修了、高岡市万葉歴史館総括研究員。『万葉集一〇一の謎』（共著・新人物往来社）、「藤原仲実と『萬葉集』」（「美夫君志」60号）、「『次点』の実体」（「高岡市万葉歴史館紀要」10号）ほか。

**関**《せき》　**隆司**《たかし》　一九六三年東京都生、駒澤大学大学院修了、高岡市万葉歴史館主任研究員。『西本願寺本万葉集（普及版）巻第八』（おうふう）、「大伴家持が『たび』とうたわないこと」（「論輯」22）ほか。

**身﨑**《みさき》　**壽**《ひさし》　一九四六年東京都生、東京教育大学大学院博士課程単位取得退学、北海道大学大学院教授。『宮廷挽歌の世界』（塙書房）、『額田王』（同）、『人麻呂の方法』（北大図書刊行会）、『和歌植物表現辞典』（共著・東京堂）ほか。

高岡市万葉歴史館論集 11
恋《こい》の万葉集《まんようしゅう》
平成20年3月31日　初版第1刷発行

編　者　高岡市万葉歴史館©
装　幀　椿屋事務所
発行者　池田つや子
発行所　有限会社　**笠間書院**
〒101-0064　東京都千代田区猿楽町2-2-3
電話　03-3295-1331(代)　振替　00110-1-56002
印　刷　壮光舎
ISBN 978-4-305-00241-9

乱丁・落丁本はお取り替えいたします。
出版目録は上記住所または下記まで。
http://www.kasamashoin.co.jp

**高岡市万葉歴史館論集**

各2800円（税別）**【第一期全10巻完結】**

①水辺の万葉集（平成10年3月刊）
②伝承の万葉集（平成11年3月刊）
③天象の万葉集（平成12年3月刊）
④時の万葉集（平成13年3月刊）
⑤音の万葉集（平成14年3月刊）
⑥越の万葉集（平成15年3月刊）
⑦色の万葉集（平成16年3月刊）
⑧無名の万葉集（平成17年3月刊）
⑨道の万葉集（平成18年3月刊）
⑩女人の万葉集（平成19年3月刊）

⑪恋の万葉集（平成20年3月刊）
⑫四季の万葉集（平成21年3月刊予定）

笠間書院

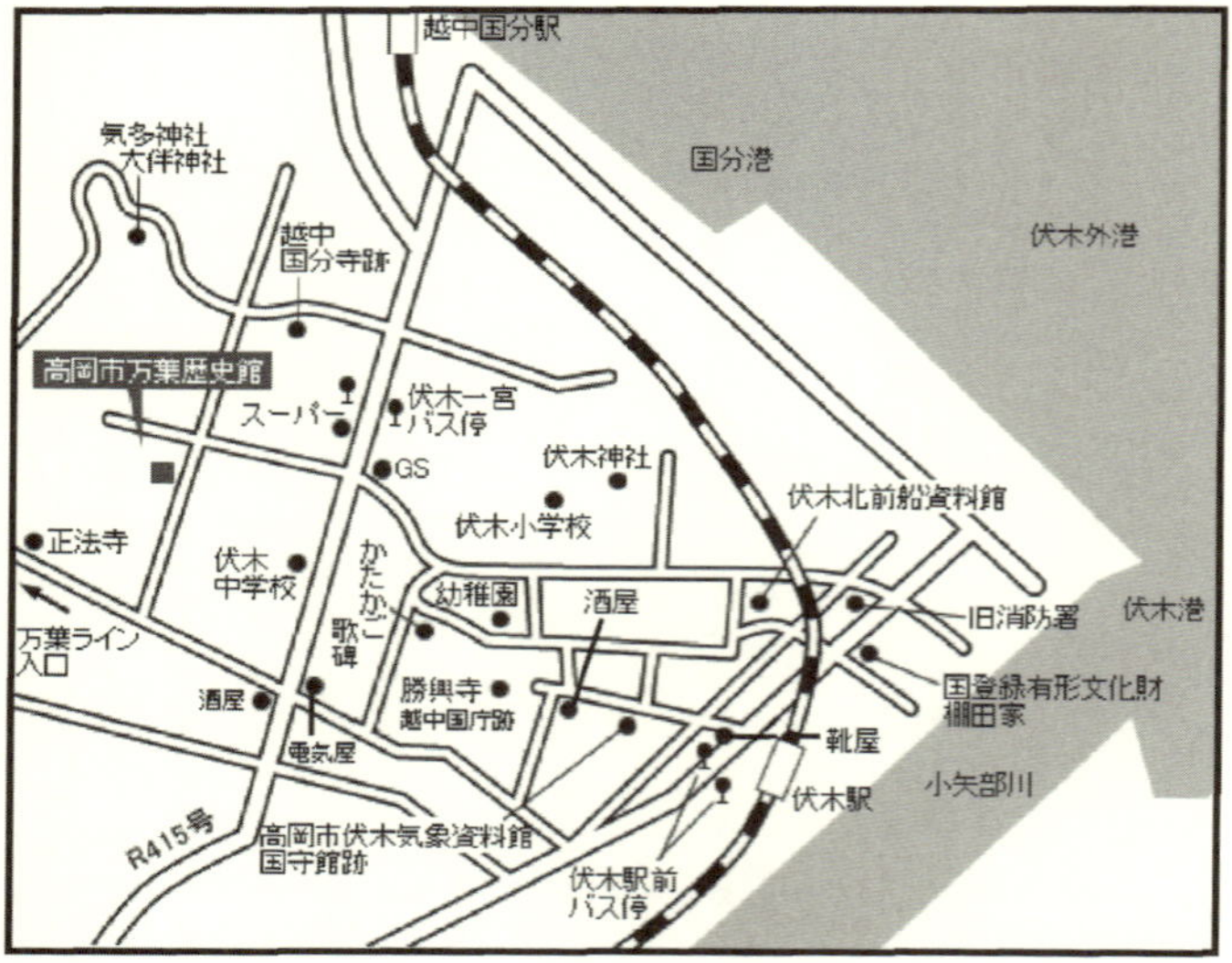


## 高岡市万葉歴史館

〒933－0116　富山県高岡市伏木一宮1-11-11
電話 0766-44-5511　FAX 0766-44-7335
E-mail：manreki@office.city.takaoka.toyama.jp
http://www.manreki.com

**交通のご案内**

■ＪＲ高岡駅より車で25分
■ＪＲ高岡駅正面口4番のりばより
バスで約25分乗車…伏木一宮下車…徒歩7分
（西まわり古府循環・東まわり古府循環・西まわり伏木循環行きなど）

## ◆高岡市万葉歴史館のご案内◆

高岡市万葉歴史館は、『万葉集』に関心の深い全国の方々との交流を図るための拠点施設として、1989（平元）年の高岡市市制施行百周年を記念する事業の一環として建設され、1990（平2）年10月に開館しました。

万葉の故地は全国の41都府県にわたっており、「万葉植物園」も全国に存在していました。しかしながら『万葉集』の内容に踏みこんだ本格的な施設は、それまでどこにもありませんでした。その大きな理由のひとつは、万葉集の「いのち」が「歌」であって「物」ではないため、施設内容の構成が、非常に困難だったからでしょう。

『万葉集』に残された「歌」を中心として、日本最初の展示を試みた「高岡市万葉歴史館」は、万葉集に関する本格的な施設として以下のような機能を持ちます。

**【第１の機能●調査・研究・情報収集機能】**『万葉集』とそれに関係をもつ分野の断簡・古写本・注釈書・単行本・雑誌・研究論文などを集めた図書室を備え、全国の『万葉集』に関心をもつ一般の人々や研究を志す人々に公開し、『万葉集』の研究における先端的研究情報センターとなっています。

**【第２の機能●教育普及機能】**『万葉集』に関する学習センター的性格も持っています。専門的研究を推進して学界の発展に貢献するばかりではなく、講演・学習講座・刊行物を通して、広く一般の人々の学習意欲にも十分に応えています。

**【第３の機能●展示機能】** 当館における研究や学習の成果を基盤とし、それらを具体化して展示し、『万葉集』を楽しく学び、知識の得られる場となる常設展示室と企画展示室を持っています。

**【第４の機能●観光・娯楽機能】** １万㎡に及ぶ敷地は、約80%が屋外施設です。古代の官衙風の外観をもたせた平屋の建物を囲む「四季の庭」は、『万葉集』ゆかりの植物を主体にし、屋上自然庭園には、家持の「立山の賦」を刻んだ大きな歌碑が建ち、その歌にうたわれた立山連峰や、家持も見た奈呉の浦（富山湾）の眺望が楽しめます。

以上4つの大きな機能を存分に生かしながら、高岡市万葉歴史館は21世紀に向かって、大きく飛躍しようと思っています。